DER ZYKLUS

DIE RIVEN TRILOGIE

BUCH ZWEI

A.R. KNIGHT

FAMILIENDYNAMIKEN

SELENA HACKTE mit ihrem Beil auf den toten Mann ein. Der Geist war jung, in Krankenhauslumpen gehüllt und bösartig. Blaue Flammen strömten aus den Rändern von Selenas Waffe und umschlangen den knurrenden Körper des Geistes. Seine Augen wurden glasig und leer.

Meine Peitsche schnellte vor und packte den ausgestreckten Arm eines anderen Geistes, der nach Selenas Hals griff. Knorrige Hände verrieten die eigene Wahrnehmung des Geistes, der als alte Frau nach Riven gekommen war. Auch sie trug ein Krankenhaushemd. Wie alle Geister im Innenhof, nahe dem großen Palast, wo Alec und ich vor nicht allzu vielen Nächten gegen einen Ghul gekämpft hatten.

„Hinter dir", sagte ich, und Selena wirbelte herum, ging mit ihrem Beil in die Hocke, während ich den Geist zurückhielt. Selena traf und der Geist heulte vor Wut auf, bevor das blasse Feuer ihn verzehrte.

„Das darfst du nicht vergessen", sagte ich. „Dein Rücken ist immer verwundbar."

„Nicht, wenn du in der Nähe bist", erwiderte Selena mit einem flüchtigen Lächeln. Keine Zeit für Gespräche. Weitere

Geister kletterten aus dem Riss, einer glühenden Grube auf den Steinplatten vor uns, die wie ein den Himmel spiegelnder Teich eine Krankenhausstation auf der anderen Seite zeigte.

Eine Isolierstation, in der so viele an der Krankheit starben. Sie nannten es die Grippe, und sie verwüstete die Welt. Sie würde auch diese Welt verwüsten, wenn wir die Risse nicht schnell genug schließen konnten. Zu meiner Rechten arbeiteten zwei Geister zusammen, um ihre Brüder zu vernichten.

Graham, der wie ein übergroßer Jahrmarktausrufer aussah und einen Spike-Hammer schwang, fegte mit langen Schwüngen wütende Geister beiseite. Das gab Katherine Raum zum Arbeiten. Ihre Hakenstöcke schnitten durch die Luft und katapultierten sie von einem Geist zum nächsten, wobei sie jeden in blaue Flammen hüllte, während sie sich bewegte.

„Es ist fast bereit", sagte Anna zu meiner Linken. Sie hielt ein Tablet mit einem blauen Saphir in der Mitte. Ein Gerät, Jahrhunderte älter als ich, ein Produkt unbekannter Herkunft, das von Führer zu Führer weitergegeben worden war und sich nun in den Händen einer ehemaligen Schmugglerin befand.

„Ich bin dran", sagte ich und griff nach meiner großen Armbrust von meinem Rückenholster. Während Selena mir Deckung gab, betätigte ich den Hebel auf der linken Seite des Schafts, um die blau getönten Bolzen zu laden, und drehte dann die rechte Kurbel. Ich setzte einen ein, zielte und schoss auf einen Geist, gerade als er sich uns zuwandte, seine Augen von demselben blauen Glühen erfüllt wie unser beruhigendes Feuer. Der Bolzen traf den Geist in die Brust, und Feuer brach aus, das seinen Augen glich. Aber als das Feuer über seinen Körper gekrochen war, waren die Augen des Geistes schlicht und leer. Bereit für den Zyklus.

Ich schoss erneut und ein drittes Mal. Jeder Bolzen bändigte einen Geist mit blauem Feuer. Jeder verschaffte uns etwas Zeit. Brachte uns einen Schritt näher.

„Es ist bereit", sagte Anna. „Ich gehe ran."

Ich drückte den Hebel an der Armbrust und wechselte zu den normalen, hart zuschlagenden Metallbolzen. Ich verfolgte Anna, als sie zum Zentrum des glühenden Risses rannte, und feuerte auf alle Geister, die sich näherten. Jeder Bolzen krachte in ausgestreckte Hände, wilde und verrückte Augen und fletschende Zähne und stieß sie weg.

„Zurück!", rief ich Graham und Katherine zu. Selena hatte die Worte auch gehört, lief hinter mich und machte weiter. Sie mussten aus der Reichweite kommen.

Anna erreichte das Zentrum des Risses und drückte auf den Saphir. Er versank im Tablet, glatte blaue Linien schossen in alle Richtungen, Ranken, die nach den Rändern des glühenden Portals griffen. Sie durchbohrten jeden Geist und hüllten sie in dasselbe blaue Glühen. Die tobenden in Krankenhauslumpen verwandelten sich in einfache Körper, die gedankenlos dastanden. Andere Ranken packten die Ränder und zogen sie zu, schrumpften das Portal gegen die Steinplatten, bis Sekunden später nichts mehr als der harte graue Fels des Innenhofs unter unseren Füßen lag. Ein weiterer Riss geschlossen.

„Es wird jedes Mal einfacher", sagte Selena, als sie wieder an meine Seite trat.

„Diese Geister waren krank", erwiderte ich. „Patienten, die nicht stark waren. Manche Risse sind schwieriger als andere."

„Ach komm schon", sagte Selena. „Kannst du nicht wenigstens sagen, dass ich einen guten Job gemacht habe?"

„Du wirst besser. Musst trotzdem auf deinen Rücken achten. Wenn ich nicht da gewesen wäre, hätten sie dich erwischt."

„Wen kümmert's?", sagte Selena. „Ich bin doch schon tot."

Ich schüttelte den Kopf. Darauf hatte ich keine gute Antwort. Nur weil Selena ein Geist war und nicht wirklich noch einmal sterben konnte, hieß das nicht, dass sie nicht verletzt werden konnte. Hieß nicht, dass sie nicht gebrochen und schwach werden und auf Erholung warten konnte. „Selbst wenn das stimmt, ich wette, Nicholas hätte keine Lust, dein ganzes Zeug zu reparieren."

„Er lebt dafür", sagte Selena.

Diese Überheblichkeit. Das war neu. Ein unerwarteter Bonus, Selena in die gefährlicheren Teile dieses Lebens einzuführen. Sie hatte Abenteuer in ihre endlosen Tage in Riven bringen wollen und hatte sich darauf gestürzt wie eine Ratte auf die Kanalisation. Ich konnte ein Lachen nicht unterdrücken.

„Reicht das für deine Quote?", fragte Graham. „Oder hat Piotr die Zahl wieder erhöht?"

„Immer noch ein Riss." Was eine lächerliche Menge war. Wir hatten noch nie die Erwartung gehabt, in jeder Nacht in Riven einen Riss zu schließen. Normalerweise war es eine festgelegte Anzahl von Geistern. Drei, vier, vielleicht sogar fünf, die wir finden und zu wandelnden Schaufensterpuppen reduzieren mussten, die sich auf den Weg zum Zyklus machten. Jener ferne Ort, an dem Riven die Toten läuterte.

„Es wird nicht besser", sagte Katherine und ließ ihren Blick langsam über den Innenhof schweifen. „Jedes Mal, wenn wir umherwandern, sind es mehr. Und mehr Führer dazu."

„Piotr rekrutiert", sagte ich. „Es ist nicht abzusehen, wann der Krieg enden wird. Wir nehmen jeden, den wir kriegen können."

„Außer manche Leute." Anna reichte mir das Tablet und ich steckte es zurück in meinen Gürtel.

„Ich arbeite daran", sagte ich. „Schmuggler tun sich keinen Gefallen."

„Nicht jeder kann es sich leisten, die ganze Zeit edel und rechtschaffen zu sein. Manche von uns müssen bezahlt werden, um zu überleben."

„Die Führer waren immer zu steif", sagte Graham. „Alles Pomp. Alles Prahlerei."

„Hör auf damit", sagte Katherine. „Du hast sie genauso geliebt wie ich. Außerdem hättest du mich ohne den Job als Führer nie kennengelernt."

„Und dann würde ich nicht existieren", sagte ich. „Komm, lass uns zurück zur Wohnung gehen. Es ist fast Zeit, wieder zurückzukehren."

NEUE SPIELZEUGE, ALTE FRAGEN

IN DEN WENIGEN Monaten seit wir Graham befreit hatten, gab es nur ein Ziel für die Wohnung: sie zu erweitern. Die übliche Routine bestand darin, einen Riss zu schließen und mein Soll zu erfüllen, und dann hierher zurückzukommen und die nächste Etage nach unten zu säubern. Neue Türen einzubauen.

Materialien zu sammeln und mit Nicholas zusammenzuarbeiten, um den neuen Wohnraum vorzubereiten.

Der verrückte Wissenschaftler hatte jetzt das Erdgeschosslabor, das er wollte. Als wir zurückkamen, konnte man Nicholas schon von einem Block entfernt hören, wie er mit seinen Maschinen herumwerkelte. Wie der Mann es schaffte, aus Rivens trostlosen Ruinen funktionierende Öfen, Generatoren und andere Wunder zu erschaffen, verblüffte mich. Aber genau deswegen hatte ich ihn ja auch gebunden.

Der zweite und dritte Stock gehörten Graham und Katherine, während Selena sich das oberste Stockwerk nahm. Das hohe und schmale Gebäude glich nun einer echten Wohnung. Wir stellten Möbel her, streiften alles an Stoff ab, was wir an anderen Orten finden konnten, um Bettlaken und sogar eine Art Teppich zusammenzustellen. Das Ganze war eine Übung, um die Geister sich mehr wie die Menschen fühlen zu lassen, die sie einmal waren.

„Gefällt es dir?", fragte Nicholas, als wir hereinkamen. Er deutete auf eine entfernte Wand, in die er eine Karte der Stadt geschnitzt hatte. Haken, kleine Spitzen, waren in fast jeden Zentimeter getrieben. An einigen dieser Haken hingen blau leuchtende Punkte. „Jeder davon ist ein Riss. Die Steine funktionieren wie deine Resonatoren. Die Risse pulsieren mit einer bestimmten Signatur. Eine Wellenlänge, die ich mit diesen kleinen Geräten auffangen kann."

Der Wissenschaftler hielt etwas hoch, das wie ein Paar miteinander verschmolzene Perlen aussah, um die sich ein Draht wand. Neben der Karte bewahrte Nicholas ein verbogenes Metallfass voller dieser Dinge auf, mit einem dicken Deckel obendrauf. Nicholas führte uns hinüber und erklärte weiter: „Ich lasse eins draußen, und wenn es ein Signal auffängt, weil jeder einzelne Riss leicht anders ist, vibriert der Draht und die Perlen leuchten blau. Dann messe ich die Frequenz, um die Entfernung zu bestimmen, und das sagt mir ungefähr, wo er sich befindet." Einer der Punkte auf der Karte verblasste. „Und das zeigt mir, wenn ein Riss versiegelt wurde. Genial, oder?"

„Du hörst nie auf, mich zu überraschen", sagte ich.

„Sagt uns das auch, wohin wir gehen sollten?", fragte Anna. „Oder wo sich andere Führer wahrscheinlicher aufhalten?"

Nicholas starrte sie einen Moment lang an. Dann summte er und tippte sich an die Lippen. „Ich schätze, daran habe ich noch nicht gedacht. Vielleicht ist das das Nächste. Einen Weg finden, um zu verfolgen, wohin die Führer gehen."

„Wenn du das könntest", sagte ich, „dann wären du und die anderen sicher."

„Du meinst, die Führer wären sicher", sagte Graham. Der

Geist hatte nicht Unrecht. Dieser Spike-Hammer von ihm könnte wahrscheinlich die meisten Führer, die wir hatten, erledigen. Mit Katherine an seiner Seite würde ich jeden armen Führer bemitleiden, der versuchte, sie einzufangen.

„Trotzdem", sagte Katherine. „Es ist besser, wenn wir uns aus dem Weg gehen."

„Ich liebe es, Nicholas", sagte Anna, und der Wissenschaftler strahlte sie an. „Mach weiter so. Und apropos Führer, es wird Zeit für mich zu gehen."

„Anna", sagte ich. „Komm morgen früh zu Ezra. Ich habe etwas für dich."

Anna nickte. Ihr Abgang veranlasste den Rest von uns, sich ebenfalls zu verabschieden. Ich ging mit Selena in den vierten Stock, ganz nach oben. Ich fand es lustig, wie wir die Wohnung mit Möbeln gefüllt hatten. Dinge, die für einen Geist in Riven völlig bedeutungslos waren. Selena brauchte nicht zu schlafen. Sie brauchte nicht zu essen. Sie wurde nie müde, es sei denn, sie wurde verletzt. Kein Tag, der in Nacht überging, in der ewig grauen Eintönigkeit dieser Welt.

Wenn man ihre Wohnung betrat, sah es aus, fühlte es sich an wie ein Zuhause in einer Welt, die keins brauchte.

„Du bringst sie zu Ezra?", sagte Selena, sobald wir die Tür hinter uns geschlossen hatten.

„Sie weiß es noch nicht", sagte ich, „aber Piotr hat den Antrag genehmigt. Sie wird als Führerin eingeweiht werden."

„Sie ist es doch mehr oder weniger schon, oder?"

„Wenn Führer sie in Riven mit einer Waffe erwischen würden, die einfangen kann, würden sie wahrscheinlich versuchen, sie zu blenden."

„Manchmal frage ich mich, ob das so schlimm wäre", sagte Selena. „Nie wieder an diesen Ort zurückkehren zu müssen?"

Ich folgte Selena durch das Wohnzimmer, das wieder normal aussah, nachdem Nicholas nach unten gezogen war.

Selena hatte die Wände mit ihren schwarz-weißen Zeichnungen bedeckt, meist Stadtlandschaften, die Selena vom Balkon aus sehen konnte. Dorthin gingen wir jetzt.

In der Ferne, über den grauen Dächern der Gebäude, flogen gelegentlich farbige Funken durch die Luft. Führer, die einander ihre Positionen mitteilten. Riven sah aus wie immer. Voller Gebäude ohne echtes architektonisches Muster. Einige trugen den spitzen, gezielten Stein von vor Jahrhunderten, während andere die glatten Wände und mehrstöckige Bauweise modernerer Städte hatten. Obwohl sich niemand erinnern konnte, jemals ein Gebäude in Riven entstehen gesehen zu haben, machte die Vielfalt es mir schwer zu akzeptieren, dass alles auf einmal erschaffen worden war. Eine Sache war jedoch sicher; Riven zerfiel.

Durch die Straßen zu gehen, war wie eine Tour durch eine Katastrophe. Einige Gebäude bröckelten komplett, andere nur in Teilen. Hier ein eingestürzter Stock, dort eine umgekippte Wand. Der Verfall breitete sich weiter durch Riven aus. Zum Teil wegen der Kämpfe; die endlosen Wellen wütender Geister, die in ihrer Wut alles zerstörten, bis ein Führer sie zur Ruhe brachte. Zum Teil wegen des geheimnisvollen, allmählichen Niedergangs dieses Ortes. Eine sterbende Welt.

Ich blickte zum grauen Himmel hinauf, ein permanenter Nebel dämpfte das weiße Licht von oben. Ascheflocken rieselten um uns herum; eine ständige Präsenz, die auf einer Brise dahintrieb, die aus dem Nichts kam. Wie Schnee, der nie schmolz, der nicht kalt war.

„Es ist ein Geschenk", sagte ich. „Alle anderen müssen schlafen. Müssen träumen. Ich darf diese Stunden hier mit dir verbringen."

„Du bist manchmal so ein Softie, Carver", sagte Selena, aber ich bemerkte ihr Lächeln. „Es ist jetzt viel besser als früher. Danke, dass du mich mitgenommen hast."

„Du wirst richtig gut mit dem Ding", nickte ich zu dem Hackbeil, das in einem Holster an ihrem Gürtel befestigt war. Die Jacken, die wir trugen, lange Trenchcoats, die Schutz boten, waren nicht immer die einfachsten, in denen man kämpfen konnte. Sie waren schwer. Die langen Ärmel und der flatternde Stoff konnten im Weg sein. Aber Selena lernte schnell und sie kam bei allen unseren Überfällen mit.

Ich war mir nicht sicher, ob es beruhigend war oder nicht, dass meine Freundin eine mörderische Expertin mit einem Hackbeil war, aber es passte, dass sie gelernt hatte, die Waffe zu benutzen, die sie getötet hatte.

„Ich will mit dir gehen", sagte Selena. „Wenn du hinter ihm her bist."

„Wir wissen nicht einmal, wo er ist. Wer er ist", sagte ich. „Ich habe nur gehört, dass er ‚der Meister' genannt wird."

„Wir haben deine Mutter gefunden", sagte Selena. „Wir können auch ihn finden."

„Solange er uns nicht zuerst findet", sagte ich.

„Wenn er es tut, werden wir bereit sein", erwiderte Selena mit all dem Selbstvertrauen einer Person, die nicht sterben konnte.

3

STADTFÜHRER

ICH SCHRECKTE IN CHICAGO HOCH. Ich schlief in meinem Bett im Uhrturm von Riven ein, der Basis, von der aus unsere Chicago-Führer operierten, und wachte in einer Welt voller Farben auf. Mit surrenden Maschinen und, vor dem Fenster, Schwärmen von treibenden Zeppelinen. Der Krieg tobte im Ausland, und Chicagos Industrien passten sich den Bedürfnissen des Landes an.

Ich warf einen Blick auf den wachsenden Stapel Post unter meiner Vakuumröhre. Ein Trichter, der Briefe von der Straße aufsaugte und in meine Wohnung schoss. Die neueste Zeitung lag obenauf. Über dem Falz stand ein Artikel von meinem am meisten und am wenigsten gemochten Reporter, einem Typen namens Opperman.

„Tod durch Krankheit oder Krieg?", lautete die Schlagzeile. Ich überflog den Artikel und zuckte bei der endlosen Hyperbel zusammen, die Opperman verwendete. Jede Schlacht ein glorreicher Sieg oder eine schreckliche Niederlage. Jeder Tod tausendfach multipliziert in seinen Kosten für die Menschheit. Jeder Schnupfen-Ausbruch das nächste Verhängnis, das über das Land hereinbrechen würde.

Früher habe ich über solche Artikel gelacht. Die lächerliche Vorstellung, dass ich in der Welt lebte, die auf diesen Seiten beschrieben wurde. Nicht mehr. Die Artikel waren nicht alles Übertreibung. Sie wurden nicht durch die vorhandenen Fakten widerlegt. Opperman hatte endlich eine Welt gefunden, die zu ihm passte. Eine, die jeden Tag mehr Unheil brachte.

Ich setzte meine Maske auf, ein schwarz-goldenes Ding, das mein Gesicht verbarg und zusammen mit meinem Mantel der Welt verkündete, was ich war. Ein Führer. Eine besondere Art von Wesen, würdig sowohl des Respekts als auch der Furcht. Der lebende Beweis für einen Ort, von dem niemand wissen wollte.

Das verschaffte mir reichlich Platz auf den überfüllten Straßen und brachte mir sogar ein mechanisches Nicken der Ehrerbietung von einem vorbeifahrenden Piloten in seinem Mech ein. Die riesigen zweibeinigen Dinger, zwanzig Fuß hoch, waren heutzutage überall. Ihre Zwillingsschornsteine ragten über den Metallläufen ihrer Waffen empor und spien heiße schwarze Wolken in die Luft. Sie stampften herum und sorgten dafür, dass ihre düstere Bedrohung Frieden auf den Straßen brachte.

Was die Zeiten betraf, hatte es schon bessere gegeben.

Die Züge in die Innenstadt waren wie immer überfüllt. Das Leben ging weiter, und so setzten die Scharen von Geschäftsleuten, Wissenschaftlern und all jenen, die sie unterstützten, ihre Wanderungen in die jeweiligen Teile der Stadt fort. Von Anzügen über rußverschmierte Mäntel bis hin zu Mechanikern in ölverschmierten Overalls – alle Klassen kamen in gemeinsamer Bewegung zusammen.

Ich hatte immer meinen eigenen Sitz. Meinen eigenen Raum. Anfangs hatte mich die Angst beunruhigt, die sich in den Augen aller zeigte, wenn sie mich sahen, dieser nervöse

Blick, der ihre Blicke trübte. Eine Erinnerung an einen Albtraum, an den sie nie glauben wollten. Jetzt genoss ich es, meine Beine auszustrecken.

Ezra's definierte den Begriff *Klassiker*. Eine Einrichtung, die sich jedem Passanten bemerkbar machte. Die goldenen Buchstaben außen und dieser tiefe karmesinrote Anstrich sagten, dass ein Besuch in dieser Bar das Potenzial hatte, dein Leben zu verändern. Zumindest für einen Drink oder zwei.

Für mich würde um 8:30 Uhr morgens Kaffee dieser Drink sein. Ich schlüpfte durch die Tür und stand eine Minute im Reinigungsbereich. Schmutzige Luft, dieser muffige Dreck Chicagos, wurde herausgefiltert, während gereinigte süße Luft hereinströmte. Ich nahm die Maske ab, deren Atemschutz nicht mehr nötig war, und betrat meinen Lieblingsort in der Stadt.

„Du bist da. Ich fing schon an, Zweifel zu haben", sagte Alec zu mir, als ich hereinkam. Er saß an unserem üblichen Tisch, einem Kreis, groß genug für sechs Personen, obwohl wir beide oft seine einzigen Bewohner waren, jetzt, da mein Mentor, Freund und ehemaliger Anführer Bryce sich in ein ruhiges Leben mit seiner Familie zurückgezogen hatte. Alec hatte bereits eine Kanne Kaffee dort stehen, diesmal mit drei Tassen statt zwei.

„Ich glaube, Anna ist es nicht gewohnt, früh aufzustehen", sagte ich. „Normalerweise bin ich der Erste, der zurückkommt, und das mit großem Abstand."

„Eine von vielen Veränderungen, die sie wird vornehmen müssen", sagte Alec. „Anna kann nicht gleichzeitig Schleicherin *und* Führerin sein."

„Sobald wir anfangen, sie zu bezahlen, wird sie es sich leisten können, dieses Leben hinter sich zu lassen."

Wir verbrachten die Wartezeit damit, Geschichten auszutauschen. Ich erzählte Alec von der Schließung des Risses letzte Nacht; unser Team von fünf Leuten, das sich durch Geister kämpfte und sie in den Zyklus schickte. Alec tat das, was er normalerweise bevorzugte: allein herumzulaufen und wütende Geister zu erledigen, wenn sie ihn nicht kommen sahen. Natürlich machte unsere aktuelle Quote das schwieriger. Es wäre Selbstmord, zu versuchen, einen Riss allein zu schließen.

„Ich schließe mich an", sagte Alec. „Es tut weh, aber ich muss sowieso Freunde finden. Ich suche mir jede Nacht eine andere Gruppe, helfe ihnen, einen Riss zu schließen, und dann gehe ich und mache, was ich will."

„Sieh mal einer an", sagte ich. „Ein Teamplayer. Hätte ich nie gedacht, dass ich das mal erleben würde."

„Diese Tage sind voller Überraschungen", sagte Alec und nickte zur Tür.

Anna stand dort in ihrer üblichen Arbeitskleidung und sah verloren aus. Von allen Orten in Chicago wäre Ezra's für eine Schleicherin der am wenigsten einladende. Es war seit Jahrhunderten ein Treffpunkt für Führer. Und Schleicher, Leute, die in der Lage waren, nach Riven zu wechseln und dies ohne Genehmigung oder Ausbildung durch die Führer taten, waren definitiv nicht willkommen.

„Anna", sagte ich. „Wir sind hier drüben."

Sie schenkte mir ein dankbares Lächeln und setzte sich. Ich schob ihr eine Tasse Kaffee zu und sie starrte darauf, dann blickte sie auf. „Ich bin eher ein Tee-Mensch."

„Oh, schon der erste Fehler", sagte Alec. „Carver, ich glaube, wir haben einen Fehler gemacht."

„Wir können nicht alle perfekt sein", sagte ich. „Sie wird einfach härter arbeiten müssen, um das wieder wettzumachen."

„Tut mir leid", sagte Anna. „Ich dachte, ich hätte gehört, dass ihr mehr Führer braucht? Ich glaube nicht, dass jetzt die Zeit ist, wählerisch zu sein."

„Stimmt", sagte ich. „Was uns zu dem Grund bringt, warum du hier bist."

Ich nickte dem Barkeeper zu, und der Herr holte von hinter der Bar eine Kiste und trug sie zum Tisch. Aus seinem Gürtel nahm der Barkeeper ein kleines Gerät, einen Öffner, und steckte ihn in das Schloss oben in der Mitte der Kiste. Der Barkeeper drehte sein Handgelenk und bewegte den Öffner im Kreis, wobei er die Zahnräder der Kiste aufzog und sie schließlich öffnete, sodass die Klappen zur Seite fielen und den Inhalt enthüllten.

Eine neue Maske, weiß und silbern und wie gekräuselter Rauch aussehend. Eine Karte mit ihrem Namen. Darunter ein offizieller Mantel. Lang und dick, und mit dem Kreis und den Balken versehen, die seinen Träger als Führer auswiesen.

„Bedeutet das, was ich denke?", fragte Anna.

„Trotz meiner heftigen Einwände", sagte Alec und entschärfte den Kommentar mit einem Augenzwinkern.

„Wir möchten dich zu einem offiziellen Führer machen", sagte ich. „Wenn du annimmst."

„Gibt es daran irgendwelche Zweifel?", erwiderte Anna. „Warum sollte ich nicht?"

„Du musst es aufgeben", sagte ich. „Du kannst nicht beides machen. Ein Schleicher kann kein Führer sein."

Anna ließ ihren Blick zwischen Alec und mir hin und her wandern und dachte nach. Dann nickte sie. „Riven wird sowieso zu gefährlich für Schleicher. Wenn ich helfen kann, es sicherer zu machen, dann wäre es das Richtige zu tun."

„Sie ist eine Edle", sagte Alec. „Das ist die schlechteste Idee."

„Sei still, Alec", sagte ich. „Willkommen bei den Führern, Anna. Wir freuen uns, dich dabei zu haben."

„Wenn wir sie schon aufnehmen müssen", sagte Alec, „dann akzeptiere ich das nur, wenn wir feiern." Er blickte auf

Annas volle Kaffeetasse. „Sag mir bitte, dass du okay mit Bier bist?"

„Das genieße ich sogar", sagte Anna, und Alec stieß einen übertriebenen Seufzer der Erleichterung aus.

4

SELTSAME FAHRT

ICH WÄRE DER ERSTE, der sagt, dass ich gerne einen guten Drink nehme. Oder mehrere. Als Führer zu arbeiten, brachte den wunderbarsten Weg mit sich, einen Kater zu vermeiden: Nach Riven überzugehen, und die Kopfschmerzen verschwanden. Ein paar Stunden Geister jagen, und wenn ich zurückkehrte, fühlte ich mich wieder gut. An diesem Abend, im Zug zurück zu meiner Wohnung, aufgedreht von all dem, nun ja, Gin, freute ich mich darauf, hinüberzugehen, Selena zu finden und vielleicht ein oder zwei Risse zur Ruhe zu bringen.

Ich hatte meine eigenen zwei Sitze auf dieser Strecke, der Doppelsitz mir gegenüber war weit offen, obwohl andere Leute im Mittelgang standen. Niemand wollte mich in meiner Maske ansehen. Niemand wollte es sich mit jemandem verscherzen, dem sie vielleicht begegnen würden, nachdem sie gestorben waren, jemandem, der Seelen aufhören ließ zu existieren. Also erwartete ich nicht, dass mich jemand stören würde. Als sich ein Mann mir gegenüber setzte, brauchte ich, vielleicht auch wegen des Alkohols, eine Minute, um es zu bemerken.

Er sagte nichts, starrte mich nur an und aus dem Fenster auf die vorbeiziehende Stadtlandschaft. Ich musterte ihn. Er trug eine billige Maske, nicht aus geschnitztem Metall wie meine eigene, sondern eine aus Stoff mit rauen Kanten. Kein Stil. Dasselbe konnte man über den Rest seiner Kleidung sagen. Eine Arbeiterweste und eine schäbige Jacke, fleckige und abgetragene Hosen. Ich konnte seine Augen unter der Maske nicht genau erkennen, aber die gebeugte Haltung des Mannes deutete darauf hin, dass sie müde sein würden.

„Komisch, wie ungern sich jemand einem Führer gegenübersetzt", sagte der Mann zur Begrüßung.

Es dauerte einen Moment, bis ich eine Antwort zusammengestellt hatte. Ich war in den stillen Stupor versunken, der Reisende in Zügen so oft erfasst und aus dem sie erst wieder auftauchen, wenn ihre Haltestelle ausgerufen wird. „Mir macht's nichts aus."

„Es ist, als hätte man Angst vor seinem Schicksal", sagte der Mann. Seine Worte, die schweren Töne in seiner Stimme, rüttelten mich aus meinem alkoholischen Nebel. Menschen sagten normalerweise keine solchen Sätze, schon gar nicht zu jemandem, den sie nicht kannten. Noch weniger zu einem Führer.

„So könnte man es sagen", erwiderte ich. „Aber nicht jeder braucht einen Führer, um ans Ziel zu kommen."

„Besonders keinen wie dich", sagte der Mann.

Ich richtete mich auf. „Wie war das nochmal?"

„Carver Reed", sagte der Mann. „Ich habe versucht, dich zu finden. Bin die meisten Tage der letzten Woche in diesen Zügen hin und her gefahren."

Wenn ich vorher schläfrig nüchtern geworden war, wurde ich jetzt hellwach. Ich war schon einmal gejagt worden, in Riven, von der Art Geister, mit denen man sich nicht anlegen will. Hier in Chicago, in der realen Welt, kannten die Leute meinen Namen nicht. Es sei denn, sie waren Führer oder ich kannte sie persönlich. Ich machte keine Werbung.

„Nun", fuhr der Mann fort, „ich sehe, du wirst ein bisschen nervös. Ich behaupte, dass du das nicht sein musst. Und ich behaupte auch, dass du sitzen bleiben solltest."

Der Mann verschob seine Jacke gerade so weit, dass ich an einem Schulterholster das matte Bronze einer Pistole sah. Als der Mann bemerkte, dass ich es gesehen hatte, schloss er die Jacke wieder, ließ aber seine rechte Hand auf der Waffe.

„Ist das deine Art, Freundschaften zu schließen?", fragte ich.

„Nur mit denen, die ich behalten will", sagte der Mann. „Ich finde, es ist nur fair, dass du meinen kennst, da ich deinen kenne. Inman."

Er streckte seine linke Hand über die Lücke zwischen unseren Sitzen aus. Ich wollte darauf spucken. Oder sie wegschlagen. Aber ich war unbewaffnet. Meine Waffen waren auf der anderen Seite. Also ergriff ich seine Hand mit meiner, und wir schüttelten sie in einem einzigen Pump.

„Nun, Inman, du bist in meinen Zug gekommen. Du hast eine subtile Drohung ausgesprochen. Wirst du erklären, warum?"

„Das werde ich", sagte Inman. „Aber bevor ich das tue, werden wir aus diesem Zug aussteigen."

Wir waren nicht an meiner Haltestelle. Tatsächlich näherten wir uns einem Umsteigepunkt. Einer Station, wo man, wenn man wollte, auf Züge umsteigen konnte, die weiter nach Westen fuhren, aus der Stadt hinaus und aufs Land. Die Station selbst war ein Gewirr aus Treppen und Bahnsteigen, Züge fuhren unter ständigem Pfeifen ein und aus. Chaos oder perfekte Effizienz, je nach Perspektive.

Inman bedeutete mir aufzustehen, als der Zug langsamer wurde, und ich widersprach nicht. Überleben hatte Vorrang, also befolgte ich die Anweisungen. Ich wollte wirklich nicht erschossen werden oder einen Kampf mit dem Typ im Zug beginnen. Außerdem hatte ich Fragen. Was wollte er, und warum ging er so vor?

Wir überquerten den Umsteigepunkt, gingen über eine Überführung über verschiedene Gleise, die unter uns ratterten, als Züge darüber fuhren. Der Rauch wirbelte um das Glas, das die Überführung umschloss, sodass es aussah, als wären wir von momentanem Nebel umhüllt. Wir gingen an den Stadtrouten vorbei, ein paar, die nach Norden führten, und der einen, die nach Süden ging. Hielten an der dicken Schiene, die nach Westen führte.

„Waffe hin oder her", sagte ich, „ich werde die Stadt nicht verlassen."

„Du wirst", sagte Inman. „Aber wir fahren nicht weit. Nur bis zum Fluss."

„Zum Fluss?"

Inman schüttelte den Kopf. „Ich vergesse immer, wie wenig ihr Stadtmenschen über euer Land wisst. Der Mississippi."

Ich kannte den Mississippi. Natürlich tat ich das. Er kam mir nicht sofort in den Sinn, weil ich Chicago nie verließ. Musste ich auch nicht, und als Führer bedeutete das, an einem Ort zu bleiben. An einem neuen Ort überzugehen, brachte Risiken mit sich. Man wusste nie, wo in Riven man landen würde.

„Gehen wir angeln?", fragte ich.

„Wenn du es so nennen willst. Wir wollen etwas ganz anderes fangen. Du bist der Köder."

„Das macht mich nicht gerade scharf darauf, mit dir zu gehen."

„Was, wenn ich dir sage, dass der Mann, den wir zu fangen versuchen, derjenige ist, der deinen Vater gebunden hat? Der versucht hat, dich töten zu lassen? Der deine Mutter ermordet hat?", erwiderte Inman.

Der Meister. Sie waren auch hinter ihm her. Und sie hatten einen Plan, oder zumindest klang es danach. Ich muss nicht schnell genug reagiert haben, denn Inman fuhr fort.

„Jetzt wissen wir, dass es nicht deine Schuld ist", fuhr Inman fort. „Du wurdest einfach geboren, aber manchmal hat die bloße Existenz eine Art, die Hände der Menschen zu zwingen. Ich habe zu viele Freunde an diesen Mann verloren, und ich kenne nicht einmal seinen Namen. Bei dir denke ich, ist er verzweifelt. Sieht dich als seine einzige Chance. Das gibt uns eine Gelegenheit."

Zwei Stunden mit leichter Konversation später fuhr der Zug in den Bahnhof ein, die Türen glitten vor uns auf. Diesmal zögerte ich nicht, als Inman mir winkte voranzugehen. Wenn sie den Meister fangen wollten, wenn sie den Mann töten wollten, der meiner Familie so viel Schmerz zugefügt hatte, würde ich ihr Köder sein.

5

DIE WILDEN WÄLDER

NIEMAND TRUG EINE MASKE. Nach Jahren in Chicagos dichter Verschmutzung fiel mir das als Erstes auf. Die Menschen, die um uns herum aus dem Zug strömten und Freunde und Verwandte begrüßten, zeigten alle ihre Gesichter im Abendlicht. Als ich einatmete, hatte die Luft einen anderen Geschmack. Nicht den süßen, sterilen Geschmack von Ezras und anderen Luftreinigern, sondern stattdessen schwer mit Natur. Der Duft und die Textur von Wildblumen und Kiefernadeln, der brennende Rauch von Feuern, nicht zum Schmieden für die Industrie, sondern zum Kochen von Essen.

Um den Bahnhof herum, so weit ich sehen konnte, erstreckten sich bogenförmige, baumbedeckte Hügel, die neben dem endlosen Rauschen des Mississippi verliefen. Die Stadt, in der wir angehalten hatten, schmiegte sich zwischen die Kalksteinklippen, wand sich vom Fluss weg und hinauf in die Hügel.

Inman zeigte die Straße hinunter, eine kiesige Angelegenheit, die von Tieren bevölkert war. Pferde. Ein paar kleine Klapperkisten, aber ansonsten waren die wiehernden Kreaturen an der Tagesordnung. Die sah man nicht auf Chicagos Straßen. Niemand wollte hinter ihnen aufräumen, also stallte man sein Pferd am Stadtrand ein und fuhr mit der Bahn wie alle anderen. Oder man ging zu Fuß.

Inman führte mich zu drei Pferden, alle braun, und alle, wie Inman erklärte, die sanftmütigsten Stuten. Ein anderer Mann saß auf dem dritten Pferd, trug einen Führermantel und sah mich an, als wäre ich eine Art Verräter. Der Blick des Mannes passte zu seinem zornigen Bart, einer knorrigen Masse aus Schwarz und Grau, die sein Gesicht zu übernehmen schien. Ein fleckiger anthrazitfarbener Hut saß auf seinem Kopf, die breite Krempe warf einen Schatten über seine Augen, so dass ihr Grün in der untergehenden Sonne zu leuchten schien.

„Ich sehe, du hast ihn gefunden", sagte der Mann. „Weißt du, wie man reitet?"

„Keine Ahnung", sagte ich. „Nicht viel Verwendung dafür in der Stadt. Oder in Riven."

„Dann lernst du es heute", erwiderte der Mann. „Steig in den Sattel, halt dich an dem kleinen Knauf vor dir fest, und ich werde sie führen."

„Es ist nicht weit", sagte Inman.

Ich beobachtete, wie Inman in seinen Sattel kletterte, und versuchte dann, die Bewegung nachzuahmen. Steckte meinen rechten Fuß in den Steigbügel und schwang dann mein linkes Bein hinüber. Es hätte sicher funktioniert, wenn ich einen lockereren Mantel gehabt hätte. Etwas, das sich nicht am Ende des Sattels verhakte. Ich endete damit, dass ich mich über das Pferd warf und mich mit der Brust an das Pferd gepresst herumwand, bevor ich mich schließlich zurechtfand.

Als ich mich aufsetzte, sah ich, wie Inman ein Kichern unterdrückte und der andere Typ den Kopf schüttelte. Die

Menge machte mit. Klatschen und Pfeifen. Nichts hält dein Ego besser in Schach als eine kleine Demütigung.

„Das ist Mead", sagte Inman, als wir losfuhren. „Du hast vielleicht bemerkt, dass er ein Führer ist."

Ich hüpfte auf dem Pferd herum und versuchte, mich an die ständige Bewegung zu gewöhnen. Ich rutschte im Sattel vor und zurück und versuchte, mich am Knauf vor mir festzuhalten, abwechselnd mit einem Todesgriff an der Mähne des Pferdes. Die Stute schien sich ihrerseits einen Dreck darum zu scheren, was ich tat. Sie folgte Mead und seiner führenden Hand am Seil, das um ihr Zaumzeug gebunden war, ohne zu murren.

„Kann schon sein", sagte ich, als es sich sicher anfühlte zu sprechen, meine Aufmerksamkeit ein wenig vom Im-Sattel-Bleiben abzuwenden.

„Dir ist vielleicht auch aufgefallen, dass er dich nicht besonders mag", sagte Inman.

„Kann schon sein."

„Hauptsächlich, weil du seinen Freund unter einem Trümmerturm begraben hast", sagte Inman. „Was der Grund ist, warum wir überhaupt von dir wissen."

„Barth?"

Dieser Geist war ein weiterer, der für den Meister arbeitete. Barth hatte mörderische Experimente durchgeführt in der Hoffnung, einen Weg aus Riven zu finden. Er hatte Führer in seinem Turm ermordet und bei jedem Scheitern das Opfer versklavt, um seiner gebundenen Geisterarmee beizutreten. Alles in der Hoffnung, einen Weg zurück in das Leben zu finden, das er einst hatte.

Dann legte sich Barth mit Alec, Bryce und mir an. Versuchte, seinen eigenen Turm auf uns stürzen zu lassen und wurde selbst davon begraben.

„Genau der", sagte Inman. „Wir hatten unseren eigenen Zug auf den Turm vorbereitet. Wir wollten versuchen, ihn zu befreien. Ihn in den Zyklus zu schicken. Dann hast du das für uns erledigt."

„Klingt, als hätte ich euch einen Gefallen getan."

Wir bogen aus der Stadt auf einen gewundenen Pfad zu den Hügeln ab. Der schmale Weg schlängelte sich unter belaubten Bäumen hindurch und fügte dem Knirschen von Hufen auf Erde und Stein den Klang von Singvögeln hinzu.

„Ich denke, Barth hat bekommen, was er verdient hat", sagte Inman. „Aber einige von uns dachten, er könnte gerettet werden. Einige von uns dachten, wenn wir ihn hätten zurückbringen können, hätte Barth uns gesagt, wo wir den Meister finden können. Jetzt haben wir nur noch dich."

„Wie habt ihr mich überhaupt gefunden?", fragte ich. „Ich habe niemanden gesehen, nachdem der Turm eingestürzt war."

„Geister reden viel, wenn man sie erst mal gebunden hat", brummte Mead von vorn.

„Wir fanden einige von Barths alten Geistern, die um die Überreste seines Turms herumstanden", antwortete Inman. „Jetzt verstehst du. Du schuldest Mead eigentlich etwas. Es wäre sein Recht gewesen, derjenige zu sein, der seinem Freund hilft."

Sein Recht. Klar. Barth hatte seine Experimente jahrelang durchgeführt, bis wir uns um ihn kümmerten. Mead hatte es nicht eilig gehabt. Aber ich störte mich nicht daran, das zu sagen. Bryce hatte mir eine vorsichtige Haltung eingebläut, trotz meiner Versuche, sie zu ignorieren. In Riven bedeutete Vorsicht, ruhig zu bleiben um Geister, die sich noch nicht verwandelt hatten. Einen Geist davon abzuhalten, aufgebracht zu werden, bedeutete, das eigene Leben zu retten. Ich wollte verhindern, dass Mead beschloss, ich würde mich mit ein paar kathartischen Prellungen besser als Köder eignen.

Inman sprach danach eine Weile nicht. Vielleicht

fesselten ihn die glühenden Glut der untergehenden Sonne hinter den Hügeln, die ihre violett-orangenen Strahlen durch die Äste der Bäume filterte, so wie sie mich fesselte. Die flatternden Flügel von Fledermäusen ersetzten die Vögel, ihre Zirpen und Klänge wurden gegen das Summen von Insekten getauscht. Ich saß in Stille. Erlebte es.

So etwas gab es in Chicago nicht.

Schließlich kamen wir zu einem Lagerplatz; eine Reihe von Zelten und wackligen Hütten, die um eine große Feuerstelle aufgebaut waren. Weitere zehn bis fünfzehn Männer und Frauen arbeiteten darum herum, kochten Essen und putzten, wuschen Wäsche in einem in der Nähe aufgestellten Waschbrunnen. Ich fühlte mich, als wäre ich in ein Loch gefallen und mehrere Jahrhunderte früher wieder herausgekommen.

„Was soll das Ganze?", fragte ich, als Inman mir vom Pferd half. „Wenn ihr so weit draußen lebt, könnt ihr nicht bei unseren Anrufen dabei sein. Könnt nicht verbunden sein."

„Wir sind keine Führer mehr", sagte Inman. „Wir haben keinen Grund mehr, darauf zu achten, was ihr alle so treibt."

„Warum?"

„Irgendwann hast du die Nase voll davon, Befehlen zu folgen. Besonders wenn dir gesagt wird, du sollst deine Freunde vergessen."

Inman zeigte auf eine der Hütten und ich ging hin, wobei ich meinen knurrenden Magen ignorierte. Die Leute drehten sich kurz zu mir um, aber die meisten unterbrachen ihre Arbeit nicht. Diszipliniert. In der Hütte standen zwei Pritschen, wenn man sie so nennen konnte. Eher Schlafrollen mit Decken darüber. Inman deutete auf die rechte.

„Los, leg dich hin und geh rüber", sagte Inman.

„Kein Abendessen?"

„Du bekommst mehr als genug zu essen, wenn wir das hier überstehen."

„Du weißt schon, wenn ich hier rübergehe, habe ich nichts", sagte ich. „Keine Waffen, nichts, was mir helfen könnte."

„Du bist der Köder", sagte Inman. „Der Köder soll nicht helfen."

Ich überlegte zu protestieren, aber Inman zog seine Pistole und hielt sie an der Hüfte. Mir blieb keine andere Wahl, als rüberzugehen. Was mir nichts ausmachte. Trotz allem wollte ich den Meister treffen. Selbst wenn es mich umbringen würde.

6

DER KÖDER

NORMALERWEISE BOT RIVEN immer die gleiche Szene, wenn ich hinüberwechselte: ein steinerner Raum mit einer Reihe Betten neben mir, ein Waffenregal davor und ein steinerner Tisch mit Stühlen zum Warten, bis meine Freunde dazukamen.

Hier wechselte ich auf einen Haufen Gras hinüber. Nicht die sommerliche Sorte; das wellige grüne und weiche Zeug aus Kindheitsträumen. Diese Halme waren knittrig und weiß. Als würde man auf getrocknetem Stroh laufen. Oder einer Scheuerbürste. Bäume ragten um mich herum auf und blockierten Rivens graues Licht, ihre dünnen Äste trieben schwarze Blätter in alle Richtungen. Ich hatte meinen Mantel, meine Maske und sonst nichts. Die Dinge, die ich am Körper trug, wechselten mit mir hinüber. Keine Peitsche, kein Messer, keine Verteidigung.

Ich spürte eine Hand, die meinen Arm packte und mich mitzog. Ich drehte mich um und sah Meads grimmiges Gesicht, das Stirnrunzeln unter dem zotteligen Bart des Mannes.

„Es ist hier lang", sagte Mead.

„Hast du nicht bei den Führern gekündigt, weil du ihre Befehle nicht mochtest? Und trotzdem gibst du mir hier Anweisungen?"

„Das ist wichtiger als dein Sarkasmus", sagte Mead, aber immerhin ließ er meinen Arm los und ließ mich hinter ihm hergehen. Anders als der Pfad durch die Klippen zum Campingplatz hatte der Wald in Riven keinen Geruch. Nichts außer der üblichen faden Leere der Riven-Luft. Ich atmete sie ein, obwohl ich es nicht musste. Eine der ersten Sachen, die sie einem neuen Führer beibrachten, war, dass man dir sagte, du sollst beim Hinüberwechseln so lange wie möglich die Luft anhalten. Dann stelltest du fest, dass du es für immer konntest.

Wir erreichten eine Lücke im Wald, eine, die Mead und die anderen geschaffen hatten. Bäume waren gefällt worden, ihre Stümpfe ringlos und massiv grau. Einer nach dem anderen tauchten die ehemaligen Führer auf und bildeten einen Ring um mich, drängten mich zur Mitte. Inman kam, nickte mir zu.

„Ist das hier ein Opfer, oder was?", fragte ich ihn. „Weil das für mich nicht nach einer Falle aussieht."

„Wir wissen nicht, woher er kommen wird", sagte Inman. „Aber wir wissen, dass er versuchen wird, zu dir zu gelangen."

„Wie wollt ihr den Meister zu mir locken? Soll ich tanzen? Ein Lied singen?"

Inman lachte, schüttelte den Kopf. „Carver, in einem anderen Leben hätten wir wohl ein paar gute Zeiten zusammen gehabt."

Minuten später, als der Ring eng war und alle bereit standen, die Hände an ihren Waffen, führte Mead zwei Finger an die Lippen und pfiff. Ich konnte sie nicht sehen, aber ich nahm an, dass es andere Leute gab, die die Feuer entzündeten. Rohe Flammen, nicht die blasse blaue gezähmte Art, schossen an den Bäumen um uns herum empor.

Jetzt sah ich sie, die zerfetzten Laken und Papiere und Holz, die von anderswo zusammengetragen und an den Bäumen festgebunden worden waren. Die Feuer fingen schnell und brannten nach oben, kletterten die grauen Stämme hinauf und peitschten in die schwarzen Blätter. Der plötzliche Ausbruch von Farbe irritierte mich, spielte mit meinen Augen und einem Verstand, der nichts anderes als das endlose Grau erwartete. Echte Asche gesellte sich zu den allgegenwärtigen Flocken, als die Feuer die Bäume rund um den Platz verschlangen.

„Glaubst du, er wird das sehen?", rief ich Inman zu.

„Wir wissen, dass er hier in der Gegend ist", sagte Inman. „Haben ihn bis hierher verfolgt. Aber er entgleitet uns immer wieder. Deshalb brauchen wir dich."

Ich beobachtete von den Rändern des Rings aus die Hinterköpfe all dieser Führer, die auf ihre Chance warteten, Rache für dieses oder jenes Unrecht zu üben. Ich wünschte, ich hätte mit ihnen dort stehen können.

Besonders als das Schreien begann.

7

DER MEISTER

DIE SCHREIE KAMEN von jenseits des Rings, aus der flackernden Dunkelheit außerhalb der vom Feuer beleuchteten Lichtung. Ich beobachtete, aber keiner der Führer bewegte sich. Niemand zeigte irgendwelche Anzeichen von Panik, als das Heulen näher kam. Das gleiche Wehklagen, das ich tausendmal gehört hatte. Eine Welle zorniger Geister, die aus einer Bresche strömten, zusammengezogen zu einem Mob des Grauens. Ungebremst könnte die Quelle des Geheuls, diese kreischende Wut, einen Ghul bilden.

Eine der Führerinnen hob ihre Hand und zeigte mit ihrer Axt. Ich schaute in die Richtung und sah am Rande des Hofes eine Gestalt. Eine große, kräftige, verhüllte Person. Im Feuerschein schimmerte der schwarze Umhang des Mannes, durchzogen von goldenen Fäden. Sein Gesicht war von einer gerippten Obsidianmaske verborgen, als wäre sie aus Vulkangestein geschmiedet. In beiden Händen, an seiner Hüfte, hielt er eine lange, breite Klinge, die halb so groß war wie er selbst, wenn nicht sogar größer.

Als der Ring um mich herum seine Aufmerksamkeit auf ihn richtete, hob der Mann die Klinge und rammte ihre

Spitze in den Boden. Sobald die Schneide Kontakt mit Rivens Erde machte, wenn man es so nennen konnte, veränderte sich das Kreischen, das uns umgab, wie eine Sirene in der Ferne, die sich plötzlich zu mir dreht.

Die Geister stiegen aus der Dunkelheit herab.

Die Führer zogen ihre Waffen mit eigenen Jubelrufen und Kampfschreien. Die meisten waren Namen, einige erkannte ich, von Führern, die im Laufe der Jahre gefallen waren. Freunde, die wir in dieser Alptraumwelt verloren hatten. Ich sah zu, wie sie dem Ansturm der Geister direkt entgegentraten.

Nur waren dies nicht die zerlumpten Gestalten, gegen die Selena und ich früher gekämpft hatten, die Kränklichen und Verzweifelten. Die Verwirrten und Verlorenen. Nein. Diese Geister waren gebunden, sie waren trainiert und abgehärtet, und obwohl sie mit nicht mehr als Steinen und Schrott als Waffen auf die Führer losgingen, bewegten sie sich zielgerichtet und gemeinsam.

Die Geister trugen keine Soldatenuniformen oder die Lumpen von Krankenhauspatienten. Stattdessen waren sie einheitlich unterschiedlich. Als kämen sie aus einem Dutzend Zeiten und Orten. Einige trugen Rüstungen aus einer östlichen Vergangenheit, während andere in nicht viel mehr als Lendenschurzen und dünnen Gewändern wüteten.

Ich beobachtete, wie ein Führer mit einem Paar langer Messer auf einen einschlug, blitzschnelle Hiebe und Finten, nur um zu sehen, wie der Geist außer Reichweite zurückwich und nach einem knapp verfehlten Stoß ein zweiter Geist aus der Dunkelheit auf den Führer zusprang und an seinem Gesicht zerrte und riss.

Auf der anderen Seite arbeiteten Inman und Mead zusammen. Letzterer benutzte ein Paar kurzer Speere zum Stechen und Zurückziehen, schickte einen Geist nach dem anderen mit blauem Feuer fort. Inman ergänzte den Mann mit einem Paar Pistolen, Waffen, die ich in Riven nicht oft gesehen hatte. Man wusste nie, wie viele Geister um die nächste Ecke lauern mochten, und wenn die Munition ausging, ging auch das Leben aus. Aber Inmans Waffen knallten eine nach der anderen, schickten Schüsse in die Geister und öffneten sie für Meads einfangende Stöße.

Ich drehte mich ständig, versuchte, meine Augen überall gleichzeitig zu haben. Der Ring hielt noch, aber seine Grenzen wurden locker. Geister kamen immer näher, als Führer fielen oder aus der Linie gedrängt wurden. Ich versuchte, überall hinzusehen, die Chance zu minimieren, dass ich ohne Verteidigung angegriffen werden könnte. Ich musste bereit sein zu rennen.

Eine Faust traf meine Schulter und warf mich zu Boden. Ich rollte mit dem Aufprall und landete auf dem Rücken, schob mich von der hochaufragenden Gestalt weg, die über mir stand. Der Meister selbst, der sich durch den Ring geschnitten hatte.

„Carver Reed", sagte der Meister, seine Stimme ein hohler Bariton, wie die tiefen Töne einer Orgel. „Ich werde Sie jetzt mitnehmen."

Der Meister hielt seine Klinge in der linken Hand und griff mit der rechten nach mir. Ich lehnte mich vor und packte sein Handgelenk, zog ihn, versuchte ihn aus dem Gleichgewicht zu bringen. Der Meister stemmte sich dagegen und zog mich stattdessen auf die Füße. Dann zeigte er nach draußen, irgendwo in die Ferne außerhalb des Rings.

„Gehen Sie", sagte der Meister und ignorierte den andauernden Kampf. Er hatte guten Grund dazu. Immer mehr Geister strömten aus der Dunkelheit und die Führer waren überfordert. Einer nach dem anderen fiel den Tricks und Fallen der hinterhältigen Armee des Meisters zum Opfer.

„Ich bin wirklich nicht in Stimmung", sagte ich.

„Sie wissen, was ich will", erwiderte der Meister. „Um das

Tor zu öffnen, müssen nur Sie sterben. Wenn Sie nicht gehen, werde ich dafür sorgen, dass jeder, den Sie lieben, ebenfalls stirbt."

Ich nahm Drohungen so ernst wie die Person, die sie aussprach. Wenn ich nicht glaubte, dass sie sie wahr machen konnten, wenn ich dachte, sie überschätzten sich, dann würde ich lachen und weitergehen. Beim Meister fing ich an zu gehen.

„Sie werden ihn nicht mitnehmen", kündigte Mead an und stürzte sich mit seinen Speeren auf den Meister. Ich beobachtete, wie der Führer angriff, sein erster Stoß zielte direkt auf die Brust des Meisters. Das große Schwert war zu tief, zu weit weg, um zum Blocken hochgebracht zu werden. Also drehte sich der Meister und ließ Mead so nah herankommen, dass er den Meister fast mit der Spitze eines Speers erwischt hätte. So nah, aber nicht nah genug.

Ich hörte einen Knall, den Schuss von Inmans Pistole, und der Meister grunzte. Der große Mann hob seine rechte Hand zu seiner Schulter, wo ich einen Riss im Mantel sehen konnte.

„Das war für Barth", sagte Inman. „Und das ist für alle anderen."

Der Führer hob seine andere Pistole, zielte direkt auf das Gesicht des Meisters und feuerte. Die Kugel traf die Maske. Sie traf dieses schimmernde Gestein und prallte ab. Schlug ein Stück heraus und enthüllte einen Hauch von Haut in diesem schattigen Licht. Ein Blitzen von Zähnen. Und dann bewegte sich der Meister.

Mead drehte sich von seinem Schlag weg und stach nach dem Rücken des Meisters, einen Tick zu langsam. Der Meister duckte sich nach vorn und stürmte auf Inman zu. Meads Speer streifte den Mantel des Meisters, verfehlte aber das Fleisch. Inman bearbeitete seine erste Pistole, lud eine weitere Kugel nach, hob sie, und dann schwang das Schwert des Meisters nach oben und zerteilte den Mann in zwei Hälften, als würde ich eine Scheibe Brot schneiden.

Ich wollte schreien, irgendetwas tun, aber meine Hände waren leer und meine Kehle hatte jegliche Stimme verloren, die sie je besessen hatte. Ich konnte nur daran denken zu rennen. Ich sah Meads wildes Gesicht, als er mit blitzenden Speeren nach vorne sprang, und den Meister, der in einer fließenden Bewegung sein großes Schwert schwang, um dem Angriff zu begegnen, und dann wandte ich mich zum Wald.

Das graue Dunkel jenseits der brennenden Bäume ließ mich über das spröde Gras stolpern. Meine Augen erholten sich vom grellen orangefarbenen Licht. Ich versuchte mich zu erinnern, wo ich hinübergegangen war, wo Mead mich zuerst gepackt hatte.

Wenn sichtbare Schrecken Rivens dichte Stadt füllten, so erweckte sein Wald – dunkel, still und schleichend – noch heimtückischere Ängste. Mein Verstand beschwor greifende Klauen, kratzende Arme und die grässlichen Gesichter jener alten, wütenden Geister herauf. Jeder Schritt führte mich an einem weiteren Baum vorbei, unter einem weiteren Ast hindurch, wo jede Hölle lauern konnte.

Bryce hatte jahrelang daran gearbeitet, mir die Angst auszutreiben. Zwang mich, von Panik zu Gelassenheit überzugehen, das Ungewöhnliche mit kalkulierten Taktiken zu behandeln. Damals hatte ich Waffen. Freunde. Eine Chance auf Erfolg. Hier rannte ich allein vor einem gnadenlosen Feind mit Verbündeten in den Schatten davon.

Und doch flogen meine Füße zielgerichtet. Ich schob die taube Raserei, die meine Nerven ergriff, beiseite und konzentrierte mich auf das Gras, auf die grauen Lichtstrahlen, die durch das Blätterdach fielen. Ich fand meinen Weg und drängte weiter.

Ich erinnerte mich, dass der Baum in der Nähe gewesen war, die Vertiefung im Gras, die darauf hindeutete, dass

Führer den Ort mehr als einmal als Bett benutzt hatten. Das Schreien hinter mir wurde leiser, sporadischer, als die übrigen Mitglieder von Inmans Gruppe sein Schicksal teilten.

Da. Das plattgedrückte Grasbett, eingebettet zwischen den Wurzeln dieses großen, verdammten Baumes.

Ich stürzte mich auf das Gras, drehte mich um und schloss die Augen. Schloss die Toten aus.

8

ÜBERRESTE

ALS ICH NACH RIVEN ZURÜCKKEHRTE, war das Lager voller Aktivität gewesen. Als ich in der Totenstille der Nacht wieder hinüberging, leisteten mir nur die Insekten und der ferne Schrei eines Tauchers Gesellschaft. Ich bewegte mich nicht. Zumindest für eine Minute nicht. Ein Körper lag im Bett zu meiner Rechten. Ich konnte ihn durch die verstreuten Mondlichtstrahlen sehen, die durch das locker gedeckte Dach der Hütte drangen.

Ich erkannte das Gesicht. Den Mantel. Die bronzene Pistole auf dem Boden neben der schlaffen Hand. Kein Atem kam von diesen Lippen, keine sich hebende und senkende Brust, die auf einen lebendigen menschlichen Körper hindeutete. Inman war in Riven gestorben, und so starb er auch hier. Was auch immer das gewesen war, worauf auch immer ihr Plan, dem Meister aufzulauern, basiert hatte, es hatte nicht mit den Zahlen gerechnet. Sie hatten nicht gewusst, worauf sie sich einließen, hatten nicht gewusst, was sie heraufbeschworen, nur dass sie es konnten.

Ich stand auf und ging aus der Hütte und um den Lagerplatz herum. Körper lagen verstreut auf Schlafsäcken, in den anderen kleinen Hütten, um die sterbenden Gluten kleiner Feuer herum. Kein einziger war noch am Leben. All diese Führer, diese ehemaligen Führer, hatten sich einer zum Scheitern verurteilten Mission geopfert.

In diesem Moment wollte ich verzweifeln. Sie hätten nicht sterben müssen. All diese Führer hätten bei den Rissen helfen können, hätten helfen können, Riven am Leben zu erhalten. Stattdessen waren sie in Stücke gehackt worden, als sie hinter einer einzigen Person her waren. Einer einzigen Seele. Eine Verschwendung.

Aber sie hatten gewusst, wo sie ihn finden konnten. Den Meister. Jetzt hatte ich einen Anhaltspunkt; der Wald. Westlich von Rivens Stadt, und groß. Nur, ihre Lichtung hätte überall unter den dunklen Blättern sein können. Also durchsuchte ich das Lager nach allem, was mir einen Standort verraten könnte. Einen Ort, zu dem ich reisen konnte, um den Meister wiederzufinden. Irgendetwas, das mir helfen könnte, meine Brüder und Schwestern zu rächen.

Ich wusste, dass wenn ich nicht in diesem Zug gewesen wäre, wenn Inman mich nicht gefunden hätte, dann wäre diese Nacht nicht passiert. All diese Menschen wären noch hier. Oder wenn wir den Meister früher gefunden hätten. Wenn Graham, Katherine, Alec und ich dieses Monster erledigt hätten, dann wären diese Menschen noch am Leben.

Selena würde jetzt den Kopf über mich schütteln. Ich konnte ihre Stimme hören, die mir sagte, dass ich keine Verantwortung für die Handlungen anderer Menschen übernehmen könne. Dass jeder der ist, der er sein will. Dass Mead und Inman und der Rest der Führer wussten, was sie taten, und welches Schicksal ihre Handlungen ihnen bringen würden, akzeptierten.

Sich im Tod zu verlieren war kein Luxus, den wir uns in unserem Leben leisten konnten.

Ich fand die Karte in der letzten Hütte, an die Wand über

Meads reglosen Körper gepinnt. Seine Speere hatten offenbar ihr Ziel verfehlt. Oder wenn sie getroffen hatten, hatte der Meister Mead mit sich genommen. Da sich sonst niemand im Lager bewegte, hielt ich es für unwahrscheinlich.

In den silbernen Lichtfetzen trafen mich Meads Bart und smaragdgrüne Augen, die sich in dem grausigen Zustand der Toten weit geöffnet hatten, mit einer seltsamen Furcht. Ein wilder Mann, der sein wildes Schicksal erfüllt. Würde ich eines Tages auch so aussehen? Allein und erstarrt im ewigen Kampf gegen ein unsichtbares Ende?

Ich schüttelte den Kopf. Bleib in der Gegenwart, Carver. Du bist noch nicht tot. Ich riss meinen Blick von Meads Antlitz los und richtete ihn auf die Wand über ihm. Die Zeichnung.

Wie Annas Karten in ihrem Versteck unter der Baustelle in Chicago, enthielt das große Blatt Papier eine grobe Zeichnung von Rivens Stadt, gepaart mit einer detaillierteren Kartierung des Waldes. Linien zeigten Routen an, die begangen worden waren, Wege von einem Kreis, von dem ich annahm, dass er die Lichtung war, und ob sie, markiert mit roten Xs, auf feindliche Kräfte gestoßen waren. Wörter neben jedem der Xs gaben die Anzahl der gefundenen Geister an, ob diese Geister, falls gefangen, den Meister erwähnt hatten. Im oberen linken Teil der Karte brach der Wald in einer geschwungenen Linie ab. Zwei Wörter erklärten die Form.

Der Berg.

Darunter, am Rand der Linie, in zackiger Handschrift geschrieben: *Er lebt hier.*

Die Karte fiel von der Wand, als ich daran zog, rollte sie zusammen und steckte sie in meine Manteltasche. Ging zurück zur Hütte mit Inmans Leiche und nahm die Pistole. Die Toten zu bestehlen mag respektlos erscheinen, aber gute

Waffen waren wertvoll. Ich hatte das Gefühl, Inman würde es lieber sehen, dass sie benutzt wird, als hier auf der Klippe vor sich hin zu rosten. Ich durchsuchte seine Taschen und fand eine Handvoll Kugeln. Inman hatte seine Pistole auch geladen gelassen. Wenn er auf mich hätte schießen müssen, wäre Inman bereit gewesen.

Ich ging zu den Pferden, die ganze Gruppe in verschiedenen Stadien des Schlafs und nervöser Wachsamkeit, als ich mich näherte. Der Gedanke, zu versuchen, eines von ihnen im Dunkeln zurück zum Bahnhof zu reiten, brachte mich fast zum Lachen. Hätte fast die Stimmung gebrochen. Stattdessen öffnete ich das Tor zu ihrem Gehege und ging weg. Wer wusste schon, wann oder ob jemals jemand hierher kommen würde. Es gab keinen Grund, die Pferde zu einem Hungertod zu verurteilen.

Unheimliche Schatten und Illusionen begleiteten mich auf meinem Weg zurück in die Stadt. Ich driftete immer wieder in Erinnerungen ab, spielte den Kampf nach, und dann riss mich das Knacken eines Zweiges oder der überraschte Schrei eines Tieres in die Gegenwart zurück. Die kurze Überquerung nach Riven und zurück half nicht - meine Muskeln schmerzten, meine Augen und mein Hals waren trocken und juckten, meine Knochen fühlten sich ausgelaugt und müde an vom Stress und dem Aufstieg zum Lagerplatz.

Also hielt ich mich an das eine Positive. Das eine, das all dieses Elend wert machte. Ich wusste, wo ich ihn finden konnte. Der Meister würde sich nicht mehr lange verstecken können.

9

KEINE GUTEN NACHRICHTEN

ICH ERREICHTE den Bahnhof bei Tagesanbruch und kaufte eine Fahrkarte für den ersten Zug zurück nach Chicago. Ich schnappte mir eine Zeitung und einen starken Kaffee für die Fahrt und stand mit einer schäbigen Gruppe von Pendlern auf dem Bahnsteig. Sie und ich teilten diese stille Verbindung eines gemeinsamen Ziels, die wir dadurch kommunizierten, dass wir den Blicken der anderen auswichen und jegliche Worte auf das absolute Minimum beschränkten.

Der Zug donnerte aus dem Westen heran, eine gewaltige, klobige Masse aus Stahl und brennender Kohle. Schwarzer Rauch stieß aus einer Reihe dicker Schornsteine. Pfeifen kündigten die Einstiegszeit an, und spindeldürre Metallgatter schoben sich zur Seite, um uns einsteigen zu lassen. Wieder fand ich mich allein wieder, in meiner eigenen Ecke eines Waggons isoliert, während sich die Passagiere anderswo zusammendrängten.

Ich entfaltete die Zeitung, meinen Begleiter für die Fahrt, und vertiefte mich in ihre Unterhaltung. Gestern hatte Opperman die Hauptschlagzeile und heute prangte sein fetter Name wieder auf der Titelseite.

Wir waren in den Krieg in Europa eingetreten. Ganze Schwärme von Zeppelinen krachten über Männern und Mechs ineinander, die in den Schützengräben aufeinander feuerten. Gasbomben wurden hin und her geschleudert und schickten Soldaten in tödliche Deliriumsspiralen. Es wurde kein Boden gewonnen, aber Leben wurden zermahlen. Die Aufrufe zur Anmeldung nahmen zu. Die letzten Friedensgespräche waren angesichts der jüngsten Opferzahlen zu Asche zerfallen. Verzweifelte Nationen hatten den nächsten Versuch für die kommende Woche in New York angesetzt, aber Opperman gab einer friedlichen Lösung nur geringe Chancen.

Die Menschheit schien sich damit abgefunden zu haben, sich selbst zu Asche zu verbrennen.

Erschwerend zu den Kämpfen kamen die anhaltenden, erschreckenden Meldungen über Ansteckungen hinzu. Eine Krankheit, die sich durch die Großstädte Amerikas ausbreitete und von einem Stadtteil zum nächsten fegte. Die Seuche war aus Übersee gekommen und schien, wie der Krieg, entschlossen zu sein, alles zu ruinieren, was sie berührte.

Masken sollten wirksam sein, ebenso wie das Meiden von Kranken. Ich hörte es dort im Zug. Ein Husten, zwei Reihen vor mir. Eine Frau mit einem Kind.

Und noch einer; mir gegenüber auf der anderen Seite des Ganges. Ein älterer Mann, der aus dem Fenster starrte, ein Taschentuch vor das Gesicht gepresst. Obwohl wir noch Meilen von der Stadt entfernt waren und die Luft noch klar schmeckte, zog ich meine Maske heraus und setzte sie auf. Vergewisserte mich, dass der Atemschutz funktionierte.

Manchmal musste ich mich daran erinnern, dass diese Welt mich genauso leicht töten konnte wie Riven.

Doch selbst wenn die Länder sich zusammenraufen würden, selbst wenn die Wissenschaftler ein Wundermittel fänden, um uns alle davor zu bewahren, der Krankheit zum

Opfer zu fallen, nichts davon würde eine Rolle spielen, wenn sich weiterhin Risse in Riven bildeten. Nichts davon würde eine Rolle spielen, wenn die Toten sich zurück in unsere Welt krallten. Nichts davon würde eine Rolle spielen, wenn wir den Meister nicht finden und aufhalten könnten.

Ich blickte auf meinen Kaffee hinunter, der Dampf stieg aus der hohen Tasse, ich wollte einen Drink. Und nicht von dieser Sorte.

EIN LANGER MARSCH NACH WESTEN

„DER BERG?", sagte Graham, als ich ihm von der Karte erzählte. „Das ist nicht gerade um die Ecke."

Wir waren zurück in der Wohnung, die ganze Gruppe von uns. Ich hatte darauf bestanden. Nur Alec, der auf irgendeiner Einzelmission verschwunden war, fehlte. Bisher war die Reaktion skeptisch gewesen. Selbst als ich von Inman, Mead und ihrem Opfer erzählte.

„Wir haben schon früher versucht, dorthin zu gelangen", sagte Katherine. „Als Graham und ich noch am Leben waren."

Katherine machte für einen Moment Pause, ich konnte sehen, wie sie mit dem Wort rang. Mit der Vorstellung. Ich war nie ein Geist gewesen, aber ich stellte mir vor, dass es zum Teil bedeutete, die ganze Zeit zu wissen, dass man nicht mehr, nun ja, man selbst war. Selena hatte davon gesprochen, wie sehr sie die Geschmäcker, Farben und Geräusche der realen Welt vermisste. Sie vermisste das Leben.

„Was ich damit sagen will", fuhr Katherine fort, „ist, dass man es nicht in einer Nacht dorthin schafft. Es dauert Tage. Ihr müsst zurückkehren, bevor wir dort ankommen."

„Dann werden wir es versuchen", sagte ich. „Ich werde so weit gehen, wie ich kann. Zumindest bis zur Stadtgrenze. Sobald ihr darüber hinaus seid, werden euch keine anderen Führer mehr im Weg stehen."

„Der Wald braucht keine Führer, um tödlich zu sein", sagte Graham. „Es gibt Gründe, warum wir dort nicht hingehen. Warum die Führer den Geistern nicht über die Mauern hinaus folgen."

„Du hilfst nicht gerade", sagte Selena. „Und es spielt doch keine Rolle, oder? Wir können nicht getötet werden."

„Es gibt Schlimmeres als den Tod in Riven", sagte Katherine.

„Wir müssen es versuchen, oder?", sagte ich. „Hier herumzusitzen bringt nichts."

Graham und Katherine tauschten einen Blick aus, ihre Gesichter verwandelten sich von besorgten Stirnrunzeln zu entschlossenen Linien im Licht der Augen des anderen.

„Carver hat recht", sagte Katherine. „So sehr es mir auch missfällt, wir gewinnen nichts, wenn wir hier sitzen bleiben."

„Wir werden den Marsch antreten", stimmte Graham zu. „Aber sei dir bewusst, dass es nicht einfach wird."

„Du hast eine Armee von Geistern erwähnt?", fragte mich Nicholas. „Nach meiner Zählung haben wir hier deutlich weniger als eine Armee. Selbst wenn wir es bis zum Berg schaffen, fürchte ich, stünden wir vor unmöglichen Chancen."

„Ich glaube, Inmans Gruppe hat sich um einige gekümmert", sagte ich. „Und sie haben Aufmerksamkeit erregt. Sie haben eine große brennende Flagge gemacht und sich darunter gestellt. Wenn wir einen Weg finden, nahe an den Meister heranzukommen, ohne dass er es merkt, dann haben wir vielleicht eine Chance."

„Und wenn ihr ihn loswerdet, verschwinden auch die Geister", sagte Graham.

„Das ist also der Plan?", Anna verschränkte die Arme und lehnte sich gegen die Wand, ganz Skepsis und Schärfe. „Wir marschieren in den Wald, Carver und ich bleiben an der Grenze, und dann hoffen wir, dass ihr drei euch um den Meister kümmern könnt?"

„Vier von uns, glaube ich", sagte Nicholas. Ich sah ihn an und hob eine Augenbraue. „Es wird Zeit, dass ich etwas Felderfahrung sammle. Schließlich können meine Erfindungen nur die Probleme lösen, die ich kenne. Und ehrlich gesagt, gehen mir langsam die Probleme aus, die es zu lösen gilt."

„Irgendwelche Einwände?", fragte ich.

„Solange ich nicht derjenige bin, der sich um ihn kümmert", sagte Graham. „Wir finden den Meister, er gehört mir."

„Ich passe auf Nicholas auf", sagte Selena. „Ich will nichts mit dem Meister und seinem Schwert zu tun haben. Ich wurde in dieser Existenz schon genug geschnitten."

Wir packten unsere Sachen zusammen und begannen den langen Marsch zur Stadtmauer. Wir gingen nach Westen, durch das Fabrikviertel, bekannt als die Teergrube. Wo wir vor nicht allzu langer Zeit eine Reihe von Kämpfen gegen Graham ausgetragen hatten, um ihn davon abzuhalten, das zu tun, was der Meister wollte. Um ihn davon abzuhalten, mich zu töten und einen Weg zurück in die reale Welt zu öffnen.

Auf dem Weg wichen wir den verstreuten Funken aus, die von patrouillierenden Führern in den Himmel geschossen wurden. Wir mieden Risse und ihre wütenden Geister, wo wir konnten. Graham mit seinem Hammer, Katherine mit ihren Schlagstöcken, Selena mit ihrem Hackebeil, Anna mit ihrer Keule und ich mit meiner Peitsche. Nicholas, hinter uns, trug einen großen Rucksack mit Geräten, die ich nicht verstand. Er nannte sie seine Experimente und bat uns um Geduld, wann immer wir fragten, wozu eines davon gut sei.

Nach mehreren Stunden erreichten wir die Grenze, die lange Mauer, die die Außenseite von Rivens Stadt umgab. Anders als die bröckelnden Gebäude stand sie stark und solide, mehrere Stockwerke hoch. Durch eine Willenskraft intakt gehalten, die keiner von uns verstand.

Das Tor stand offen, ein breiter Torbogen lockte uns in den dahinterliegenden Wald. Ich konnte weitergehen, aber wenn wir zu lange in Riven blieben, würden unsere Körper in der realen Welt durch Hunger oder Dehydrierung verfallen. Wie tagelanger Schlaf. Es hatte mehr als einen Führer gegeben, der zu lange in Riven geblieben war und sich dann nicht mehr zurückkreuzen konnte, weil sein Körper zu Hause ausgetrocknet und tot war.

„Geradeaus nach Westen für einen oder zwei weitere Tage, und dann nach Norden abbiegen", sagte ich. „Ihr solltet den Berg sehen können und dann seine Tunnel finden. Findet den Meister und beendet es."

„Wir werden nicht versagen", sagte Graham.

„Immer zuversichtlich", seufzte Katherine.

„Das Leben macht so mehr Spaß", erwiderte Graham.

„Sagt der Mann, der am Ende versklavt wurde von dem Typen, den wir zu töten versuchen", sagte ich. „Versucht, lebendig zurückzukommen, okay?"

„Lebendig? Carver, darüber sind wir längst hinaus." Meine Mutter zwinkerte mir zu.

Hinter uns explodierte Nicholas. Ich sah es in den Augen meiner Mutter, den plötzlichen Farbausbruch über meiner Schulter. Die Lichter, die in den Himmel schossen und dann immer wieder zerbarsten. Nicholas warf das explodierende Gerät auf die Straße. Der Rest von uns rannte an die Seiten, um Deckung zu suchen, während das Gerät, ein kleiner

Zylinder, schließlich aufhörte, Funken in die Luft zu spucken.

„Es tut mir leid, es tut mir leid. Das ist alles meine Schuld", rief Nicholas und rannte zu uns herüber. „Das ist mein Panikknopf. Nützlich, wenn wir jemals unter schwerem Angriff stünden. Er kopiert das gleiche Funkenmuster einer Gruppe von Führern unter Beschuss."

„Das habe ich bemerkt", sagte ich. „Das bedeutet, ihr alle solltet besser rennen."

„Rennen?", sagte Anna.

„Nicholas hat jeden Führer im Umkreis von Kilometern hierher gerufen", sagte ich. „Wenn sie noch hier sind, müssen wir erklären, warum wir einen Haufen bis an die Zähne bewaffneter Geister haben, die aus der Stadt marschieren."

„Diese Erklärung würde mich interessieren", rief eine Stimme vom Ende des Blocks. Ich schaute hin, mit sinkendem Herzen, und sah einen Trupp von fünf Führern, die uns anstarrten. „Denn das Brechen unserer Gesetze bedeutet eine Blendung oder Schlimmeres."

FRIENDLY FIRE

ICH TRAT vor meine Freunde und hielt meine Arme weit ausgebreitet, damit die anderen Führer sehen konnten, dass ich nichts verbarg. „Wir bringen sie zum Zyklus."

„Ihr bringt sie?", sagte der Anführer des Trupps. Die fünf verteilten sich, um die Straße abzudecken, ihr Anführer vorne in der Mitte, mit einem Paar brutaler gezackter Klingen in den Händen. Er starrte mich hinter seiner Maske hervor an, leuchtend rot mit blauen Sprenkeln. „Ich wusste nicht, dass wir im Begleitservice tätig sind."

„Diese Geister sind besonders", sagte ich. „Zu gefährlich, um sie gehen zu lassen."

„Ist das der Grund, warum wir die Panikfunken gesehen haben?"

„Ein Unfall", sagte ich. „Nichts weiter."

Ich hörte Bewegung hinter mir. Nicht gut. Wenn Graham oder Katherine beschlossen, hitzköpfig zu werden, würden Führer ihr Leben verlieren. Leben, die wir uns nicht leisten konnten zu verschwenden.

„Also habt ihr ein paar Geister gebunden", sagte der Führer. „Eine Regel gebrochen. Jetzt lasst ihr sie gegen andere Führer die Waffen ziehen, ein Verstoß gegen eine weitere. Und ihr habt uns von unserer Quote abgerufen, um euch vor dem Nichts zu retten."

„Nimmst du das nicht ein bisschen zu ernst?", sagte Graham hinter mir. „Wir gehen unseren eigenen Geschäften nach. Geschäfte, die nichts mit dir und deinen Leuten zu tun haben."

„Graham, halt die Klappe", sagte ich.

„Dein Geist hat eine große Klappe", sagte der Führer und zeigte dann auf Graham. „Wie wäre es, wenn wir einen Deal machen. Du bändigst diesen Geist hier und jetzt. Dann lassen wir euch gehen und melden das nicht."

„Das wird nicht passieren", sagte ich. „Zu eurem eigenen Besten, dreht euch um und schaut nicht zurück."

„Wir haben Gerüchte gehört von Führern, die abtrünnig wurden", sagte der Anführer und schüttelte seine rote Maske hin und her. „Die Geister versklaven und schreckliche Dinge tun. Ich hätte nie gedacht, dass diese Gerüchte wahr sind, bis jetzt."

„Carver, ich glaube nicht, dass er uns gehen lassen wird", flüsterte Anna.

Ich wollte das nicht. Wir sollten gegen den Meister kämpfen, nicht gegen andere Führer. Aber ich musste mich entscheiden, und der Meister hatte Vorrang. Ich konnte nicht zulassen, dass diese unglückliche Gruppe von Führern uns im Weg stand.

„Tötet sie nicht", sagte ich. Laut. Ich stürmte auf den Anführer zu. Machte drei Schritte, zog meine Peitsche heraus und ließ sie nach vorne schnellen, als ich in Reichweite kam.

Der Typ brachte seine gezackten Schwerter in Position, fing die Peitsche mit einem ab und versuchte, sie mit dem anderen zu zerhacken, aber ich zog die Peitsche zurück, riss ihm das Schwert aus der Hand und schleuderte es auf die andere Straßenseite.

Zu meiner Linken sah ich, wie Anna und Selena sich gegen einen anderen Führer aufstellten, der einen dünnen Degen zusammen mit einem armbedeckenden dicken Tuch hielt. Gedacht, um die Wucht des Angriffs eines verzweifelten Geistes abzufangen und einen schnellen Gegenangriff zu ermöglichen.

Graham und Katherine stellten sich gegen die anderen drei auf. Standen zwischen ihnen und Nicholas.

„Das ist nicht euer Kampf", sagte ich. Der Führer vor mir verlagerte sich in eine Kampfhaltung, lehnte sich nach vorne, beide Hände um sein verbliebenes Schwert.

„Jetzt schon", spuckte der Führer aus und stürmte dann los. Ich ließ die Peitsche erneut knallen, diesmal schlüpfte sie zwischen seine Beine und wickelte sich um einen Knöchel, brachte den Führer ins Stolpern. Er versuchte, aus dem Sturz herauszurollen, aber ich zog die Peitsche zurück, verstärkte den Griff um den Knöchel und brachte seinen Roll außer Kontrolle, sodass er zu meinen Füßen ausgestreckt liegen blieb. Ich sah auf ihn herab.

„Beende es", sagte ich. „Du wirst nicht gewinnen."

Der Führer knurrte mich an und griff nach meinem Knöchel, versuchte, mein Bein wegzufegen und mich zu Boden zu bringen. Nur hatte ich diesen Zug schon ein paar Mal gesehen. Trat einen Schritt zurück, außer Reichweite. Er begann aufzustehen, und dann drückte ich die Spitze meines langen Messers auf seinen Kopf. Er erstarrte. Der erste Funken Vernunft, den er gezeigt hatte.

Ich blickte nach links, hielt die Spitze meines Messers ruhig, und beobachtete, wie Selena und Anna ihren unbeholfenen Tango mit dem degenführenden Führer durchführten. Selenas Hackmesser gab ihr nicht die Reichweite, um nah heranzukommen, aber sie bewegte sich zur Seite des

Führers, zog seine Aufmerksamkeit von Anna ab, die auf der anderen Seite mit ihrer Keule kreiste.

„Warum würdet ihr das tun?", sagte der festgenagelte Führer. „Bei all den Problemen, denen wir gegenüberstehen? Warum jetzt?"

Anna stürmte mit ihrer Keule auf den Rücken des degenführenden Führers zu. Es sah gut aus, bis der Führer, als Anna ihre Waffe schwang, sich drehte und ihren geschützten Arm in den Weg schob. Gleichzeitig stach der Führer mit dem Degen in Richtung Selena, zwang sie zurück. Oder zumindest war das, was ich erwartet hatte, dass passieren würde.

Selena, ihre linke Hand leer, griff nach dem Degen und riss ihn an der Klinge aus der Hand des Führers. Selenas Handfläche trug einen brutalen Schnitt, aber der Führer, nun waffenlos, hob die Hände. Wäre ich ein Mensch, hätte ein solcher Schnitt wehgetan, hätte meine Fähigkeit, diese Hand zu benutzen, beendet, bis sie geheilt wäre. Für Selena würde der Schnitt in einer Stunde verschwunden sein. Eine Unannehmlichkeit und nichts weiter.

„Was wir tun", sagte ich, „ist zu versuchen, Riven davon abzuhalten, schlimmer zu werden. Du musst mir glauben."

Auf meiner anderen Seite sah ich Katherine und Graham, wie sie ihre Führer erledigten. Mit dem Hammer, der stumpfen Seite statt des Dorns, hielt Graham zwei der Führer in Schach, während Katherine den dritten mit einer schwindelerregenden Reihe von Stößen und Hieben überrumpelte. Zu viel für die große Axt des Mannes. Drei schnelle Schläge in den Magen des Mannes, und Katherine fegte ihre Beine tief, brachte ihn zu Fall und warf den Führer um. Die Axt polterte zu Boden.

„Ich muss dir glauben", sagte der Führer, ein leises Lachen blubberte durch seine Lippen. „Ich habe keine Wahl, oder?

Wenn ich Widerstand leiste, wirst du mich töten. Ihr werdet uns alle töten."

„Wir werden euch nicht töten. Wir wollen nur, dass ihr uns in Ruhe lasst."

Bevor Katherine an seine Seite gelangen konnte, griffen die beiden Graham gegenüberstehenden Führer an. Einer, ein bulliger Mann mit einem großen Metallspeer, stürmte mit der Spitze voran. Sein Partner, eine geschmeidige Gestalt, die vor Messern nur so strotzte, täuschte einen Angriff vor. Graham schwang seinen Hammer, um den Angriff des Speerträgers zu stoppen, und bemerkte das von dem anderen geworfene Messer nicht. Die Klinge bohrte sich in Grahams Schulter, als sein Hammer auf den Speer traf und beide wegschleuderte.

Ich sah den blauen Funken, das blasse Feuer, das sich von der Hand des geschmeidigen Führers entzündete und entlang eines Drahtes, den ich nicht bemerkt hatte, auf Grahams Körper zuraste. Nur mein Vater bewegte sich zu schnell. Er ließ den Hammer fallen, griff über seine Brust und zog in einer fließenden Bewegung den Dolch heraus und warf ihn auf seine Besitzerin zurück. Er traf sie in den Bauch, als das Feuer den Draht zum Griff, zur Klinge und über sie hinweg lief.

Ich ließ meine Geisel los, steckte das Messer zurück in mein Holster und rannte auf den Führer zu. Der bullige Mann, der seinen Speer fallen gelassen hatte, traf dort auf mich.

„Ich ziehe es raus", sagte der Mann und griff nach dem Messer. Die Klinge glühte noch immer vom Feuer, das Blau brannte entlang ihres Körpers.

Ich schlug seine Hand weg und drehte stattdessen das kleine Gerät an ihrem Handgelenk, die Quelle des Drahtes, der in das Messer führte. Das Feuer erlosch und schwand entlang ihres Körpers. „Zieh das Messer nicht heraus, du könntest ihr noch mehr schaden. Was sie jetzt braucht, ist die Rückkehr."

„Wir sind nicht in der Nähe unserer Heimat", sagte der bullige Mann.

„Dann lauf. Trag sie und geh."

„Carver", sagte Anna von der anderen Straßenseite. „Lassen wir sie gehen?"

Sie hatte meinen Namen gesagt. Bis zu diesem Moment bestand die Chance, dass wir nicht identifiziert worden waren. Führer sahen sich nicht sehr oft, zumindest nicht außerhalb von Riven. Namen waren nicht gut bekannt, Gesichter oft durch Masken verborgen. Jetzt gab es kein Entkommen mehr aus diesem Schlamassel. Es sei denn, wir töteten sie alle.

„Lasst sie gehen", sagte ich und verbannte diesen dunklen Gedanken. „Wir sind nicht hier, um Führer zu töten."

Der bullige Mann zögerte nicht, packte seine gefallene Freundin, hob sie auf seine Arme und rannte die Straße hinunter. Zurück zum Stadtzentrum. Die anderen Führer griffen nach ihren Waffen und folgten. Der Anführer, derjenige, den ich unter meiner Klinge hatte knien lassen, drehte sich zu mir um, nachdem er etwas Abstand zwischen uns gebracht hatte.

„Carver Reed", sagte der Führer. „Du bist ein Verräter an unserem Orden. Und ich werde dafür sorgen, dass du dafür bezahlst."

„Ich kann ihn einholen", sagte Katherine.

„Lass ihn gehen." Ich winkte ab. „Es spielt keine Rolle mehr. Der Meister ist das Einzige, was noch zählt."

Aber meine Worte taten nichts, um den Eisblock in meinem Magen zum Schmelzen zu bringen.

DIE FALSCHE SEITE

WIR LIEßEN sie an den Toren zurück, die aus der Stadt führten. Ließen sie mit Anweisungen zurück, weiterzugehen, in den Wald zu gehen und den Meister zu finden. Ihn zu erledigen und dieses Chaos zu beenden. Was ich nicht sagte, was ich Anna nicht erzählte, war, dass sie möglicherweise nicht viel Zeit haben würden.

Ich fuhr mit der Bahn in die Innenstadt, stieg am Hauptbahnhof aus und hatte meine Hand schon an der Tür zu Ezras, als ich ein Tippen auf meiner Schulter spürte.

„Hab dich lange nicht gesehen, Carver", sagte Opperman, der Zeitungsreporter, der in seinem grauen Anzug und dünner, mit dem Zeitungslogo versehener Maske dastand. „Ich nehme an, du warst beschäftigt?"

„Liest du deine eigenen Geschichten?", erwiderte ich.

„Nee, ich schreibe sie nur", sagte Opperman. „Was denkst du? Wird Riven explodieren? Sind wir alle dem Untergang geweiht?"

„Wahrscheinlich. Weißt du, was ein Riss ist, Opperman?"

„Ist das nicht, wenn viele wütende Geister auf einmal herauskommen?"

„Es ist wie eine infizierte Wunde. Eine, die blutet und ihre Krankheit von der Wunde aus verbreitet", sagte ich. „Wenn sie nicht behandelt wird, breitet sie sich aus und irgendwann stirbst du. Ein Riss ist so ähnlich. Und Riven ist voll davon."

Zum ersten Mal ließ ich Opperman sprachlos zurück. Er versuchte, einen Weg zu finden, meine Worte in eine Schlagzeile zu verwandeln. Also ließ ich ihn stehen und ging in Ezras Reiniger. Aber bevor ich die Tür schloss, rannte Opperman hinter mir her.

„Nur dieses eine Mal", sagte Opperman, „glaube ich, werde ich mehr von dir brauchen als nur eine Zeile. Das ist eine Chance, Carver, eine Chance, den Leuten wirklich zu erzählen, was du tust. Warum es sie interessieren sollte."

Der Reiniger saugte Chicagos schmutzige Luft heraus und einen Moment später stand der Eingang zu Ezras vor uns.

„Niemand will es wissen", sagte ich, als ich die Bar betrat. „Sie können sowieso nichts dagegen tun. Du würdest ihrem Leben nur einen weiteren Albtraum hinzufügen."

„Wir könnten aufhören, uns gegenseitig umzubringen", erwiderte Opperman.

Ich hätte über die Idee gelacht. Der Gedanke, dass Führer, die einfach nur sagen, dass ein Haufen toter Geister in die reale Welt zurückkratzt, einen Krieg beenden könnten. Piotr und mein ehemaliger Mentor Bryce hatten das schon seit Jahren versucht. Es hatte nicht funktioniert. Es funktionierte nie. Der Feind vor deinen Augen war ein leichteres Ziel als der in den Schatten.

Alec saß an unserem Tisch, und nicht allein. Zwei andere Führer standen auf, als ich hereinkam, ihre Mäntel waren heller als meiner, und ich erkannte ihre Namen und Gesichter. Aus Detroit, keine weite Zugfahrt entfernt.

„Carver, bitte setz dich", sagte Alec. „Du weißt, warum sie hier sind."

„Weil sie uns einen Besuch abstatten wollten?", erwiderte ich.

Polk und Derringer, so hießen sie. Polk ein drahtig gebauter Mann mit einer Vorliebe dafür, bei jeder Gelegenheit seinen spärlichen Bart zu streichen. Derringer ein Athlet, stark und ein Fan davon, auch so zu reden. Die Anzahl der Male, die ich Derringer laut seine Zustimmung zu allem, was Piotr sagte, hatte rufen hören, nun, sagen wir, es war ein laufendes Spiel zwischen Alec und mir gewesen. Wetten darauf, wie oft wir sein dröhnendes Gebrüll der Zustimmung hören würden.

„Du brichst Regeln", sagte Derringer. „Sie existieren aus gutem Grund, Carver. Nur weil du der Chef von Chicago bist, heißt das nicht, dass du unsere Prinzipien missachten darfst."

„Und nur weil du denkst, du hast Recht, heißt das nicht, dass du Recht hast", sagte ich.

„Nina wäre fast gestorben, Carver", sagte Alec. „So wie es ist, liegt sie drüben in New York im Krankenhaus. Schwere innere Verletzungen."

Zumindest hatte sie überlebt. Was auch immer sie mit mir vorhatten, wenn der Führer, den Graham verletzt hatte, nicht überlebt hätte, wäre es viel schlimmer gewesen. „Sie haben mich angegriffen."

„Aus gutem Grund", sagte Polk. „Was hattest du überhaupt mit all diesen Geistern vor? Zweifellos etwas Finsteres geplant."

„Was spielt das für eine Rolle?", sagte ich. „Ich nehme an, Piotr hat euch gesagt, ihr sollt herkommen?"

„Ich sagte, wir würden sie nicht brauchen", sagte Alec. „Aber Piotr bestand darauf. Sagte, dass du dich widersetzen würdest."

„Was denkst du, Alec? Sollte ich? Sollte ich mich widersetzen?"

„Wir werden dich blenden", sagte Derringer. „Dich daran hindern, das je wieder zu tun. Also ja, widersetze dich. Es würde es befriedigender machen."

Ich behielt meine Augen auf Alec gerichtet. Beobachtete sein Gesicht. Er wusste alles über Graham und die anderen. Wusste über den Meister Bescheid und was wir zu tun versuchten. Ich konnte sehen, dass er damit nichts zu tun haben wollte. Als sich unsere Blicke trafen, schüttelte ich leicht den Kopf. Kein Grund für ihn, sich hier zu opfern. Wenn sie mich blendeten, wäre Alec der Einzige, der meinen Platz einnehmen könnte. Selena, Graham und Katherine finden. Weiterkämpfen.

„Abgemacht", sagte ich und machte einen Satz zur Tür. Blenden bedeutete, meinen Zugang zu Riven abzuschneiden. Das wegzubrennen, was mir erlaubte, hinüberzugehen. Polk und Derringer würden mir das nicht wegnehmen.

Ich hörte einen lauten Krach hinter mir, Derringer fluchte.

„Oh, das tut mir so leid", sagte Opperman. „Ich bin immer so tollpatschig, bevor ich meinen ersten Kaffee hatte."

Ich schloss die Tür zum Reiniger hinter mir. Setzte meine Maske auf und rannte hinaus auf die Straßen von Chicago. Ein Flüchtling vor meinen eigenen Freunden.

13

GESETZLOSER IN DER STADT

ICH RANNTE ZIELLOS UMHER. Versuchte, von Ezras Ort wegzukommen. Ich bog hier links ab, dort rechts. Bewegte mich allmählich in Richtung See, aber ansonsten ohne Ziel. Ein Problem als Führer ist, dass man nicht viele Freunde macht. Zumindest keine außerhalb des eigenen Bereichs. Da mein Bereich mich loswerden wollte, musste ich anderswo suchen.

Das ließ zwei Möglichkeiten: die Baustelle mit Anna und den Schleichern. Ich wollte nicht von der Baustelle aus nach Riven übersetzen, weil ich dort keine Ausrüstung hatte. Ich wäre in den Warrens ohne Waffe, der Gnade aller Führer oder Geister ausgeliefert, die zufällig warteten. Ich musste zurück in den Uhrenturm und meine Sachen rausholen.

Meine zweite Option würde mich dorthin bringen.

Ich nahm an, dass Alec und die anderen die Züge beobachten würden, also hielt ich Ausschau nach einem der Motortaxis, die durch die Straßen glitten. Kleine Fahrzeuge mit Bänken außen und Lattendächern obendrauf für den Fall von Regen. In der Innenstadt fuhren die Dinger auf in den Straßen verlegten Schienen. Schienen, die Elektrizität durch ihre Räder nach oben leiteten. Alles Teil der Bemühungen, die Umweltverschmutzung zu reduzieren. Weiter draußen, in der Nähe meiner Wohnung, waren größere, ölbetriebene Busse die Norm.

Als ein Taxi vorbeizuckelte, mit nur einer anderen Person auf der gegenüberliegenden Seite, machte ich drei Schritte, streckte die Hand aus, packte eine Stange und zog mich auf einen Sitz. Ich beugte mich über die lange Konsole in der Mitte des Taxis und gab mein Ziel ein, indem ich einen grünen Stift in die Karte der Innenstadt von Chicago steckte. Die Kartenränder waren die Grenzen des Taxibereichs.

Mein Stift würde der zweite auf der Fahrt des Taxis sein. Ich hatte Glück gehabt. Der andere Passagier hatte sein Ziel in der gleichen Richtung gesetzt. Sein schwarzer Stift markierte den ersten Halt, nur wenige Blocks von meinem Ziel entfernt. Ich lehnte mich zurück und dachte nach.

Es würde Alec, Polk und Derringer Zeit kosten, hinüberzugehen. Zeit, um alle wissen zu lassen, dass ich ihrer versuchten Gefangennahme entkommen war. Alec würde zweifellos meine Position als Chicagos leitender Führer übernehmen. Sie würden Anna vielleicht verschonen, da sie erst seit weniger als einem Tag eingeweiht war. Die anderen Führer, gegen die wir gekämpft hatten, hätten nicht einmal gewusst, wer sie war. Ich hoffte, Alec würde sie auch nicht verfolgen.

Ich musste verhindern, dass die anderen Führer mich blendeten. Solange ich nach Riven übersetzen konnte, würde meine Bindung an Katherine und Selena bestehen bleiben. Ihre Geister bei Verstand halten.

Ich musste der Gefangennahme lange genug entgehen, damit meine Eltern sich um den Meister kümmern konnten. Danach, nun, konnte ich ein Problem nach dem anderen angehen. Untertauchen und einen besseren Plan finden.

Vielleicht würde ich wie Inman und die anderen enden;

außerhalb der Stadt leben und auf eigene Faust als Vigilant übersetzen. Den Führern aus dem Schatten helfen. Es würde bedeuten, einige Annehmlichkeiten zu verlieren, sicher, aber ich hätte immer noch Selena. Es gäbe immer noch uns.

Es dauerte eine Stunde, aber schließlich zitterte das Taxi an der Straßenecke zum Halt, auf die ich gewartet hatte. Ich stieg aus, schaute die Straße rauf und runter. Sah nichts. Die Bürgersteige wie üblich verlassen. Die kleinen Höfe ihrem eigenen struppigen Unkraut überlassen. Was auch immer im Schmutz wachsen konnte. Niemand würde um diese Tageszeit draußen sein. Alle entweder bei der Arbeit oder drinnen; überall, wo man nicht die schreckliche Luft einatmete.

Ich hatte es einmal versucht, auf eine Wette mit Bryce hin. Das Ziel war, mehr als drei Atemzüge zu machen, ohne zu husten. Ich hatte einen geschafft. Die Luft hier einzuatmen fühlte sich an, als würde man trockenen Schlamm inhalieren. Dick, körnig und nach einer Million ekelhafter Dinge schmeckend. Also behielt ich meine Maske auf, und ihr Atemfilter tat seinen Job.

Ich klopfte an die Tür; eine dunkelbraune Eichentür vor einem zweistöckigen Haus. Aus Backstein und malerisch. Gequetscht zwischen einem Paar ähnlicher Gebäude. Die Art von Zuhause, das ich eines Tages gerne besessen hätte, vorausgesetzt, ich würde so lange leben. Ich erwartete, das Trippeln von Füßen zu hören, das Jaulen von Kindern, aber es gab keine.

Richtig. Schule.

Als die Tür sich öffnete, sah ich das müde Gesicht meines Mentors. Traurig und gebeugt.

„Komm rein", sagte Bryce zu mir. Als ich an ihm vorbeiging, spähte er aus der Tür und schaute die Straße rauf und runter. „Du wurdest nicht verfolgt?"

„Ich glaube nicht", sagte ich. „Ich habe mich schnell

bewegt, und ich denke nicht, dass Alec mich wirklich fangen wollte."

„Ich weiß nicht", sagte Bryce. Er schloss die Tür und die Luftreiniger des Hauses sprangen an. „Er war heute Morgen hier. Früher. Hat mir erzählt, was passiert ist. Er denkt, du bist zu weit gegangen."

„Zu weit? Er war dabei. Er hat gegen Graham gekämpft."

„Er wird sein Leben nicht für dich riskieren. Hier, nimm deine Maske ab. Lass uns nach unten gehen. Wo du nicht gesehen werden kannst."

Ich folgte Bryce durch sein Haus und eine Treppe hinunter unter die Erde. Durch einen Raum voller Kisten und einen großen Ofen mit einem Holzstapel in der Nähe. Die Sommerhitze ließ ihn unangezündet, das Eisen kühl und dunkel. Ein Einzelbett stand in einem hinteren Raum, umgeben von Gerümpel.

„Was meinst du?", sagte ich, während ich mich umsah.

„Alec ist länger bei den Führern als du", sagte Bryce. „Er ist auf sie angewiesen für seinen Lebensstil. Ich sage nicht, dass es einfach für ihn sein wird, aber wenn es zwischen dir und allem, was er kennt und worauf er angewiesen ist, entschieden werden muss; tut es mir leid, Carver."

„Und was ist mit dir?"

„Ich bin im Ruhestand", Bryce gab mir ein Grinsen, das fast so schnell verstarb, wie es kam. „Aber ich kann meine Familie nicht gefährden. Du kannst vorerst hier bleiben. Nicht für immer."

„Du solltest wissen", sagte ich. „Wir wissen, wo der Meister ist. Graham und die anderen, sie gehen gerade auf ihn los. Diese ganze Sache könnte bald vorbei sein."

„Deshalb habe ich dich hier runter gebracht", sagte Bryce. „Ich dachte mir, du würdest übersetzen wollen."

Ich schaute auf das Bett hinunter. Ein mickriger Rahmen, eine kleine Matratze. Nicht das, was ich von dem Mann erwartet hatte, der über ein Jahrzehnt lang Chicagos leitender Führer gewesen war. „Das führt zum Uhrenturm?"

„Es sieht nicht nach viel aus", sagte Bryce. „Aber es wird dich dorthin bringen. Bevor du fragst, der Grund, warum es hier unten ist, im Keller? Meine Frau kam jeden Morgen, an dem ich übersetzte, runter, um nachzusehen, falls etwas schief ging. Um zu verhindern, dass meine Kinder den Körper ihres Vaters finden."

14

DU KANNST NICHT MEHR NACH HAUSE GEHEN

Meine Augen öffneten sich im Uhrturm, die Mittelkammer eine Mischung aus Holz und Stein mit einer Reihe von Betten auf beiden Seiten. Das Waffenregal davor hielt meine Peitsche und mein langes Messer. Zum ersten Mal fühlte es sich falsch an, hier aufzuwachen. Als könnte ich jederzeit von einem anderen Führer angegriffen werden. Von Alec. Mein Zufluchtsort war keiner mehr.

Es waren ungewöhnliche Stunden für unsere Region. Mittag in der realen Welt, während die meisten unserer Jagden nachts stattfanden. Ich nahm meine Ausrüstung vom Regal und verließ den Uhrturm ohne Zwischenfälle. Schaffte es am Brunnen vorbei, ohne dass mich ein Führer sah. Verbrachte die nächste halbe Stunde damit, durch Gassen zu huschen und den gelegentlichen Funken auszuweichen, die von Gruppen patrouillierender Führer in die Luft geschossen wurden.

Ich fragte mich, ob sich Schleicher so fühlten; immer über die Schulter schauend und um Ecken spähend, um sicherzugehen, dass man nicht von einem Führer erwischt oder von einem wütenden Geist zerrissen wurde.

So seltsam es sich angefühlt hatte, im Uhrturm aufzuwachen und sich wie ein Eindringling zu fühlen, das Gebäude zu betreten, in dem Nicholas, Graham, Katherine und Selena gewohnt hatten, fühlte sich noch seltsamer an. Niemand zu Hause. Zum ersten Mal seit Monaten ohne jegliche Geister. Nicholas' Maschinen standen noch im Erdgeschoss, still und kühl.

Ich streifte durch die Wohnung meiner Eltern im zweiten Stock; sie war zweckmäßig. Eingerichtet, um maximale Sichtlinien zu Ein- und Ausgängen zu bieten, und sie hatten eine Leiter neben dem Balkon platziert, die sich bis zum Boden ausfahren ließ. Immer bereit für den Notfall.

Nachsehen, ob sie zu Hause waren, das redete ich mir ein. Ob sie schon vom Kampf gegen den Meister zurückgekehrt waren. Oder vielleicht gescheitert waren, ihn zu finden, und zurückkamen. Aber ich wusste, dass sie nicht da sein würden.

Ich war in die Wohnung gekommen, weil es vielleicht mein neues Zuhause sein könnte. Ohne den Uhrturm brauchte ich einen Stützpunkt. Die Wohnung, mit Selena, meinen Eltern und Nicholas, war der beste Kandidat.

Ich machte mich auf den Weg zu Selenas Balkon, wo wir so viele Stunden damit verbracht hatten, zu reden und den rastlosen Himmel zu beobachten. Die Funken zu beobachten, die über den Dächern der Stadt zerbarsten. Ich wollte etwas versuchen, was ich noch nie zuvor getan hatte. Etwas, das ich nur gesehen hatte, als mein Leben am Rande des Ruins hing.

Barth, der verrückte Führer, der versucht hatte, uns in seinem Turm zu töten, hatte aus der Ferne mit dem Meister gesprochen. Hatte eine ganze Unterhaltung in einem Raum geführt, ohne dass der Meister überhaupt anwesend war. Graham, der im Begriff war, mich auf der Mauer von Riven zu töten, war aus der Ferne befohlen worden, innezuhalten. Wenn der Meister es konnte, warum dann nicht ich?

Ich wusste nicht, wie ich anfangen sollte. Ich hatte keine Anleitung, keine einfache Option wie einen Lichtschalter anzuknipsen. Oder ein Lied zu summen. Stattdessen versuchte ich, die fehlenden Teile von mir zu finden. Die Teile, die ich Selena, Katherine und Nicholas gegeben hatte, um sie bei Verstand zu halten. Die Verbindung, die mich an sie band.

Die hohlen Teile waren nicht schwer zu finden. Wie eine Zunge, die nach einem fehlenden Zahn tastet, oder ein verschwundener Halsschmerz. Eine Erwartung, reflexartig gesucht, aber nicht gefunden. Und dieser fehlende Zahn oder Halsschmerz, jeder einzelne, jedes fehlende Stück hatte einen Geist damit verbunden.

Ich fand Nicholas zuerst. Die Verbindung zwischen uns beiden fühlte sich kühl und fern an. Wie wenn man im Dunkeln über eine neue Beule auf der Haut stolpert und nicht genau weiß, wo sie ist. Nur dass, wenn ich nachdrückte, mich darauf konzentrierte, schattenhafte Empfindungen zurückkamen. Als würde man etwas durch ein Tuch berühren. Nicholas' Erfahrungen in diesem Moment; seine Temperatur, seine Gefühle, der Eindruck der Welt um ihn herum. Vielleicht konnte ich auf die andere Weise durchgreifen.

„Nicholas", sagte ich.

Ich sprach das Wort laut aus und versuchte, so gut ich konnte, es durch die Verbindung zu pressen. Dachte das Wort an die Verbindung zwischen uns. Dann spürte ich den Schock. Das Aufflackern von Überraschung, das durch unser Band kam.

„Kannst du mich hören?", sandte ich durch. Eine weitere Welle der Überraschung. Dann eine Pause. Gefolgt von Frustration. „Versuch zurückzusprechen."

Ich wartete. Spürte die wachsende Frustration in unserer Verbindung. Und dann erstarb sie völlig, verblasste zu einer Ruhe. Was tat er? Ich öffnete meinen Mund, um wieder zu sprechen, als ich einen kalten Schauer spürte.

„Carver?" Ich konnte ihre Stimme nicht hören, zumindest nicht auf die übliche Weise. Sie kam eher wie eine Empfindung durch. Wie wenn man sich vorstellt, dass jemand in deinem Kopf spricht. „Wo bist du?"

Selena hatte es herausgefunden. Ich klammerte mich an ihre Stimme, oder meine Version davon.

„Ich bin zurück in der Wohnung. Kannst du mich hören?", fragte ich.

Diesmal, statt Frustration, spürte ich das warme Glühen von Glück. Überraschung, die sich mit einem Lächeln vermischte.

„Ja, kann ich", sagte Selena. „Auf eine Art. Geht es dir gut?"

„Jetzt geht es mir besser", sagte ich. „Es war ein harter Tag. Macht ihr Fortschritte?"

„Wir sind immer noch im Wald, aber wir kommen schnell voran. Wir können den Berg jetzt sehen, wann immer die Äste genug Sicht freigeben. Graham denkt, wir sollten bald da sein."

„Es tut mir leid, dass ich nicht dabei sein kann", sagte ich.

„Ich wünschte, du wärst hier", antwortete Selena. „Aber es ist schön zu wissen, dass ich dich diesmal rette."

„Daran könnte ich mich gewöhnen."

Ich hörte ihr zu, wie sie den Wald beschrieb, darüber sprach, wie die Gruppe zurechtkam. Die vier Geister auf ihrer Reise. Graham, der immer genervter von Nicholas wurde, jedes Mal wenn er anhielt, um ein weiteres Experiment zu versuchen. Katherine, die als Vermittlerin fungierte. Selena, nun, sie genoss die Gelegenheit zu erkunden. Für eine Weile aus den bröckelnden Schluchten der Stadt herauszukommen und etwas Neues zu sehen.

Ich weiß nicht, wie lange wir uns unterhielten, unsere Worte über Meilen und Meilen sandten, aber es endete, als sich die Wohnungstür öffnete. Es endete mit einer Stimme, die ich kannte, die meinen Namen sagte.

„Du hättest nicht hierher zurückkommen sollen", sagte Alec. „Wenn ich dich nicht hätte finden können, dann hätte ich dich nicht töten müssen."

15

ABMACHUNGEN INMITTEN DER KATASTROPHE

ICH SAGTE IHM ZUNÄCHST NICHTS. Stattdessen konzentrierte ich mich darauf, Selena eine letzte Nachricht zu schicken.

„Ich muss los", sagte ich. „Falls du nichts mehr von mir hörst, ich liebe dich."

„Sieh mal einer an, jetzt redest du schon mit dir selbst", sagte Alec.

„Ich kann sie immer noch erreichen." Ich drehte mich zu meinem Freund um. „Genau wie Graham und der Meister."

„Du bist also jetzt wie sie?", fragte Alec. „Wirst du anfangen, die gleichen Ideen zu bekommen? Mehr Geister zu binden? Führer zu finden, die dir loyaler sind als unserem Orden?"

„Du weißt, dass ich das nicht tun würde", sagte ich.

„Weiß ich das?", sinnierte Alec. „Wir haben gekämpft, um dein Leben zu retten, Carver. Um diese Welt und unsere getrennt zu halten. Und jetzt stehen wir hier, auf entgegengesetzten Seiten. Riskiere ich alles, wenn ich nett spiele? Wenn ich einfach weggehe? Ich habe das Gefühl, das größte Risiko, das wir eingehen, ist, dich überhaupt am Leben zu lassen."

„Denk darüber nach, was du da sagst", erwiderte ich. Ich versuchte verzweifelt, Alec am Reden zu halten. Mein Rücken lehnte am Geländer des Balkons, ein zehn Meter tiefer Fall zum Boden. Alec stand zwischen mir und der Tür. Kein einfacher Ausweg.

„Beweis mir, dass ich falsch liege", sagte Alec. „Ich flehe dich an, Freund. Zeig mir einen besseren Weg."

„Du musst mir vertrauen. Wir sind fast am Ziel."

„Wenn dem so ist, dann mögen die Führer mich verdammen für das, was ich jetzt tun werde."

Er rannte auf mich zu, seine gepanzerten Fäuste schwangen tief. Keine Zeit, die Peitsche herauszuholen. Ich griff nach dem Messer und stach nach vorne, als Alec näherkam. Aber der Führer sprang, packte den Rahmen der Balkonöffnung und schwang seine Füße nach mir, während mein Messer unter ihm durch die Luft stach. Der Tritt warf mich gegen das Geländer, hätte mich fast hinuntergeworfen. Ich duckte mich, als Alec nach meinem Kopf schlug.

Er verfehlte mich mit diesem Schlag, aber der rechte Haken war nur eine Finte für einen linken. Alecs Metallfaust traf meine Niere, ein Organ, das in Riven nicht existierte, aber trotzdem schmerzte. Alec packte mich, als ich begann, über das Geländer zurückzufallen, und warf mich in die Wohnung. Ich prallte von Selenas Tisch ab und landete hart an der Wand.

Jedes Mal, wenn mein Rücken gegen etwas stieß, spürte ich den Druck entlang meiner Wirbelsäule, als der Armbrustschaft dagegen drückte. Diesmal gab mir dieser stechende Schmerz eine Idee. Alec kam langsam auf mich zu.

„Ich genieße das nicht", sagte Alec. „Das macht keinen Spaß."

„Toll, ich hatte mir schon Sorgen gemacht", murmelte ich. Meine rechte Hand griff nach dem Griff meiner Peitsche. Ich stand auf und sah Alec direkt in die Augen. Ignorierte die

Übelkeit, die von meinem geschüttelten Magen aufstieg, den pochenden Schmerz in meinem Rücken.

„Ich verspreche dir", sagte Alec, „nach all dem werde ich deine Jagd nach dem Meister fortsetzen."

„Bist du nicht ein richtiger Heiliger." Ich hob die Peitsche und Alec warf den Tisch in meine Richtung. Schleuderte ihn mit beiden Armen. Ich drehte meine Schulter, um ihn zu blockieren, und der Tisch presste mich an die Wand. Alec kam hinterher. Eine Serie schneller Stöße in meine Seite.

Ich rollte mich weg und Alec ließ mich entkommen, ließ mich etwas Abstand gewinnen. Wäre ich ein Geist gewesen oder jemand, den er wirklich hasste, hätten diese Panzerhandschuhe weiter auf mich eingehämmert, bis ich nur noch Matsch gewesen wäre.

„Wer hat es dir gesagt?", fragte ich. „Wer hat den Befehl gegeben, mich zu blenden?"

„Polk und Derringer waren bei Ezra, als ich ankam", sagte Alec. „Sie sagten mir, es käme von Piotr. Stunden zuvor."

„Piotr wollte nicht reden?", fragte ich. Wieder stand ich mit dem Rücken zum Balkon, Alec kam auf mich zu.

„Er ist ein vielbeschäftigter Mann", sagte Alec. „Genug davon, Carver. Es ist Zeit zu gehen."

Alec stürmte vor, der gleiche Anlauf zu einem Schlag, den ich hundertmal gesehen hatte. Ich schlug mit der Peitsche in Richtung seiner Füße, nach links. Alec bewegte sich schnell, sprang über den Schlag, nur dass ich nicht auf ihn gezielt hatte. Die Peitsche wickelte sich um das Bein des Tisches und ich zog sie fest, als Alec durch die Balkontür kam.

Die Schnur der Peitsche fegte durch die Tür und erwischte Alecs Knöchel. Brachte ihn zu Fall und schleuderte ihn gegen das Geländer. Ich rannte auf der anderen Seite zurück. Steckte die Peitsche zurück in den Holster und griff über meine Schulter, um die Armbrust hochzuziehen. Lud einen orangefarbenen Bolzen ein, während Alec sich aufrichtete und sich zu mir umdrehte.

„Du weißt, wozu das fähig ist", sagte ich und richtete die Armbrust auf Alec.

„Du würdest dieses Gebäude niederbrennen", sagte Alec.

„Ich habe nicht gerade viel zu verlieren."

„Was ist dein Angebot?"

„Lass mich gehen. Du kannst sagen, du hättest mich nicht gefunden, wir können so tun, als wäre das nie passiert", sagte ich. „Dann, nachdem ich mich um den Meister gekümmert habe, komme ich zurück und du kannst mich blenden."

Alec starrte mich noch einen Moment lang an. Wog die Optionen ab. Nickte. „Geh. Aber ich werde weiter nach dir suchen. Beim nächsten Mal werde ich nicht allein sein."

Ich gab ihm keine Chance, seine Meinung zu ändern. Duckte mich aus der Wohnung, rannte die Treppen hinunter, erreichte das Erdgeschoss und stürzte auf die Straße. Wie in Chicago lief ich zufällig umher, aber immer mit einer allgemeinen Richtung im Sinn. Ich musste einen Zwischenstopp einlegen und dann würde ich zurück überqueren müssen. Ich hatte keinen Zweifel daran, dass Alec an dem einen Ort warten würde, an dem ich das tun konnte.

Der Uhrenturm.

16

SELBSTVERBRENNUNG

ICH BEOBACHTETE den Uhrenturm vom obersten Stockwerk eines Gebäudes auf der anderen Seite des Innenhofs aus. Ich blickte direkt über den Brunnen zu den Führern, die vor dem Ort standen, zu dem ich musste. Es waren drei, und Alec stand in der Mitte.

Riven zu verlassen bedeutete, sich an einen Ort zu binden. Mein Körper, mein echter Körper, lag in Bryces Keller. Dieses Bett verband sich mit diesem Ort in Riven, dem Uhrenturm. Jedes Mal, wenn Bryce von diesem Bett aus hinüberwechselte, würde er an derselben Stelle hier drüben erscheinen. So konnten wir unsere Ausrüstung dort aufbewahren, wo wir sie brauchten. So bestimmten wir, welche Regionen die Führer auf der ganzen Welt patrouillieren würden.

Es war nicht allzu schwer, einen neuen Ort zu finden, von dem aus man von der realen Welt hinüberwechseln konnte. Man brauchte einen Ort, an dem man einschlafen konnte. Einige Führer waren so gut, so fähig, sich auf jedem Boden zu entspannen, dass sie überall ein- und austreten konnten. Das funktionierte für mich nicht, aber vielleicht musste ich meine Ansprüche an den Komfort überdenken. Ich war noch nie in der Lage gewesen, ohne ein Kissen oder eine Matte hinüberzuwechseln. Irgendwo Sicheres. Riven zu *verlassen* hingegen bot nur eine Option. Man musste auf demselben Weg hinaus, auf dem man hineingekommen war.

Das bedeutete den Uhrenturm. Mein Bett finden und zurückwechseln. Ich glaubte nicht, dass Alec und die anderen Führer mich einfach so ohne Kampf vorbeilassen würden.

Aber ich war nicht mit leeren Händen gekommen. Meine Peitsche, mein Messer, die hatte ich in den Warrens zurückgelassen. Dort, wo Anna und Laurence von ihrem Versteck unter der Baustelle aus hinüberwechselten. Ein Ort, von dem, soweit ich wusste, Alec und Bryce nichts wussten. Das Einzige, was ich mitgebracht hatte?

Die Armbrust.

Der orangefarbene Bolzen, der noch vom Kampf mit Alec geladen war, war immer noch einsatzbereit. Ich ging zu der zerbröckelten Mauer, die zu einer anderen Straße zeigte, außer Sichtweite der Führer vor dem Uhrenturm. Ich zielte mit der Armbrust auf ein Haus einen halben Block weiter.

Mein Schuss sauste über die Straße, traf das Gebäude und brach in orangefarbenes Feuer aus. Die lodernden Strahlen kletterten das Haus hinauf und hinunter und sprangen auf die umliegenden Gebäude über, breiteten sich zu einer alles verzehrenden Nova aus. Ich wich zurück, warf einen Blick zum Uhrenturm und sah, was ich gehofft hatte: Alec und die anderen Führer rannten über den Innenhof in Richtung des aufblühenden Brandes.

Als sie an meinem Standort vorbeikamen, raste ich die Treppe hinunter und sprintete über den Innenhof. Hinter mir hörte ich ihre Rufe, Alec, der ihnen zurief, die nahe gelegenen Gebäude zu durchsuchen und Abstand vom Feuer zu halten. Am Eingang des Uhrenturms nahm ich mir einen

Moment Zeit, um zurückzublicken. Um sicherzugehen, dass Nicholas' Erfindung nicht die ganze Stadt rösten würde.

Es sah aus wie ein festes Spinnennetz, orangefarbene brennende Linien, die von Ort zu Ort schossen, sich mit Stein, Holz oder umherirrenden Geistern verbanden und zu einer neuen Nova entflammten. An den Rändern jedoch ließ die Intensität nach. Die Sprünge wurden kürzer. Die Linien qualmten und erloschen. Ich hatte die Stadt nicht zerstört, um zu entkommen. Zumindest nicht vollständig.

„Es war sowieso ein hässlicher Block", sagte ich zu mir selbst, als ich in den Uhrenturm schlüpfte. Ich schob die Armbrust unter das Bett, als ich hineinsprang. Nicht, dass ich erwartete, dass sie versteckt bleiben würde, aber ich konnte jede Minute gebrauchen, in der sie nicht wussten, dass ich bereits zurückgewechselt war.

Ich schloss meine Augen und driftete zurück nach Chicago.

17

GERETTET DURCH EINEN SCHLEICHER

Bryces Keller hatte keine Beleuchtung und fühlte sich an wie Mitternacht, obwohl ich wusste, dass es erst Nachmittag war. Ich kroch aus dem Bett und tastete mich zur Treppe vor.

Ich ging die Stufen langsam hoch und prüfte jede auf ein Knarren. Bryce hatte mir eine Chance gegeben, und ich wollte nicht, dass er dafür sterben musste. Oder leiden. Je früher ich sein Haus verließ, desto eher konnte er behaupten, ich sei nie angekommen. Je eher seine Familie von dem Risiko befreit wäre, das ich mit mir brachte.

Ich hörte Gepolter von der Haustür, Willkommensrufe von Bryce und seiner Frau, als ihre Kinder nach Hause kamen. Ich nutzte die Gelegenheit, um aus dem Keller zu schlüpfen und zurück in die Küche zu gehen. Ich kam an der Nische vorbei, wo Bryce mir vor nicht allzu langer Zeit von seiner Suche nach meiner Mutter erzählt hatte. Damals, als alles noch viel einfacher erschien.

Durch die Hintertür, meine Finger griffen den Metallrahmen, als sie sich schloss, um das Geräusch zu dämpfen. Ein leerer Rasen, ein Fleckchen für einen Garten, der nie wachsen würde. Eine Gasse, in der ab und zu große Müllwagen vorbeirumpelten und den Abfall einsammelten. Erst als ich Bryces Haus aus den Augen verlor, gönnte ich mir die Chance zu atmen. Das Sommerwetter durch meine Maske und unter meinem Mantel zu spüren.

Ich hatte den ersten Schritt in mein neues Leben gemacht. Jetzt kam der zweite.

Die Bauarbeiten gingen schnell voran. Als ich vor Monaten zum ersten Mal hier war, gab es nur Stapel von Stahlstangen und ein Grundstück. Jetzt ragte ein Gerüst sieben Stockwerke hoch auf. Elektrische Winden und Flaschenzüge schoben Material hoch und runter, hin und her, während Arbeiter mit verschiedener Ausrüstung jedes neue Teil schweißten, befestigten oder maßen. Ein Vorarbeiter stand am Fuß mit einem Monoskop und schaltete durch die verschiedenen Linsen, um die Aktivitäten seines Teams zu beobachten und Anweisungen zu rufen.

Niemand bemerkte oder bemühte sich, meine Anwesenheit zu melden, als ich hinter ihnen vorbeiging. Ich schlüpfte um die Ecke der Baustelle und ging eine steile Treppe hinunter. Die Tür hatte einen Türklopfer, aber ich ignorierte ihn. Drehte den Griff und ging direkt hinein.

Ich schritt den Hauptflur entlang, vorbei an zwei Räumen, die immer verschlossen waren, und in den zentralen Raum. Dominiert von einem großen Tisch mit verstreuten Essens- und Getränkeresten, zogen die Wände meine Blicke auf sich. Auf die Karten, die dort hingen und Teile von Riven in unterschiedlicher Detailgenauigkeit von perfekt bis hin zu leichten Skizzen und Theorien zeigten. Kerzen brannten. Immer noch keine Elektrizität hier unten.

Ich griff in meine vordere Manteltasche und zog die Karte heraus, die ich aus Meads Hütte mitgenommen hatte.

Ich faltete sie auseinander und versuchte herauszufinden, ob und wo sie mit denen an der Wand übereinstimmte.

„Hast du schon mal daran gedacht zu klopfen?", sagte Laurence, Annas Partner und ein generell wenig wertschätzender Typ, als er den Raum betrat. „Wir sind nicht deine Wohnung."

„Jetzt seid ihr es", sagte ich. Laurence sah verwirrt aus, was der Sinn der Sache war.

„Sie haben dich rausgeschmissen?", sagte Anna und folgte ihrem Partner in den Raum. „Wir haben hier gewartet, wie du gesagt hast. Aber ich dachte nicht, dass sie es wirklich tun würden."

„Die Regeln sind klar", sagte ich. „Verletze einen anderen Führer und du wirst geblendet."

„Du hast sie nicht verletzt."

„Graham hat es getan", sagte ich. „Das kommt aufs Gleiche raus."

„Er ist mein Geist", erwiderte Anna, was Laurence einen fragenden Blick entlockte.

„Sag das nicht", sagte ich. „Wenn sie es nicht wissen, können sie dich nicht verfolgen. Ich habe schon den Kopf dafür hingehalten."

„Das ist das erste Kluge, was ich dich je habe sagen hören", sagte Laurence.

„Eines Tages, Laurence, werden wir Freunde sein."

„Hey, gib mir eine Waffe wie ihre, und ich nenne uns gut", sagte Laurence. „Bis dahin bist du nur ein Typ, der auftaucht und mir Ärger macht."

Ich ging zur Wand, zur Karte des Waldes, die hinten hing. Hielt Meads Karte daneben. Sie waren ähnlich, aber die Karte des Schleichers hatte mehr Details. Mehr Symbole.

„Ist das deine Karte?", fragte ich Anna, sie schüttelte den Kopf.

„Es ist meine", sagte Laurence. „Ich mache die Erkundungen, Anna kümmert sich um die Kunden. Was hast du da? Hast du eine eigene Karte gezeichnet?"

Ich erzählte die Geschichte. Die Entführung im Zug, der Hinterhaltversuch auf den Meister. Anna hatte das meiste davon schon gehört, aber es lohnte sich, sich die Zeit zu nehmen, nur um Laurence' Augen hervorquellen zu sehen.

„Auf dem Rückweg habe ich diese Karte gefunden. So wissen wir, wo der Meister ist", sagte ich. „Du hast mehr auf deiner Version. Wie diese eine Stelle hier."

Ich zeigte auf den großen roten Kreis, direkt auf dem Weg zwischen der Stadt und dem Berg. Schattiert mit den Worten *um jeden Preis vermeiden* daneben. Laurence kam näher, legte seinen Finger darauf und brummte vor sich hin.

„Ja, ich erinnere mich, was das ist", sagte Laurence. „Es ist ein Ghul. Ein richtig alter, fieser. Ich habe ihn eine Weile beobachtet, mich versteckt gehalten. Scheint sich an dieses Gebiet zu halten, deshalb habe ich den Kreis gezeichnet."

„Er ist direkt auf dem Weg", sagte Anna. „Sie könnten direkt in ihn hineinlaufen."

„Der Weg zum Zyklus?", sagte Laurence. „Denn das ist die Route, die du dir ansiehst. Deshalb denke ich auch, dass der Ghul überhaupt dort ist. Viele Geister gehen vorbei, und er schnappt sie sich."

„Moment", sagte ich. „Du sagst, der Zyklus ist im Berg?"

„Ich meine, ich habe ihn nie gesehen", sagte Laurence. „Aber ich bin nah dran gekommen. Habe genug Geister verfolgt, um zu sehen, wie sie in diese Höhlen gehen und nie wieder herauskommen."

„Er könnte auf der anderen Seite sein", schlug ich vor, und Laurence zuckte mit den Schultern.

„Vielleicht. Ich sage dir gleich, wenn du irgendwo in die Nähe dieses Ghuls kommst, solltest du besser vorbereitet sein. Er ist nicht normal."

„Wir müssen sie warnen", sagte ich zu Anna.

„Wie?", erwiderte Anna.

„Ich habe einen neuen Trick, den ich dir zeigen will", sagte ich. „Lass uns überqueren."

ABGESCHNITTEN

DIE WARRENS. Ein elendes Durcheinander aus wuchernden Wohnungen, bröckelnden Gebäuden und verlorenen Seelen. Wenn man sich verstecken wollte, war das Labyrinth ein guter Ort dafür. Wir gingen in den Keller eines dieser Gebäude hinüber. Ein sechsstöckiger Monolith, in jeder Hinsicht langweilig, außer in seiner Höhe. Wir wachten nicht in Betten auf, stattdessen stand ich von einer Matte mit schäbigen Kissen am Boden auf.

„Dieser Ort könnte wirklich ein Upgrade vertragen", sagte ich und streckte mich.

„Oh, tut mir leid, dass es nicht deinen Standards entspricht. Ich werde mich gleich darum kümmern", erwiderte Anna.

„Das solltest du", sagte ich. „Je besser dein Ort ist, desto einfacher werden die Übergänge. Wenn du unter Druck stehst, hilft jedes bisschen Komfort."

„Warum sollten wir unter Druck stehen? Ach ja. Weil jetzt jeder Führer in diesem Ort Jagd auf uns macht."

„Daran solltest du doch gewöhnt sein."

Schleicher wurden von den Führern nicht direkt ins

Visier genommen, aber wenn sie Anna beim Herumschleichen und Reden mit Geistern erwischten, würden die Führer sich um sie kümmern. Sie würden ihr eine Wahl lassen. Ihren Standort in der realen Welt preisgeben und geblendet werden. Oder auf der Stelle sterben, weil sie sich in Riven und die Geister der Toten eingemischt hat.

„Ich dachte, meine Schleichertage wären vorbei, als ich einer von euch wurde", sagte Anna.

„Das dachte ich auch."

Anna führte mich auf das Dach des Gebäudes. Ich wusste nicht, ob die Höhe die Dinge einfacher machen würde, aber wir konnten weiter sehen. Wir hatten eine bessere Chance, Führer zu bemerken, bevor sie uns erreichten. Wenn wir müssten, könnten wir wegrennen und die Führer würden nicht wissen, von wo aus wir hinübergegangen waren. Wir mussten unseren Ausgang verborgen halten. Ich hatte keine Armbrust mehr, keine gute Möglichkeit, eine Ablenkung zu schaffen, damit wir vorbeirennen und auf die andere Seite übergehen konnten.

Anna beobachtete, wie ich in mich ging und nach diesen fehlenden Teilen suchte. Wie ich versuchte, den Kanal zwischen Selena und mir zu öffnen. Beim letzten Mal hatte ich die Welle von Emotionen gespürt, die zurückkam. Der Ansturm von Gefühlen und Empfindungen, wie eine Brise an einem windstillen Tag. Nur fühlte ich jetzt nichts. Als ob mein Geist gegen eine harte Wand laufen würde. Ich versuchte es bei Nicholas, meiner Mutter, und es war dasselbe.

„Ich erreiche sie nicht", sagte ich. „Versuch du es mal bei Graham."

Ich erklärte es Anna und sie schloss die Augen und konzentrierte sich. Eine Minute später öffnete sie sie wieder und schüttelte den Kopf.

„Nichts", sagte Anna. „Ich kann fühlen, wo er sein sollte,

dieser Teil von mir, der nicht da ist, aber als ich versuchte, mich damit zu verbinden... konnte ich nichts spüren."

„Ich weiß nicht, was das bedeutet", sagte ich. „Sie könnten tot sein. Zykliert. Oder vielleicht hat ein Führer sie gefunden und sie wurden von uns getrennt."

„Würde uns das nicht die Teile von uns zurückgeben?", fragte Anna.

Ich nickte. Die Schleicherin hatte einen Punkt. Diese Teile von mir fehlten immer noch, was bedeutete, dass Selena und Katherine und Nicholas noch da draußen waren. Irgendwo in diesem Wald gefangen.

Der Wald. Ein Ort, den wir nicht erreichen konnten. Es sei denn...

„Ich habe eine Idee", sagte ich. „Wir werden einen kleinen Ausflug machen müssen."

ZU DEN SCHIENEN

ZUM ZWEITEN MAL in Jahren fuhr ich mit einem Zug aus Chicago hinaus. Diesmal richtete niemand eine Waffe auf mich. Es war viel angenehmer, mit Anna zu sitzen und zuzusehen, wie die Stadt in getreidebedeckte Felder überging.

„Warst du schon mal hier draußen?", fragte ich sie.

„Oft genug", sagte Anna. „Manchmal schrieben mir Klienten. Oder schrieben mir, wie ich wohl sagen sollte. Sie wollten nicht in die Stadt kommen, also fuhr ich zu ihnen raus."

„Ein ziemlicher Service", sagte ich.

„Wir haben es ihnen berechnet."

„Hattest du je ein schlechtes Gewissen?", fragte ich. „Die Trauer der Leute auszunutzen?"

„Hast du je ein schlechtes Gewissen, Leute ins Nichts zu schicken?"

„Ich habe mir das nicht ausgesucht", sagte ich. „Aber nein, es ist mein Job, und es ist ein notwendiger."

„Genauso habe ich das auch gesehen. Wenn Leute Abschluss wollen und ich ihnen den geben kann, warum sollte ich es dann nicht tun?"

Ein anderes Mal hätte ich sie an diesem Punkt herausgefordert. Ich hätte argumentiert, dass es für Menschen schwieriger ist, weiterzumachen, wenn sie denken, dass ihre Verstorbenen in dieser trostlosen Einöde umherirren. Schwer, über eine Katastrophe hinwegzukommen, wenn sie glauben, dass sie vielleicht noch ein letztes Gespräch mit dieser Person führen könnten. Aber ich tat es nicht. Ich blieb still und ließ Anna ihren Moment am Fenster haben.

Wer war ich schon, um Richtig und Falsch zu definieren?

Eine Stunde später fuhr der Zug in den Bahnhof ein. Der letzte des Tages, die Sonne ging über den Klippen unter. Es kam mir vertraut vor, wie bei meinem letzten Besuch. Nur gab es diesmal keine Pferde. Keine mürrischen ehemaligen Führer, die darauf warteten, mich in die Wildnis zu eskortieren. Nur Anna und ich, die die Straße entlanggingen.

Einige Leute warfen uns einen oder zwei Blicke zu, aber wie in der Stadt zogen es die Menschen vor, so zu tun, als existierten wir nicht. Kutscher riefen andere Passagiere an, ob sie eine Fahrt wollten, und ignorierten uns. Sogar einige der Pferde scheuten, als wir an den Pfosten vorbeigingen.

Als wir vom Bahnhof weg waren und den Pfad entlanggingen, der zur Klippe führte, nahm ich meine Maske ab. Anna tat es mir gleich.

„Ich hab mich schon gefragt, wann du das machen würdest", sagte Anna. „Ich fürchtete schon, ich hätte irgendeine Regel vergessen."

„Die Luft ist hier draußen besser", sagte ich. „Aber wenn du die Zeitungen liest und den Leuten zuhörst, gibt es viele Krankheiten. Dagegen sind wir nicht immun."

„Du bist paranoid."

„Vorsichtig", erwiderte ich.

Wir gingen den Pfad weiter, über und um Felsen herum und unter den breiten Bäumen hindurch. Ich scannte ständig die Baumkronen nach den Fledermäusen, diesen lustigen

Geschöpfen, die in der Dämmerung umherflatterten. So anders als Vögel mit ihren spastischen Flugmustern.

„Carver", sagte Anna flüsternd. „Ich glaube, da vorne ist jemand."

Ich folgte ihrem ausgestreckten Finger. Vor uns waren Lichter. Nicht das Flackern eines Lagerfeuers, sondern elektrisches Licht. Viele davon. Ich nickte zur Seite und Anna folgte mir ins Gebüsch. Wir bewegten uns langsam, stiegen über Farne und zwischen den knorrigen Ästen junger Bäume hindurch, aber wenn jemand den Pfad rauf oder runter käme, hätten sie Schwierigkeiten, uns zu sehen.

Mindestens acht uniformierte Polizisten und ihre Pferde standen auf dem Campingplatz. Sie stocherten herum und luden die steifen Körper auf Karren. Ich weiß nicht, warum ich nicht daran gedacht hatte. Natürlich würde ein massenhaftes Sterben hier im Wald Aufmerksamkeit erregen.

Ich griff in meinen Mantel und fühlte den Griff, das Metall von Inmans Pistole. Nicht dass ich irgendeine Erfahrung mit solchen Dingen hatte, aber ich arbeitete mit den Waffen, die ich hatte.

„Du wirst nicht gegen sie kämpfen", sagte Anna.

„Ich will nicht", sagte ich. „Ich denke, wenn wir warten, werden sie nicht die ganze Nacht bleiben."

„Du willst einfach hier sitzen?"

„Ich sehe keine andere Möglichkeit."

Wir kauerten uns unter einen großen Busch, Insekten schwirrten um unsere Köpfe, und beobachteten, wie die Beamten weiter herumgruben. Sie riefen einander zu, wann immer sie etwas Interessantes fanden. Ich legte meinen Kopf auf meine Hände und sah zu, wie die Sonne ihren Abstieg beendete und den Wald in Dunkelheit tauchte.

„Hey", flüsterte Anna. „Ich glaube, sie sind weg."

Ich öffnete meine Augen. Für einen Moment war ich benommen. Ich war tatsächlich eingeschlafen. Hatte ein

Nickerchen gemacht. Wahrscheinlich zum ersten Mal seit Jahren.

Die Lichter waren noch da, elektrische Lampen, aufgestellt und an eine große, kastenförmige Batterie angeschlossen. Die Lichter beleuchteten ein Schild, auf dem stand: *Betreten verboten – Laufende Ermittlungen*. Abgesehen davon und der allgegenwärtigen Tierwelt gab es keine Geräusche.

„Behalte den Boden im Auge", sagte Anna, als wir uns näherten. „Sie werden Auslöser haben, um Tiere fernzuhalten."

„Das hast du schon mal gemacht?"

„Nicht alles, wofür wir bezahlt werden, passiert in Riven", sagte Anna. „Ich habe gelernt, wie man sich zurechtfindet."

„Erinnere mich daran, dich nicht mehr zu unterschätzen."

Wir machten uns auf den Weg zum Campingplatz und zur Hütte, wo ich vor nicht einmal zwei Nächten hinübergegangen war. Wo Inmans Körper gelegen hatte. Die Polizei hatte ihn durch eine Kreidemarkierung ersetzt. Eine kleine Notiz besagte, dass hier eine Leiche gelegen hatte.

„Das ist es", sagte ich. „Wenn wir hier hinübergehen, werden wir im Wald sein."

Ich sagte ihr, sie solle das Bett nehmen, in das ich gegangen war. Ich schlüpfte in Inmans. Ich wusste nicht genau, wo ich hinübergehen würde, aber ich dachte, wir würden in der Lage sein, einander zu finden. Entweder das, oder wir würden allein, ohne Waffen, in einem Wald voller Gefahren ankommen.

WO DIE GEISTER WANDELN

ICH ERWACHTE UNTER DEN GRAUEN, grimmigen Bäumen. Diese schwarzen Blätter dämpften das fahle Licht und warfen dunkle Schatten über den toten Boden. Der Wind wehte, rauschte durch die Zweige und fügte dem Ort ein lebloses Klingen hinzu.

Es gab einige Spuren am Boden, plattgedrückte Teile von gebrochenen Stängeln, die zur Lichtung führten. Ich folgte ihnen in der Hoffnung, Anna würde dasselbe tun. Bald war ich an derselben Stelle angekommen, wo ich Inman in zwei Teile geschnitten gesehen hatte, wo so viele ehemalige Führer gefallen waren. Die Narben waren da. Die schwarzen Linien, die sich die Bäume hinauf und hinunter zogen, Waffen, die überall verstreut lagen, zusammen mit gelegentlichen Stoffstücken. Fetzen, die von Führermänteln und -masken gerissen worden waren. Ansonsten gab es keine Leichen. Riven hatte keine. Zumindest nicht lange.

Ich hatte es schon früher gesehen. Ein Führer fällt und in der Folge verschwinden ihre Körper langsam. Ihre Geister erwachen woanders in Riven. Oder manchmal direkt über ihrer Leiche. Als die Energie verblasste, verschwand auch der Körper, und der Geist begann seine Wanderung zum Zyklus.

„Du hast nicht gelogen", sagte Anna, als sie die Lichtung betrat und sich umsah.

„Dachtest du, ich würde?"

„Nein", sagte Anna. „Ich schätze nicht, aber deine Geschichte klang seltsam. Ein Haufen Führer, massakriert von einer Armee von Geistern und einem verrückten Bösewicht, der ein riesiges Schwert schwingt?"

„Für Riven? Das ist fast alltäglich."

„Für dich vielleicht. Immerhin haben wir jetzt Waffen", sagte Anna. Die Schlaukopf hatte recht. Wir waren mit leeren Händen herübergekommen, all unsere Ausrüstung weit weg in den Warrens. Es gab jede Menge Waffen, die um die Lichtung verstreut lagen, und ich dachte nicht, dass ihre früheren Besitzer etwas dagegen hätten, wenn wir sie mitnähmen. Wir suchten beide nach etwas, mit dem wir umgehen konnten.

In der Mitte der Lichtung fand ich Inmans zwei Pistolen, sein langes Messer und einen Haufen Ersatzkugeln. Nicht meine Lieblingswaffen, aber die Pistolen waren klein genug zum Mitnehmen. Ich steckte sie in meine Taschen. Nahm das Messer und fand dann ein längeres Schwert bei einer anderen Leiche. Keine Peitsche, aber ich konnte die Klingenwaffen benutzen.

„Schau dir das an", sagte Anna. Ich sah in ihre Richtung und sah sie eine lange Kette mit Griffen an beiden Enden halten. Entlang der Glieder waren winzige Stacheln, gezackte Kanten zum Schneiden. „Was meinst du?"

„Das sieht nicht einfach zu benutzen aus", sagte ich. „Und heute Nacht ist nicht der richtige Zeitpunkt, um es im Flug zu lernen."

Anna zuckte mit den Schultern: „Ich werde es mitnehmen."

Ich half Anna, ein paar weitere Messer zu finden, die sie in ihren Gürtel stecken konnte, und dann sahen wir uns um. Es gab nicht viele Anhaltspunkte, wohin wir gehen sollten. Wenn ich mich richtig an Meads Karte erinnerte, stand der Berg nordwestlich von hier. Der Weg, den die anderen genommen hatten, würde direkt nach Norden führen.

„Ich stimme zu", sagte Anna. „Wie kannst du die Richtungen erkennen? Es gibt keine Sterne."

„Schau", sagte ich und zeigte auf einen Teil der Lichtung. Das Gras dort war dezimiert, zertrampelt von mehr stampfenden Füßen als in jedem anderen Teil. „Wenn die meisten Geister von dort kamen und der Meister im Berg lebt, dann wäre das die Richtung, in die wir wollen. Wir folgen einfach den Spuren."

Anna widersprach nicht, und wir machten uns auf den Weg durch den Wald. Anna spielte mit der Kette. Sie übte das Herumwirbeln und hätte mir einmal oder zweimal fast den Kopf abgerissen. Trotzdem wäre es mir lieber, wenn sie wüsste, was sie damit anfangen sollte, wenn es darauf ankam.

Es fühlte sich wie Stunden an, aber ohne eine sich bewegende Sonne oder Veränderungen im Licht war es unmöglich, in Riven die Zeit zu bestimmen. Schließlich erschien vor uns eine dichte Reihe von Geistern. Sie gingen mit leeren Augen und ohne zu sprechen durch den Wald. Zum Zyklus hin. Geister, die durch die Bäume schwebten.

Wir kamen an den Rand des Pfades und beobachteten sie. Die lange Reihe von Soldaten, kranken Patienten und normalen Männern, Frauen und Kindern auf einem langen Weg zu den letzten Momenten ihrer Existenz. Wenn man durch Riven wanderte, sah man Menschen jeder Hautfarbe und Herkunft, jeder Rasse und Abstammung. Einige kamen herüber, bedeckt mit Tattoos oder Piercings, während andere aufwendige Kopfbedeckungen und spirituelle Gewänder trugen.

Ich hatte sie noch nie alle auf einmal gesehen. Nie bemerkt, wie viele Hunderte und Tausende von Geistern jeden Tag, jede Minute diesen Weg gehen müssen. Wie wenige den Verstand verlieren müssen, damit wir Riven sicher halten können.

„Es ist fast schön", sagte Anna, ihre Augen wanderten die Reihe entlang. „Sie alle, aus all diesen verschiedenen Orten, und sie sind alle in Frieden."

„Vorerst", sagte ich. „Mir war nie klar. Wenn all diese Geister sich wenden würden, gäbe es keine Möglichkeit. Keine Möglichkeit, sie zurückzuhalten."

„Die Welt ist ein großer Ort."

Wir schauten noch eine Weile zu, bis ich den Kopf schüttelte, Anna zwischen ein Paar Soldaten mit toten Augen zog und wir die andere Seite des Pfades erreichten.

„Lass uns weitergehen. Wenn ich mich richtig erinnere, ist dieser Kreis auf Laurence' Karte irgendwo da vorne", sagte ich. „Wenn etwas Graham und die anderen geschnappt hat, dann das."

„Glaubst du, wir können dagegen kämpfen?", sagte Anna. „Wir? Allein?"

„Alec und ich haben gegen Ghule gekämpft und gewonnen", sagte ich. „Außerdem haben wir keine Wahl."

„Oh, das beruhigt mich", seufzte Anna.

Wir marschierten mit den Geistern, passten unsere Schritte an und starrten in den Wald, auf der Suche nach irgendeinem Zeichen unserer Freunde.

21

GROSSWILD

Es war nicht schwer zu erkennen, wo Laurence' roter Kreis begann. Seitlich des Pfades, zu unserer Rechten, während wir neben den Geistern hergingen, befand sich etwas, das wie ein riesiger ausgehöhlter Baum aussah. Ein Baumstumpf, so hoch wie die anderen Stämme in der Gegend. Seine offene Spitze bildete eine Kammlinie aus zerbrochener Rinde, die in den Himmel ragte.

„Was wettest du, dass das der Ort ist, wo Laurence den Ghul gefunden hat?", sagte ich.

„Du bist der Experte für solche Dinge", antwortete Anna.

Stimmt. Obwohl ich nicht viele Ghule gejagt hatte – der erste kam erst vor ein paar Monaten mit Alec –, konnte man die verräterischen Zeichen erkennen: zerrissene Abschnitte von Riven, ein Mangel an wütenden Geistern und ein allgemeines Gefühl, dass man nicht dort war, wo man sein sollte.

„Was mich verwirrt, ist, dass Ghule normalerweise auftauchen, wenn es in einem Gebiet viele wütende Geister gibt", sagte ich. „All diese Geister hier sind passiv. Oder sie wurden von einem Führer in der Stadt eingefangen."

„Altern Ghule?", fragte Anna. „Altert überhaupt irgendetwas in Riven? Vielleicht gab es hier früher einmal Geister. Laurence meinte, der Ghul sähe alt aus."

Die Schlaue hatte einen guten Punkt. Riven schien sich nicht allzu sehr zu verändern, abgesehen vom langsamen Verfall seiner Gebäude. Ein Zerfall, der ebenso viel mit den Kämpfen zwischen wütenden Geistern und Führern zu tun hatte wie mit irgendeiner natürlichen Kraft.

„Möglich", sagte ich. „Normalerweise wird alles, was groß genug ist, um bemerkt zu werden, schnell erledigt."

„Ich sage nur, dass wir nicht wissen, was dieses Ding ist", sagte Anna. „Wenn wir versuchen zu denken, dass dies etwas ist, was wir schon einmal gesehen haben, könnte das eine schlechte Idee sein."

„Also auf alles gefasst sein."

Wir ließen die Geister hinter uns und gingen zum Baumstumpf. Suchten uns einen Weg um seine Basis herum. Die Rinde des Stumpfes war verblasst braun, anders als der graue Wald. Muster und Texturen überzogen das Holz, im Gegensatz zu den konturlosen Stämmen der anderen Riven-Bäume. Was auch immer hier einst gewachsen war, was auch immer diesen Stumpf hervorgebracht hatte, war etwas Einzigartiges gewesen.

„Da ist ein Eingang", sagte Anna. Sie ging ein paar Schritte vor mir um eine Biegung des Stumpfes. Ich folgte ihr und schaute. Sah etwas, das weniger ein Eingang als ein aufgerissenes Loch war. Gezackte Kanten und zersplitterte Rindenstücke umgaben einen etwa sechs Meter breiten Raum. Das Licht verschwand in diesem Loch und bog sich in den Boden.

„Das sieht unheilvoll aus", sagte ich.

„Wir haben uns auf einen Campingplatz voller Leichen geschlichen, die zurückgelassenen Waffen ermordeter Führer geplündert, sind den Pfad entlang mit Tausenden anderen Geistern gelaufen, und jetzt sagst du, das hier, das ist der unheimliche Teil?", sagte Anna.

„Ich bleibe dabei", erwiderte ich. „Bin noch nie in einen Baum hineingelaufen."

„Wir erleben heute beide viele Premieren."

Wir machten die ersten Schritte durch den Eingang in den Baumstumpf. Meine Hand wanderte zu meinem Gürtel, wo ich normalerweise einen Funkenwerfer gehabt hätte. Etwas, um Licht vor mir auszuwerfen. Ohne einen stiegen wir in die Dunkelheit hinab, nur mit dem schwächsten Schimmer reflektierten Graus, der uns folgte.

Die Luft veränderte sich, als wir hinabstiegen, wurde dicker und stank nach Verwesung. Ein ungewöhnlicher Geruch in Riven, wo Seelen nicht verwesten. Etwas lebte hier unten. Oder hatte gelebt.

Der Weg blieb breit genug, dass Anna und ich unsere Arme um uns herum ausstrecken konnten, ohne eine Kante zu berühren. Das gab mir nicht viel Zuversicht. Ich zog es vor, wenn Monster kleiner waren als ich. Seltsam, wie selten das vorkam.

Der Boden unter unseren Füßen veränderte sich von Erde zu poliertem Holz. Nur fühlte es sich, als ich mich hinkniete, um den glatten Boden zu fühlen, wie Felsen an, die durch jahrelangen Druck von Meereswellen geglättet worden waren. Die Art von Steinen, die man an einem Strand finden würde, glatt und sauber.

Gerade als der letzte Lichtschimmer hinter uns erlosch, sahen wir ein Flackern vor uns. Ein Hauch von Glühen, der sich um eine Biegung schlich. Wir folgten ihm und machten jeden Schritt langsamer als den vorherigen. Geräusche, das Knurren und Grummeln einer großen Kreatur, die ihre nächste Mahlzeit genoss, hallten zu uns herunter.

„Ich dachte nicht, dass Ghule essen müssen", sagte Anna.

„Ich glaube nicht, dass das nur ein Ghul ist."

Als wir um die Ecke bogen, war ich nicht erfreut zu sehen, dass ich Recht hatte.

Vor uns, gebadet in dem Licht, das durch ein Loch im Dach des Baumstumpfes fiel, hing eine knorrige Masse aus Wurzeln, Pflanzen und Körpern. Geister, die in Ranken und Ästen gefangen waren, ein brodelnder Ball, der durch Holzadern und pulsierende grüne Stiele mit der Außenseite des Stumpfes verbunden war. Die Kugel hing in der Mitte des Stumpfes, wie eine Murmel, die in einem Spinnennetz gefangen war.

Während wir zusahen, bewegte und veränderte sich das Ding. Es verformte sich und schickte Teile von sich selbst die Stiele hinauf und hinunter, Arme und Beine streckten sich aus und wurden zurückgezogen. Gelegentlich erschien ein Gesicht, klein und rau in der Masse, aber immer mit weit geöffnetem Mund in einem stummen Schrei.

„Von all den Schrecken in Riven", sagte ich, „habe ich noch nie einen wie diesen gesehen."

„Laurence hat nicht gelogen", sagte Anna, ihre Stimme bar jeder Emotion, völlig geschockt. „Ich weiß nicht einmal, wie ich das nennen soll. Was es ist."

„Warte, schau genauer hin." Ich konnte entlang der Kugel, entlang der Stiele, die den Ball hielten, Schnitte sehen. Tiefe Kerben und Verbrennungen. Wunden, die in einem Kampf erlitten wurden, und einige von ihnen tropften immer noch phosphoreszierende Schleimklumpen auf den Boden. „Es ist verletzt."

„Graham." Anna richtete sich auf, sah mich an. „Ich spüre es. Den Teil von mir, den ich verloren habe."

Ich folgte ihren Worten. Spürte nach meinen eigenen Verbindungen, nach dem Teil von mir, den ich vor langer Zeit Selena gegeben hatte. Und fand ihn. Zum ersten Mal seit Jahren waren mein Körper und meine Seele wieder ganz. Was bedeutete …

„Sie sind weg", sagte Anna. „Das ist der einzige Weg, wie die Bindung bricht, oder?"

Ich nickte. Selena, ich konnte sie nicht mehr spüren. Sie hatte mir diesen Teil zurückgegeben. Oder er war ihr entrissen worden. Ich griff nach dem Schwert, das ich dem Körper des Führers abgenommen hatte, und zog es aus meinem Gürtel.

„Es gibt nur einen Weg, sie zurückzubekommen", sagte ich.

22

ARBEIT FÜR ZWEI

ICH ÜBERNAHM die Führung und rannte mit dem Schwert in der rechten Hand und einer von Inmans geladenen und schussbereiten Pistolen in der linken in die zentrale Kammer. Ich wäre fast gestürzt. Meine Beine bewegten sich schneller als zuvor. Meine Muskeln fühlten sich stärker und leichter an. Sogar meine Augen waren schärfer; ich nahm die Veränderungen im flackernden Grau wahr, als das Biest seine Tentakel und Gliedmaßen bewegte, und erkannte die zahlreichen Wunden, die unsere Freunde ihm zugefügt hatten.

Ich war wieder ganz.

Nicht dass es den Ghul interessierte.

Ich sah keine Augen, aber es bemerkte uns. Mit knackenden, knisternden Geräuschen zog der Ghul seine Verbindungen zum Stumpf zurück. Er riss die Äste und Adern ab, bis seine Masse auf den Boden des Stumpfes krachte. Diese peitschenden, wirbelnden Tentakel schlängelten sich in einer Anordnung um den Körper des Ghuls und zeigten auf uns.

„Das ist nicht gut", sagte Anna. „Ich mochte es lieber, als es still saß."

„Ich habe das Gefühl, es fängt gerade erst an", sagte ich. „Nimm du deine Kette und sieh zu, ob du es beschäftigen kannst. Ich gehe für den Todesstoß."

Nicht dass ich eine Ahnung hatte, wie man das am besten anstellt. Ich dachte, ein direkter Angriff auf das Zentrum würde es tun. Das Schwert hineinstoßen, den Griff drehen und das blaue Feuer seine Arbeit machen lassen. Ich hörte Anna schreien, als sie zu meiner Rechten wegsprintete, die mit Klingen besetzte Kette durch die Luft schwingend. Der Ghul drehte sich, das Geräusch seines Körpers, der über den Boden schleifte, als seine wogende braune und grüne Masse sich Anna zuwandte. Ich nutzte die Gelegenheit zum Angriff.

Der Hauptkörper des Ghuls, umrahmt von pulsierenden smaragdgrünen Tentakeln, lag vor mir. Die runde Oberfläche sah wie ein Ball aus, vollkommen rund, außer dort, wo die Tentakel hervortraten. Unter der Oberfläche konnte ich die sich windenden Gesichter, Arme und Beine sehen, die sich darin drehten und wendeten.

Nach dem Anblick des dunklen Umhangs des Meisters und seines riesigen Schwertes schien ein normaler Albtraum geradezu erfrischend.

Ich schaffte es zehn Schritte weit, bevor der erste Tentakel nach mir schlug, eine dünne Ranke, die von oben herabsauste und mich in den Boden rammen wollte. Ich sah sie herunterkrachen, drehte mich und schlug mit der Klinge nach oben, als die Ranke auf meinen Kopf zuschoss. Mein Schwert schnitt in den Angriff, konnte ihn aber nicht stoppen. Die Ranke schmetterte mich zu Boden und bedeckte mich mit Schleim, der aus dem Schnitt floss, den ich gemacht hatte. Das Zeug fühlte sich warm und klebrig an. Unangenehm. Ich spürte, wie sich die Ranke um meine Brust wickelte, und mit meiner linken Hand hob ich Inmans Pistole. Zielte direkt auf die Mitte des Ghuls, ein Ziel zu groß, um es zu verfehlen. Und drückte ab.

Die Waffe ging mit einem Knall los. Der Schuss traf mitten in das Monster und riss ein Stück geisterhaftes Fleisch heraus. Ansonsten schien es den Ghul nicht zu kümmern. Als die Ranke mich hochhob, bemerkte ich, dass der Ghul nicht schrie. Kein Brüllen kam von dem Biest. Kein wütendes Heulen. Nur das kieselige Knacken und pfeifende Winde, als sich sein Körper bewegte und verschob.

„Könnte etwas Hilfe gebrauchen?", rief ich, als die Ranke mich durch die Luft zog. Kleinere Tentakel zweigten von der Ranke ab und schlängelten sich zwischen meine Arme und Beine. Die Pflanze drückte zu, meine Gliedmaßen wurden taub. Meine rechte Hand, waffenlos, war an meinen Körper gepresst. Ich konnte auch nicht gerade die Pistole nachladen. Wenn sich nicht bald etwas änderte, würde der Ghul mich zu Brei zerquetschen.

Ich sah die Kette an meinem Gesicht vorbeipeitschen und sich um die Ranke wickeln. Die Kanten der Kette bissen sich durch und schnitten sie komplett durch, trennten den Tentakel des Ghuls ab und schickten mich zurück auf den Boden. Die Ranke federte meinen Sturz ab, traf zuerst auf und platzte zu einem klebrigen Haufen Ichor. Ich blinzelte den Schleim weg, erstaunt festzustellen, dass ich tatsächlich noch am Leben war.

„Jetzt bist du dran", jaulte Anna von der anderen Seite der Kammer. Ich schaute hin und sah, wie sie ein Paar Ranken mit ihren Messern abwehrte und auf sie einstach, als sie näher kamen. Über ihr brachte sich ein Ast in Position; gerade und hart.

„Auf mein Zeichen, roll dich nach links", sagte ich, während meine Hände hektisch die Pistole nachluden, als ich mich in die Hocke aufrappelte. „Jetzt!"

Anna hechtete nach links, als ich die Pistole abfeuerte. Der Ast schwang hinterher, was ihn direkt in die Schussbahn brachte. Die Kugel explodierte im Holz und verteilte Splitter überall. Der Hauptteil des Astes fiel herunter und landete auf den sich windenden Ranken, die sich gerade anschickten, Anna zu verfolgen, und nagelte sie am Boden fest.

„Guter Schuss!", sagte Anna.

„Ich nehm's, wie's kommt."

Ich steckte die Pistole weg und zog mein Messer, griff das Schwert vom Boden auf, als ich zurück zum Ghul rannte. Zwei weitere Ranken bogen sich in meine Richtung, aber jetzt wusste ich, wie schnell sie sich bewegten, und wich aus. Ich wich ihrem Griff mit einem Seitenschritt aus, setzte dann meinen Fuß auf das Ende einer und hieb mit dem Schwert nach unten, schnitt sie ab. Die Ranke zuckte wild umher, zitternd und denselben blau leuchtenden Schleim absondernd wie die anderen Teile. Jedes Mal, wenn ich dachte, Riven hätte keine Möglichkeiten mehr, ekelhaft und schrecklich zu sein, bewies es mir das Gegenteil.

Die Decke bebte. Der Stumpf rumpelte, und es dauerte einen Moment, bis ich verstand, warum. Die anderen Äste des Ghuls hatten sich nach oben gedreht und schlugen gegen das Loch, ließen mehr Licht herein und sandten Holzstücke, größer als ich, auf den Boden regnen.

„Was macht es da?", sagte Anna, die an mir vorbei zu ihrer Kette rannte, eine Ranke hinter ihr her.

„Es flieht", sagte ich, keine Ahnung, ob das stimmte. Also jagte ich hinterher.

Ich kam dem Ball bis auf wenige Meter nahe und sprang darauf zu. Als ich absprang, regneten Holzstücke um mich herum, und der Ghul hob sich in Richtung seiner neuen, breiteren Öffnung. Ich schwang das Schwert und spürte, wie es in die Haut des Ghuls eindrang, oder was auch immer es war. Und fand mich an meiner eigenen Klinge hängend wieder. Der Boden des Baumstumpfs verschwand unter mir und mit einem Schrei schwang ich meinen linken Arm mit dem Messer nach oben. Ich rammte das Messer in den Ghul und verschaffte mir so einen zweiten Halt.

Der Ghul erhob sich über den Baumstumpf, seine Ranken und Äste brachen in den Himmel aus und zerschmetterten die Baumkronen der nahen Bäume. Ich klammerte mich an meine Klingen und hielt meinen Griff fest. Ich würde nicht ewig durchhalten können, und wenn ich von hier fallen würde, nun ja, Anna müsste meine verspritzten Überreste aufsammeln.

Der Ghul bewegte sich vom Baumstumpf weg und schob sich über den Waldboden, wobei er seine Äste in den Boden stieß und sich ruckartig vorwärts bewegte. Ich versuchte, den Griff des Schwertes zu drehen, um das Feuer zu aktivieren, aber ich hatte nicht genug Hebelkraft. Selbst der Versuch, mich freizuschneiden, könnte dazu führen, dass ich auf den Boden stürze. Meine Arme brannten. Ich musste mich bewegen.

Mit meiner Linken wagte ich es. Zog das Messer heraus und stieß es weiter oben hinein. Dann zog ich mit der Rechten das Schwert heraus. Die Bewegung ließ mich zurückschwingen, als der Ghul über das tote Gras zuckte. Mein linkes Handgelenk schmerzte, aber ich hielt mich fest und stürzte mich wieder auf den Ghul, wobei ich mein Schwert ein wenig höher hineinstieß. Der Ghul ignorierte meinen Aufstieg, während er weiterlief. Ich holte einen unnötigen Atemzug und wiederholte dann die Schritte. Zentimeter für Zentimeter kletterte ich mit meinen Klingen am Körper des Ghuls hinauf, bis ich die Spitze erreichte. Bis ich auf dem Kopf des Dings stand.

Und sah, wo wir uns befanden.

Unter uns, unter der wirbelnden, zuckenden Masse von Ranken und Ästen, war die endlose Reihe von Geistern, die zum Zyklus marschierten. Der Ghul begann zu fressen. Einen nach dem anderen schöpfte der Ghul Geister vom

Pfad auf und schob sie in seine kugelförmige Masse. Er presste sie in seine Haut, selbst dort, wo ich ihn geschnitten hatte. Überall, wo die Geister ihn berührten, wurde der Ghul größer. Die Schnitte heilten. Neue Ranken begannen zu sprießen.

Uns lief die Zeit davon, um dieses Ding zu besiegen.

Ich hob das Schwert und schlug es auf die Spitze des Ghuls. Ich wollte gerade den Griff drehen, als ich ein Gesicht in der Haut darunter sah. Selenas Augen, diese böse Narbe, sie blickten leer und ohne zu sehen zu mir auf. Der Funke, an den ich mich gewöhnt hatte, war in ihrem toten Blick nicht mehr vorhanden.

Ich zögerte.

Der Ghul traf mich hart, schleuderte mich mit einer dicken Ranke von seinem Kopf. Kleine Blätter wuchsen aktiv um mich herum, breiteten ihre winzigen Ranken zwischen meinen Armen und Beinen aus und wickelten sich um meinen Hals.

„Du spielst nicht fair", sagte ich und bereute es sofort, den Mund geöffnet zu haben, als noch mehr Pflanzen hinein-schossen. Die Ranke schmeckte wie Spinat, voll von Eisen und Bitterkeit. Ich zermahlte die Blätter zwischen meinen Zähnen. Wenn der Ghul mich in Stücke reißen wollte, nun, ich würde ihn dafür bezahlen lassen. Ihm die volle Kraft meines Zahnfleisches zu spüren geben.

Die Ranken schwangen mich durch die Luft, hielten mich schwebend, wo ich zusehen konnte, wie der Ghul weiter fraß. Wie er stärker wurde und die hilflosen Geister einen nach dem anderen in sich hineinpresste. Ich sah einen der Geister rennen, eine Ranke ergreifen und auf ihr zur Spitze des Ghuls reiten. Kurz bevor der Geist in seine Haut krachte, sah ich, wie sich seine Arme bewegten, eine Kette herausflog und sich um die Ranke wickelte.

Das war kein Geist. Anna hatte aufgeholt, und sie schnitt

sich frei. Sie fiel auf den Ghul zu und landete in der Nähe meines Schwertes. Als die Ranke vor meinen Augen Blätter trieb und die Welt in einen helleren Grünton tauchte, sah ich, wie Anna zum Schwert kletterte und den Griff drehte.

Blaues Feuer lief die Klinge hinunter und schoss über die Kreatur, lief an seinen Seiten hinunter und an seinen Ranken und entlang seiner Äste hinauf. Ich spürte, wie meine Ranke zitterte, die Blätter zogen sich aus meinem Mund zurück und vergingen. Sie schrumpften zu nichts zusammen, während sie mich zwanzig Fuß über dem Boden hielten.

Ich fiel.

23

WIEDERAUFBAU

ICH KANNTE DIE GEISTER NICHT, auf denen ich landete, die ich in den Boden drückte, aber ich dankte jedem einzelnen von ihnen, als ich aufstand. Um mich herum ging der endlose Marsch weiter, nur dass jetzt in diesem Teil des Pfades Schwärme von Geistern standen und auf die Bäume um sie herum starrten. Die Leben, die der Ghul während seiner langen Herrschaft verschlungen hatte.

„Carver!", rief Anna. „Wo bist du?"

„Hier drüben", sagte ich, ohne wirklich zu wissen, wo hier war. Ich sah mich um und musterte die Gesichter. In Kürze würden sich alle Geister auf den Weg zum Zyklus machen. Es waren Hunderte. Ich musste Selena finden. Graham, Katherine und Nicholas auch.

Anna bahnte sich ihren Weg durch eine Gruppe jahrhundertealter Seeleute. Ihre prächtigen Mäntel standen im Kontrast zu ihrem verwegenen Aussehen. Sie sah mitgenommen aus; blaue Flecken im Gesicht und mehr als ein paar Schnitte und Splitter, die aus zerrissenen Teilen ihrer Kleidung ragten. Nach den vielen Schmerzen und Wehwehchen zu urteilen, die durch meinen Körper zuckten, nahm ich an, dass wir uns beide schrecklich fühlten.

„Ich kann nicht glauben, dass wir noch am Leben sind", sagte Anna, sobald sie bei mir ankam.

„Warum? Wir sind Führer. Das ist es, was wir tun."

„Hör auf damit. Das ist nicht, was Führer tun. Führer kümmern sich um ein oder zwei wütende Geister in einer Hintergasse in der Stadt. Sie greifen keine riesige Kreatur an, die mit wirbelnden Todesranken bedeckt ist, und tun dann so großspurig, wenn sie durch Glück den Sieg davontragen."

„Ich weiß nicht, wovon du redest", sagte ich. „Ich hab das Schwert dort für dich gelassen. Ich wusste, du würdest es erreichen."

Anna starrte mich mit offenem Mund an und schüttelte den Kopf. „Wenn meine Hand nicht mindestens drei Splitter drin hätte, würde ich dich jetzt ohrfeigen."

„Du musst sowieso deine Energie sparen", sagte ich. „Wir müssen immer noch die anderen finden, sie wieder binden und dann überqueren, damit wir uns wieder zusammensetzen können."

„Nein. Warte mal eine Sekunde", sagte Anna. Sie sah mir direkt in die Augen, ihr Gesicht grimmig. „Wir haben etwas Unglaubliches getan. Du wirst einen Satz sagen. Mindestens einen Satz, und das anerkennen."

Sie hatte Recht. Der Ghul, den wir besiegt hatten, wer weiß, wie lange dieses Ding schon hier gewesen war? Wie viele Geister es verschlungen hatte? Wir wussten, dass es Graham und Katherine überwältigt hatte, bis zu diesem Zeitpunkt das tödlichste Führerduo, das ich je gesehen hatte. Anna und ich, und seien wir ehrlich, hauptsächlich Anna, hatten die Kreatur durch eine Kombination aus Glück, Geschick und Entschlossenheit besiegt. Ich fühlte mich schlecht, dass ich an ihr gezweifelt hatte, dass ich ihre Fähigkeiten beleidigt hatte, denn sie hatte sich als eine der besten Führerinnen erwiesen, die ich je gesehen hatte.

„Ich warte", sagte Anna und zog einen Splitter aus ihrer Schulter.

„Na gut. Du bist unglaublich. Das war fantastisch. Ich bin froh, dass wir nicht tot sind. Können wir jetzt gehen?", sagte ich.

„Ich schätze, das ist alles, was ich kriegen werde."

„Du schätzt richtig."

Wir verbrachten lange Zeit damit, durch die Seelen zu sieben. Wir wanderten durch Menschenmengen von Geistern und inspizierten ihre Gesichter. Wir suchten nach vertrauten Outfits. Schließlich fanden wir sie, alle vier zusammen, die am Rand der Menge zu gehen begannen.

Wenn du jemals jemanden, den du liebst, gesehen hast, wie er dich ansieht, als würdest du nicht existieren, dann würdest du verstehen, was ich fühlte, als ich Selena sah. Ich ging auf sie zu und sie drehte sich um, um mich anzusehen. Ihre Augen trafen meine und ich sah nichts von ihr darin. Keine Erkenntnis, kein Gedanke.

Als ich Graham von seiner Bindung an den Meister befreit hatte, hatte er einen Teil dieser Persönlichkeit behalten. Er war in gewissem Maße immer noch er selbst gewesen. Ghule waren anders. Sie verschlangen Geister, zerquetschten sie zu nichts. Ich wusste nicht, ob ich sie je zurückbekommen könnte.

Ich musste es versuchen.

Anna beobachtete, wie ich Selenas Hand nahm und nach diesem Nadelstich suchte. Nach dieser Verbindung, die uns dort in diesem grauen Wald zusammenbringen würde. Als ich sie fand, goss ich mich in sie hinein. Mein Körper erschlaffte, als meine Energie durch unsere Berührung sickerte, als das, was mir Leben gab, in sie überging. Es fand ein Zuhause, und ich spürte, wie die Verbindung wuchs. Eine

Verbindung zwischen unseren Seelen bildete sich aus meiner.

„Carver?", Selenas Stimme ergoss sich wie kühles Wasser über mein Gesicht. Ich hatte nicht bemerkt, dass ich meine Augen geschlossen hatte, aber ich öffnete sie und sah sie mich anschauen. Nicht der tote Geist, sondern Selena selbst.

„Du bist zurück."

„Es fühlt sich gut an", antwortete Selena und blickte auf ihre Hände, die sich fest zusammenballten. „Ich erinnere mich an nichts davon. Nichts nach dem Angriff des Ghuls. Und jetzt bist du hier."

„Es tut mir leid, dass ich nicht da war."

„Es ist nicht deine Schuld." Selena lächelte. „Ich glaube, wir hatten es fast geschafft. Graham und Katherine lenkten es ab, während ich Nicholas beschützte. Er bereitete etwas vor, das explodieren sollte. Oder explodieren sollte. Aber wir haben nicht alle Ranken gesehen."

„Es hatte eine Menge davon", sagte ich, „und sie schmeckten furchtbar."

Selena hob eine Augenbraue.

„Vergiss es."

Ich band Nicholas und Katherine wieder, weckte sie aus ihrem Schlummer. Anna tat dasselbe mit Graham, und nachdem wir die Kämpfe und Herausforderungen miteinander wiederholt hatten, gingen wir alle zum Baumstumpf zurück, um ihre Waffen zu holen.

Es fühlte sich seltsam an, diese Teile von mir wieder aufzugeben. Ich hatte mich so daran gewöhnt, ohne sie zu sein; immer langsamer zu sein, als ich sein sollte. Schneller zu ermüden. Mein vollständiges Selbst zu sein, hatte sich gut angefühlt. Vielleicht würde ich das eines Tages wieder haben.

„Carver", sagte Anna, als alle versammelt waren. „Wir sollten wahrscheinlich gehen. Zurück überqueren. Wir sind schon lange hier drüben."

„Könnt ihr weitermachen?", fragte ich meine Eltern, Selena und Nicholas. Sie nickten.

„Dieses Ding hat uns überrascht", sagte Graham. „Ich glaube nicht, dass der Meister ein riesiges Monster voller Ranken ist. Wir werden uns um ihn kümmern."

„Wenn wir können", sagte ich. „Wir werden versuchen, morgen Nacht auf demselben Weg zurückzukommen. Treffen wir uns am Berg."

„Die Idee gefällt mir", sagte Nicholas. „Das gibt mir Zeit, die Umgebung zu studieren. Einen Plan zu finden."

„Pläne", Graham schüttelte den Kopf. „Mit erhobenem Hammer reinrennen, das ist ein Plan."

Anna und ich ließen sie weiterziehen, machten uns auf den Weg zurück, vorbei an der Reihe von Geistern, zur Lichtung, in die Grasbetten und überquerten den Weg nach Hause.

POLIZEIARBEIT

ICH ÖFFNETE meine Augen und blickte direkt in den breiten schwarzen Lauf einer Waffe. Dahinter sah ich die gerunzelte Stirn eines Polizeibeamten. Er trug die übliche blaukupferne Uniform, das Metall wand sich durch den Stoff um verschiedene Abzeichen und Geräte. Er gab mir einen Moment Zeit, ließ mich zu Atem kommen. Ich blickte nach rechts und bemerkte, dass Anna auf die Waffe starrte.

„Jetzt, da ihr beide wach seid, hoffe ich, ihr habt nichts dagegen, mir ein paar Antworten zu geben", sagte der Beamte. „Es ist schon eine Weile her, dass jemand beschlossen hat, an einem Tatort einzuschlafen. Besonders wenn dieser Jemand nicht aufwachen will."

„Wir waren in Riven", sagte ich, bevor Anna auf irgendwelche Ideen kommen konnte. „Wir sind Führer. Wir haben versucht herauszufinden, was passiert ist."

„Führer", wiederholte der Polizeibeamte. „Führer, die so weit draußen sind. Kommen zufällig vorbei, nachdem alle anderen gestorben sind."

Ich hätte alles Mögliche sagen können. Ich hätte lügen können; beteuern, dass wir unschuldig sind und nur zufällig auf die Hütte gestoßen waren, um die Nacht zu verbringen und unser Soll zu erfüllen. Oder ich hätte die Wahrheit sagen können, dass ich in der Nacht hier gewesen war, als die Führer abgeschlachtet wurden, aber das hätte mir nur ein Verhör eingebracht. Fragen darüber, warum ich nicht sofort zur Polizei gegangen war. Also entschied ich mich für Option drei.

„Es ist Führergeschäft", sagte ich. „Riven ist ein Chaos, und wir versuchen, es aufzuräumen. Die Gruppe hier hat Fehler gemacht, wir sind gekommen, um sie zu beheben."

„Ach wirklich?", sagte der Beamte. „Warum steht ihr nicht auf und kommt mit uns. Dann könnt ihr mir alles über genau diese Fehler erzählen."

„Gerne", sagte ich. Nicht, dass ich die geringste Ahnung hatte, was ich sagen würde. Wenn sie tatsächlich meinen Namen bei den Führern überprüfen würden, würden sie meinen Flüchtlingsstatus sofort finden.

„Carver", sagte Anna. Ich hob meine Hand.

„Sag nichts", sagte ich, als wir von den Betten aufstanden und dem Beamten aus der Hütte folgten. „Je weniger du dich selbst belastest, desto besser. Mit etwas Glück bist du immer noch ein Führer, wenn wir hier rauskommen."

Mehrere weitere Beamte liefen draußen auf dem Campingplatz herum. Als sie uns herauskommen sahen, nahm einer von ihnen einen Rucksack ab und griff hinein. Er zog ein Paar Dinger heraus, die wie Halsbänder aussahen.

„Was sind das?", flüsterte Anna.

„Schockhalsbänder", sagte der Polizeibeamte. „Normalerweise behalten wir sie für Ausreißer. Für jeden, der denkt, Riven sei ein Ort, an dem man sich verstecken kann. Ich würde nicht empfehlen, mit einem dieser Dinger zu überqueren."

„Es reagiert auf deine Atmung. Wenn du anfängst, gleichmäßig zu atmen, als würdest du einschlafen, gibt es dir einen

Stromschlag", sagte ich. Ich hatte während meiner Ausbildung eine kurze, unangenehme Erfahrung damit gemacht. Eine Demonstration, um zu zeigen, was passieren würde, wenn man vom rechten Weg abkäme. Ich hatte keinen Zweifel daran, dass Polk oder Derringer bei Ezra eins hatten, und wenn ich einen Moment länger gewartet hätte, hätten sie versucht, es mir anzulegen.

„Du ruinierst wirklich diese ganze Führererfahrung", sagte Anna.

„Schlechtes Timing deinerseits", erwiderte ich.

„Da ihr beide so gesprächig seid", sagte der Beamte, „wie wäre es, wenn ihr mir von diesen Fehlern erzählt?"

Ich gab eine zensierte Version der Geschichte zum Besten und spann eine Erzählung darüber, wie all die Leute hier ehemalige Führer waren, wie sie versucht hatten, ein Loch durch Riven zurück in die reale Welt zu brechen. Darüber, wie dieses Loch nicht funktioniert hatte. Wie es viele Geister angezogen hatte. Zu viele. Der eigene Ehrgeiz der Führer hatte sie das Leben gekostet.

„Klingt, als wären sie ein richtiger Haufen böser Männer und Frauen gewesen", sagte der Beamte, als ich fertig war. Sein gleichgültiger Gesichtsausdruck hatte sich überhaupt nicht verändert. Keine Ahnung, ob er die Geschichte geglaubt hatte. „Aber hier ist die lustige Sache. Wir und alle anderen Abteilungen rund um Chicago, hunderte Meilen weit, haben letzte Nacht eine Mitteilung erhalten. Über einen Führer, der seinen eigenen Weg gegangen ist und sich der Gerechtigkeit verweigert hat, die eure Art darauf besteht, selbst zu vollstrecken. In dieser Mitteilung war auch eine Beschreibung enthalten. Eine, der du zufällig ähnelst. Es war auch eine Notiz über eine Maske dabei. Schwarz und gold. Ich denke, du wirst zustimmen, dass die, die du da trägst, diese Farben hat."

Der Beamte legte jedem von uns eines der Schockhalsbänder um den Hals. Sie fühlten sich eng an, kalt. Jedes Mal, wenn ich schluckte oder atmete, schabte mein Hals am Metall.

Ich sah, wie Annas Augen zu mir huschten. Ich schüttelte leicht den Kopf. Vier Beamte, zwei von uns. Wir hätten vielleicht gewinnen können, aber es gibt Dinge, von denen man nicht zurückkommt. Geister zu binden, sogar den Führer in Riven zu verletzen, das war etwas anderes. Hier in der realen Welt hatten diese Beamten Familie, Freunde. Eine Blendung, für immer von Riven abgeschnitten zu werden, bedeutete immer noch, dass man frei war. Nicht in einer Gefängniszelle eingesperrt.

„Es klingt, als hätten Sie bereits eine Entscheidung getroffen", sagte ich.

„Vielleicht habe ich das", sagte der Beamte. „Ich denke, ihr solltet besser anfangen zu laufen. Auf dem Weg dorthin, zurück zur Wache, werdet ihr mir die wahre Geschichte erzählen. Denn im Moment habe ich einen Wagen mit zwanzig Leichen darin und niemanden, der mir sagen kann, wie sie dorthin gekommen sind."

„Sie werden es nicht verstehen", sagte ich.

„Vertrau mir", erwiderte der Beamte. „Ich habe schon vor langer Zeit begriffen, dass diese Welt keine einfachen Antworten liefert. Keine klaren Erklärungen gibt. Aber irgendwann wird jemand kommen und trotzdem danach fragen. Ich muss es nicht verstehen, ich muss nur in der Lage sein zu sagen, warum."

Also erzählte ich die Geschichte noch einmal, während wir zum Bahnhof marschierten. Ich berichtete ihm von dem Mann im Umhang mit dem großen Schwert und der Armee von Geistern, die diejenigen abschlachteten, die das Lager errichtet hatten. Der Polizist hörte alles ohne Unterbrechung an und nickte schließlich, als ich fertig war.

„Das ist eine Geschichte, die ich glauben kann", sagte der

Polizist, als wir zum Bahnhof gingen. „Nicht weil sie glaubwürdig klingt, sondern weil die Art, wie du sie erzählt hast, beweist, dass *du* sie glaubst."

Oben auf den Stufen des Bahnhofs warteten Polk und Derringer, ihre Augen trugen einen tödlichen Glanz. Derringer bevorzugte seinen rechten Arm, und als er bemerkte, dass ich es gesehen hatte, warf er mir einen giftigen Blick zu. Sie würden unsere Eskorte sein. Wunderbar.

„Wir übernehmen die beiden von hier, Herr Wachtmeister", sagte Polk.

„Sie sollten wissen, dass beide kooperativ waren. Für Flüchtige die beste Gesellschaft. Sie haben mir sogar geholfen, meine Ermittlungen abzuschließen."

„Wir werden es berücksichtigen", sagte Polk. Wir folgten ihnen in den Zug und sie wiesen uns zu einem Paar Sitze.

„Diesmal direkt ins Krankenhaus", sagte Derringer. „Geradewegs in den OP. Dein Spiel ist aus, Carver." Dann wandte er sich an Anna. „Schade, dass er dich da mit reingezogen hat. Ich habe gehört, du hättest Potenzial gehabt."

„Es war lustig, solange es gedauert hat", antwortete Anna.

Der Zug gab sein Signal und begann, zurück in Richtung Stadt zu rumpeln. Zu den Messern, die Riven für immer wegschneiden würden.

GEFESSELT

POLK UND DERRINGER saßen uns gegenüber auf einer Bank und starrten mich mit schmalen, misstrauischen Augen an. Ihre Münder zuckten. Derringer hustete einmal in seine Faust und kehrte dann zu seinem Starren zurück. Als ob sie mir eine Frage stellen wollten, aber darauf warteten, dass ich zuerst etwas tat. Ich, mit einem Schockhalsband um den Hals und Handschellen an den Händen.

Ich sollte wohl besser anfangen.

„Scheint ein bisschen viel Aufwand für einen verwundeten Führer", sagte ich. „Sie ziehen zwei von euch von eurer Quote ab, nur dafür?"

Derringer blickte zu Polk und verriet mir damit ihre Rangordnung. Polk konnte die Führung übernehmen und Derringer würde den Muskelmann spielen. Die Leichtigkeit, mit der sie in ihre Rollen schlüpften, ließ mich darüber nachdenken, wie oft sie das schon gemacht hatten. Waren sie Piotrs bevorzugte Handlanger, wenn ein Führer aus der Reihe tanzte?

„Weißt du, was lustig ist, Carver", sagte Polk. „Wir waren in Detroit. Wir haben unsere Quote erfüllt. Dann sind

Derringer und ich zu unserem üblichen Treffpunkt gegangen. So wie diese Bar, die du in Chicago hast. Ezra's?"

Ich nickte. Polk sprach mit einem seltsamen Akzent, er hatte die Angewohnheit, die falschen Silben zu betonen. Wie ein Schauspieler, der das Sprechen durch das Anschauen von Stummfilmen gelernt hat.

„Genau wie die. Nur als wir dort ankamen, saß Piotr am Tisch. Wartete auf uns. Nun, ich weiß nicht, wann du ihn zuletzt gesehen hast. Aber für mich, für Derringer hier, sah Piotr alt aus." Polk riss die Augen auf und zuckte hilflos mit den Schultern. „Sah müde aus. Als hätte er viele Kämpfe hinter sich. Viele Nächte in Riven und viele Tage hier, in denen er für unser aller Überleben gekämpft hat. Weißt du, was Piotr sagt? Weißt du, was er uns erzählt, als Derringer und ich uns hinsetzen?"

„Dass ihr 'nen tollen Job macht?"

„Er erzählt uns, dass es da diesen neuen Kerl gibt, diesen Typen, von dem er dachte, er würde einen verdammt guten Führer abgeben, so einen guten Führer, dass er, obwohl er erst seit ein paar Jahren bei uns ist, es verdient, Chicago zu leiten. Derringer und ich, wir schauen uns an und denken, hey, wir machen das beide schon seit über einem Jahrzehnt und wir kriegen nichts. Aber wir sind still. Wir schlucken es runter. Weil das ist es, was loyale Führer tun." Ich konnte sehen, wie Polk anfing zu zittern. Seine Unterarme bebten, die Hände umklammerten die Bank. Derringer legte eine Hand auf Polks Schulter. „Also, als Piotr uns sagt, dass es der Führer ist, von dem er dachte, er wäre das nächste große Ding? Dass der Mann, der uns hilft, aus diesen dunklen Zeiten herauszukommen, uns erzählt, dass dieses Wunderkind hingegangen ist und einen von uns verletzt hat? Unsere Regeln gebrochen hat? Da haben wir nicht lange gezögert, in den Zug zu springen."

„Ihr habt ihn nicht einmal gefragt warum, oder? Warum er dachte, ich würde das tun?"

„Oh nein", sagte Polk. „Hätten wir das tun sollen? Hätten wir ihn verhören sollen? Versuchen, den Mann in Frage zu stellen, der unseren Orden im Alleingang am Leben erhält? Oder gibst du ihm, weißt du, diesen einen Gefallen. Wo doch alle Beweise auf seiner Seite sind."

„Ich werde gejagt", sagte ich. „Deshalb bin ich hier."

„Wer wird nicht gejagt?", höhnte Derringer. „Du? Ich? Wir alle haben Geister hinter uns her. Wir alle haben Nacht für Nacht mit einem Schrecken nach dem anderen zu kämpfen."

„Ihr versteht", sagte Anna, „die Leute, die hinter Carver her sind, sind nicht wie die Geister. Sie versuchen, ihn zu finden. Nur ihn."

„Warum ist das so?", fragte Derringer. „Was macht dich so besonders?"

Ein Teil von mir wollte alles ausplaudern. Ihnen sagen, dass ich durch einen Zufall der Geburt das Ende von allem sein könnte. Aber warum sollten sie mir glauben? Warum sollte es eine Rolle spielen? Wenn sie mich sowieso mitnehmen würden, wen kümmerte es dann?

„Sagen wir mal, ich bin nicht nur ein Führer", sagte ich. „Wegen meiner Eltern kann ich von jemand anderem benutzt werden."

„Ist das nicht geheimnisvoll?", sagte Polk. „Bist du nicht etwas Besonderes?"

„Hörst du das, Polk?", sagte Derringer. „Dieser Typ denkt, er sei besser als wir."

„Darum geht es nicht", sagte ich. „Ihr müsst mich gehen lassen. Mich festzuhalten, gefährdet Riven."

„Du redest davon, wie du in Riven gejagt wirst", sagte Polk. „Klingt, als gäbe es da eine einfache Lösung für dich. Wir bringen dich zurück ins Krankenhaus. Wir machen dich blind. Und rate mal? Kein Riven mehr. Keine Jagd mehr. Du bist in Sicherheit. Piotr ist glücklich."

„Alle gewinnen", fügte Derringer hinzu.

Ich hatte kein Argument dagegen. Sie hatten bis zu einem gewissen Grad recht. Macht mich blind, und ich könnte nicht benutzt werden, um ein Loch aus Riven zu schaffen. Nur würde das den Meister immer noch da draußen lassen. Würde denjenigen, der als Nächstes käme, der Gnade seiner Pläne ausliefern. Das konnte ich nicht zulassen.

„Was ist mit den Leuten, die mich jagen?", fragte ich. „Wer wird sich um sie kümmern?"

„Warum gibst du uns nicht alle Details?", sagte Polk. „Wir kümmern uns darum für dich. Derringer und ich. Wir werden sie jagen. Diesen bösen Geist in den Zyklus schicken. Zusammen mit den Geistern, die du da drüben gebunden hast."

„Polk, nimm's mir nicht übel, aber ihr zwei hättet keine Chance gegen meine Freunde", sagte ich. „Wenn ihr mich blind macht, wäre das Beste, was ihr tun könntet, eine Weile aus Riven fernzubleiben. Denn sie werden herausfinden, wer mich abgeschnitten hat, und sie werden nicht glücklich sein."

Polk lachte. „Drohungen? Du bist wirklich etwas Besonderes, Carver."

„Keine Drohung", sagte ich. „Es ist eine Gewissheit."

Polk beugte sich auf der Bank nach vorne, die Ellbogen auf den Knien. „Weißt du was? Alec? Er sagt, er weiß alles darüber, wo du deine Kumpel versteckt hast. Sobald wir dich blind gemacht haben, gehen wir rüber und kümmern uns um sie. Es ist mir egal, wie gut du denkst, dass deine Geister sind – sie werden in der Unterzahl sein. Übertrumpft."

„Du hast die Regeln gebrochen, Carver", sagte Derringer. „Das hast du verdient."

Draußen vor den Fenstern begannen sich die Felder mit

Gebäuden zu durchsetzen. Straßen durchbrachen die gelben und grünen Flächen des frühen Sommers. Sonnenlicht tauchte die Welt in Gold.

Ich wollte zurück in Rivens Grau.

EINFACHE OPERATION

Dr. Barrington Farth sah genauso aus, als er auf mich herabblickte und sich darauf vorbereitete, mich von Riven abzuschneiden, wie damals, als er mir erzählte, wie meine Mutter gestorben war: klinisch, distanziert, methodisch. Alec hatte mich auf dem Krankenhausbett festgeschnallt, Anna lag ähnlich gefesselt neben mir. Sie nannten es einen chirurgischen Eingriff, aber die Blendung lief im Grunde auf einen kleinen Schnitt unter der Schläfe hinaus. Ein Stück des Gehirns abschneiden.

Es gab mögliche Nebenwirkungen.

„Früher haben wir euch einfach besonders hart an den Kopf geschlagen", erklärte Barrington. „Wie Sie sich vorstellen können, führte das zu einigen unglücklichen Traumata. Einer höheren Wahrscheinlichkeit zu sterben. Diese Methode ist recht angenehm."

„Du verkaufst das wirklich gut", sagte ich.

„Carver, sei still", sagte Alec. Er stand in der Ecke, nahe der Tür, und überwachte uns. Um sicherzugehen, dass Anna und ich nichts Verrücktes versuchten. Wir trugen immer noch die Schockhalsbänder. Bereit, uns einen Stromschlag zu verpassen, falls wir versuchen sollten, durch den Übergang in die andere Welt zu fliehen.

„Zuerst werden Sie einen leichten Stich spüren, wenn ich Sie betäube", fuhr Barrington fort. „Dann wird der eigentliche Eingriff nur einen Moment dauern. Ein einfacher Schnitt, ein paar Stiche, und Sie werden von Ihrer Last befreit sein."

„Du denkst, das ist fair", sagte ich zu Alec.

„Es ist nicht meine Position. Nicht meine Entscheidung", sagte Alec. „Ich werde es ihnen mitteilen."

Er meinte Selena. Graham und Katherine. Nicholas. Das galt nur, wenn er schnell genug zu ihnen gelangen konnte. Wenn Alec rechtzeitig nach Riven überqueren konnte, um meinen Eltern zu erzählen, was passiert war, bevor sie, befreit von ihrer Bindung, zum Zyklus reisten und für immer verschwanden.

Barrington drehte sich zu einem kleinen Tisch um und lud eine Spritze auf, steckte die Nadel in ein kleines Fläschchen und füllte sie mit klarer Flüssigkeit. Ich hätte Panik verspüren sollen. Angst. Stattdessen war mein Verstand von der Lethargie des Unvermeidlichen vernebelt. Ich hatte es versucht und war gescheitert. Ich hoffte nur, es würde lange genug dauern, damit die anderen ihre Mission beenden konnten. Den Meister finden und ihn eliminieren, bevor die Blendung sie befreite.

„Hey Alec", rief Polk vom Flur aus. „Bryce ist hier. Sagt, er will mit dir reden."

„Ich dachte, du wärst in den Ruhestand gegangen?", fragte Derringer, seine laute Stimme drang in den Raum. Ich hörte Bryces Antwort nicht.

Alec fing meinen Blick auf und schüttelte den Kopf. „Er hätte nicht für dich kommen sollen."

Alec trat aus dem Raum und ich hörte ihre Stimmen hin und her gehen. Polk und Derringer mischten sich ein, während Bryce gegen die Behandlung protestierte. Die Ungerechtigkeit meines Urteils, dass Anna kein Recht hatte, darin einbezogen zu werden. Polk entgegnete, dass Piotr die Entscheidung getroffen hatte und sie als Führer seinen Befehlen gehorchen mussten. Da hörte ich den Schlag. Ein dumpfer Aufprall im Flur. Polks gedämpftes Stöhnen hallte in den Raum.

Barrington drehte sich bei dem Geräusch um, hielt die Spritze wie eine Waffe in die Luft, und dann zuckte der Arzt mit den Schultern und wich in die Ecke des Raumes zurück. Noch ein paar kräftige Schläge und ein Aufschrei einer Krankenschwester, und ich hörte einen weiteren Körper zu Boden fallen. Bryce kam herein und rieb sich die Knöchel.

„Diese neuen Führer lernen nie, wie man außerhalb von Riven kämpft", sagte er zu mir, während er sich über das Bett beugte und die Gurte löste. „Sie haben ihre schicken Spielzeuge da drüben, aber wenn man sie auffordert, sich auf eine altmodische Prügelei einzulassen, fallen sie auseinander."

„Was machst du da?"

„Alec hat mir erzählt, was los ist", sagte Bryce. „Ich habe Einspruch dagegen erhoben. Es gibt gerade Wichtigeres, als einen Führer für eine kleine Verletzung zu bestrafen."

„Sie werden dich damit nicht davonkommen lassen."

„Ich wollte meiner Familie nicht jeden Tag gegenüberstehen und wissen, dass ich zugelassen habe, dass dem Sohn des besten Führers, den ich je gekannt habe, so etwas passiert", sagte Bryce. „Es ist das Risiko wert."

Bryce drückte die Verschlüsse auf beiden Seiten des Schockhalsbands und hielt sie für volle zehn Sekunden gedrückt. Das Halsband knirschte, als sich seine Zahnräder drehten. Es sprang auf, eine Seite öffnete sich, um meinen Hals herausgleiten zu lassen. Ich hätte die Entriegelung selbst gedrückt halten können - Schockhalsbänder wurden normalerweise mit Handschellen gepaart, und die Zeit, die

die Zahnräder des Halsbands zum Entriegeln brauchten, gab den Wachen reichlich Gelegenheit einzugreifen.

„Ich nehme an, heute wird es keinen Eingriff geben?", murmelte Barrington aus der Ecke.

„Du nimmst richtig an", sagte ich, stieg aus dem Bett und zog meinen Mantel an.

„Ihr müsst die Stadt verlassen", sagte Bryce, während er Anna von ihren Fesseln befreite. „Wenn ihr hier bleibt, werden sie euch finden. Ich vermute, nach dieser Aktion vergessen sie die Blendung und greifen zu dauerhafteren Lösungen."

Wir verließen den Raum und gingen den Flur entlang, vorbei an den bewusstlosen Gestalten von Polk und Derringer. Alec beobachtete uns mit verschränkten Armen, als wir vorbeigingen. Ich erwartete, dass er etwas sagen würde, vielleicht eine Drohung oder einen Spott. Irgendeine Art von Anerkennung. Aber welchen Krieg Alec auch führte, er spielte sich in seinem Kopf ab und er blieb stumm.

Vor dem Krankenhaus wandten Anna und ich uns in Richtung Bahnhof. Der schnellste Weg aus der Stadt. Bryce bewegte sich nicht mit uns. Er blickte nach Norden, zurück zu seinem Haus.

„Du kommst nicht mit?", fragte Anna.

„Ich verlasse meine Familie nicht", antwortete Bryce. „Wenn sie beschließen, mich zu blenden, ist es mir egal. Ich bin sowieso fertig mit Riven."

Ich streckte meine Hand aus und als Bryce sie ergriff, zog ich ihn in eine feste Umarmung. „Danke, für alles."

„Verschwende meine Geste nicht", sagte Bryce. „Haut ab."

WIR VERLIEßEN meinen ehemaligen Mentor und rannten durch die Straßen. In Richtung Bahnhof und hoffentlich zu einem Weg aus der Stadt. Obwohl nicht so groß wie Union

Station, boten die Züge in der Nähe des Krankenhauses einige Möglichkeiten. Einer fuhr nach Süden, Richtung St. Louis, und andere führten östlich nach Detroit. Ich behielt meine Maske ab, atmete die raue Luft ein und zog Blicke auf mich, aber falls es irgendeine Art von Fahndung nach mir gab, würde mir das Weglassen der schwarz-goldenen Maske etwas Deckung verschaffen.

„HE, SIE DA", rief einer der Bahnhofspolizisten und deutete mit seinem Schlagstock auf mich. „Wie heißen Sie?"

ICH SAH mich um und schob Anna von mir weg. Ich versuchte, ihr etwas Deckung zu geben. Ich verließ die Schlange für die Fahrkarten und tat so, als hätte ich nichts gehört. Der Polizist wiederholte seine Frage und ich ging weiter. Seine Pfeife ertönte und ich rannte los. Zurück die Treppe hinauf und hinaus auf den Bürgersteig. Ich hustete, mein schnelles Atmen zog zu viel raue Luft in meine Lungen, die damit nicht zurechtkamen. Ich setzte hastig die Maske auf und startete den Respirator.

DER BEAMTE STÜRZTE sich auf meinen Rücken und ich spürte, wie er meinen Mantel packte. Ich drehte mich mit der Bewegung und schüttelte ihn ab, wodurch der Beamte zu Boden stürzte. Drei weitere kamen in meine Richtung und polterten die Bahnhofstreppen hinauf. Also nahm ich Reißaus.

DIE STRAßEN um den Bahnhof herum zeigten Anzeichen eines neuen Zeitalters für Chicago. Hölzerne Läden und

Büros wurden abgerissen, um Platz für geschmiedetes Metall zu machen. Allgegenwärtige Bauarbeiten. Kleine Zeppeline, die Materialien transportierten, schwebten über uns und leiteten Menschen und Balken an ihre richtigen Plätze. Sich bewegende Menschenmassen von Arbeitern am späten Vormittag bewegten ihre Körper entlang der Straßen oder in den automatischen Taxis. Immer wieder, wenn ich zwischen den Menschenmengen hindurchhuschte, erhaschte ich einen Blick auf einen der Mechs der Stadt, die großen zwei- oder vierbeinigen Bestien, die mit rauchenden Schornsteinen donnernd auf Patrouille gingen.

ICH STÜRZTE durch die Menge und fand mich auf einer großen Kreuzung wieder, wo geschäftige Gruppen in Schichten die blauen und roten Signale auf drei Meter hohen Pfosten überquerten. Aufs Geratewohl bog ich links ab. Einen langen Bürgersteig entlang, der sich vor einer Reihe von Büros erstreckte, die verschiedene Rechtsvertretungen anboten. Die Art von Büro, die ich zu diesem Zeitpunkt wahrscheinlich gut hätte gebrauchen können. Vor mir, als der Block endete, kam ein schwarzes Metallbein in Sicht. Gefolgt von einem weiteren.

Das Cockpit des Mechs, ein Halboval mit einer Glaswindschutzscheibe darüber und einem Paar großer Kanonen darunter, schwenkte in meine Richtung. Seine Läufe richteten sich auf mich und ich hielt inne. Ich hob meine Hände.

„Carver Reed", verkündete der Mech, wobei die Stimme des Piloten durch die Maschine einen mechanischen Dreh bekam. „Sie sind verhaftet, und jede Handlung, die ohne unsere Zustimmung erfolgt, wird zu Ihrer sofortigen Hinrichtung führen."

RAUS AUS DER STADT

ANNA PACKTE mich an der Schulter und zog mich in eine Gasse. Außer Sichtweite des Mechs. Dann zog sie mich weiter, mit einem schraubstockartigen Griff um mein Handgelenk.

„Ich kann auch alleine rennen", sagte ich und versuchte, meine Hand aus ihrem Griff zu befreien.

„Dann mach's", sagte Anna, ließ mich aber los. Anna bewegte sich weiter, bog bei der nächsten Lücke zwischen den Gebäuden rechts ab und stürmte auf die Straße hinter dem Mech. Sie rannte über die Straße, schlängelte sich zwischen einem Taxipaar hindurch und in eine weitere Gasse.

Ich folgte ihr keuchend durch meinen Respirator. Zu sagen, dass ich nicht oft joggen ging, wäre eine Untertreibung. Sport kam nur sporadisch vor. Trainingseinheiten, um Techniken mit Bryce zu verfeinern. Liegestütze auf dem Boden meiner Wohnung. Es gab keine anderen Möglichkeiten.

„Wo gehen wir hin?", fragte ich, als Anna endlich eine Sekunde zum Durchatmen nahm.

„Zum Flugplatz", sagte Anna.

„Ich dachte, du holst Zugtickets."

„Sie haben die Züge beobachtet", sagte Anna. „Die Beamten hatten Fotos von uns. Es gab keine Möglichkeit, dass wir in einen einsteigen könnten."

„Oh, aber ein Zeppelin wird so viel einfacher sein?"

„Wenn wir Glück haben." Anna rannte wieder los.

Wir kamen auf eine große Durchgangsstraße, die nach Westen führte. Eine breite Straße mit mehreren Taxis, drängenden Menschenmengen und vielen Polizisten, die nach uns suchten, ihre blau-kupfernen Masken wippten zwischen gewöhnlicheren Outfits. Anna hielt den Kopf gesenkt und duckte sich zwischen Gruppen hindurch, versuchte, nicht im Freien zu bleiben. Ich tat es ihr gleich, nur gab es einige Dinge, die das kleinere, zierlichere Mädchen tun konnte, die ich nicht konnte. Wie unauffällig sein.

„Ich hab sie!", brüllte eine Stimme hinter mir.

„Du bist der Schlimmste", sagte Anna.

„Du hättest mich einfach dort lassen können", erwiderte ich, als wir wieder losrannten. Während sich die Mechs drehten, um uns zu verfolgen, und die Beamten hinter uns her waren, wichen wir ständig zwischen den Menschen aus. Wir versuchten, klare Schüsse zu verhindern. Es funktionierte, zumindest eine Weile. Wir schafften es drei Blocks weit, bevor das ständige Pfeifen und die Alarmrufe die Straßen leerten.

Wenn ein Mech seine Waffe auflädt, klingt es wie ein stroboskopisches Heulen. Ein klares Signal, dass du gleich in eine Million winzige Stücke zerrissen wirst. Ich holte Anna ein, packte sie und sprang in einen Ladeneingang. Wir krachten durch die Glasfenster, als der Bürgersteig im Kugelhagel explodierte. Funken sprühten hinter uns, Kugeln prallten auf die Straße und durch das Fenster, das wir zu Scherben zerschlagen hatten. Ein Vorteil davon, mit einem

Mantel und einer Maske bedeckt zu sein, ist, dass das Glas uns nicht schneiden konnte. Ein paar neue Kratzer an unserer Kleidung, aber kein Blut.

„Netter Trick", sagte Anna. „Fügst du unseren Anklagen noch Vandalismus hinzu?"

„Wir leben noch, oder?"

„Da kann ich nicht widersprechen", sagte Anna, und wir liefen zum hinteren Teil des Ladens. Er war voller Kleider und Hemden, Blusen und Hosen. Die Leute drinnen rannten hinter den Verkaufstresen oder duckten sich in die Kleiderständer. Alles, um aus dem Blickfeld der zwei Verrückten zu kommen, die durch ihren Laden flohen. Hinter uns kamen Beamte durch die Tür, brüllten und bliesen in ihre Pfeifen.

Wir stürmten durch den hinteren Teil, vorbei an Reihen und Reihen von Kleidung, die es nicht in den vorderen Teil des Ladens geschafft hatte. Verkäufer starrten uns an, als wir vorbeigingen, und ich unterdrückte den Drang zu winken. Nicht der beste Zeitpunkt. Wir gingen durch die Hintertür in eine weitere Gasse.

„Hier lang", sagte Anna, bog rechts ab und lief parallel zu der breiten Straße, auf der wir zuvor fast getötet worden wären.

Einen weiteren Block die Gasse hinunter hörte ich Beamte hinter uns, die aufholten. Wir machten unser Lauftraining in Riven, diese Typen machten es hier, in der echten Welt. Wo ihre Muskeln ihnen einen gewaltigen Vorteil verschafften.

„Brauchen eine neue Strategie", keuchte ich, während unsere Füße über den Asphalt hämmerten.

„Hier", sagte Anna. Sie bog in die Rückseite eines Restaurants ein. Direkt in die Küche, wo Servicepersonal und Köche das Abendessen vorbereiteten. Ich folgte ihr, stieß gegen Pfannen und schob Leute beiseite. Ich glaube, ich murmelte Entschuldigungen, aber ich konnte mir nicht sicher sein. Chaos, durch Instinkt navigiert. Versuchend, nicht zu sterben.

Wir rannten durch den Vordereingang des Restaurants und auf eine kleinere Straße. Anna schwenkte nach links, tauchte dann zwischen zwei Gebäuden hindurch und ging den Weg zurück, den wir gekommen waren. Anna verlangsamte, schlich, als wir die Gasse hinuntergingen. Versteckte sich hinter einer großen Mülltonne und beobachtete, wie Gruppen von Beamten vorbeiliefen. Unserer Spur folgend.

„Werden sie nicht denken, dass wir zum Flugplatz unterwegs sind?", sagte ich. „Da wir ja dorthin wollten?"

„Waren wir nicht", sagte Anna. „Der Hauptflugplatz ist in der Richtung. Der, zu dem wir gehen? Er ist viel kleiner. Im Süden."

Von dem hatte ich gehört. Ein paar Flüge am Tag zu Großstädten. Nur Luxusklasse-Zeppeline, die länger brauchen würden, aber dir eine malerische Route boten. Eine Chance, deine Zeit über den Wolken wirklich zu genießen.

„Wir fliehen mit den langsamen Schiffen?"

„Wusste nicht, dass du einen Zeitplan hast", sagte Anna.

Das brachte mich für einen Moment zum Nachdenken. Ich hatte wohl nirgendwo zu sein. Warten auf Graham und Katherine, damit sie sich um den Meister kümmern konnten. Bis sie Erfolg hatten? Ich musste nur überleben.

„Stimmt."

„Okay, lass uns gehen", sagte Anna, und wir tauchten zurück in die breitere Gasse und schossen die Straße in die entgegengesetzte Richtung hinunter, in die wir gestartet waren. Diesmal, als wir die belebte Straße erreichten, gab es viel weniger Beamte. Keiner von ihnen scannte unsere Gesichter. Warum nach Flüchtlingen Ausschau halten, wenn sie in die entgegengesetzte Richtung geflohen waren?

Es dauerte eine weitere Stunde zu Fuß, aber wir erreichten das südliche Flugfeld. Dort in der Mitte, auf einem riesigen freien Flecken Gras, stand ein Zeppelin, so groß wie ein Fußballfeld. Seine zahlreichen Rotoren drehten sich im Wind und hielten den Zeppelin träge an Ort und Stelle. Lange Seile fesselten das Luftschiff am Boden, während die Leute an Bord gingen. Sie stiegen eine lange Treppe hinauf, die mit einer Plattform mit Rädern am Fuß verbunden war. Eine Reihe uniformierter Beamter nahm Tickets entgegen und begrüßte alle an Bord.

„Ich nehme an, du hast das Geld dafür?", fragte ich Anna. „Denn ich hatte nicht geplant, heute Flugtickets quer durchs Land zu kaufen."

„Wir werden es nicht brauchen", sagte Anna. Sie steuerte direkt auf den Ticketschalter zu, auf eine bestimmte Schlange. Ein Mann, der sie mit stechenden Augen ansah, als sie vor ihm stehen blieb und lächelte.

„Du löst den Gefallen ein?", fragte der Mann.

„Zeit, Chicago für eine Weile zu verlassen", sagte Anna. „Hast du Platz für uns zwei?"

„Mit dem Krieg gibt es jede Menge Platz. Die Leute scheinen keine Lust auf gemütliches Reisen zu haben, wenn die Welt auseinanderfällt."

„Stell dir vor", murmelte ich.

Der Mann stempelte ein Paar Tickets und händigte sie Anna aus. Wünschte uns eine angenehme Reise. Ich wartete, bis wir an den beiden Beamten vorbeigekommen waren, die die Tickets kontrollierten, bis wir das Luftschiff betraten, um zu fragen, worum es bei diesem ganzen Gespräch ging.

„Wenn ein Kunde nicht zahlen kann", sagte Anna, „frage ich, was sie sonst tun können. Ob es etwas gibt, das später nützlich sein könnte. Er sagte, er könne mir eine kostenlose Fahrt auf einem der Schiffe besorgen im Austausch für einen Gefallen in Riven."

„Kein schlechter Deal."

Das Innere des Zeppelins passte zu Ezras klassischem

Charme. Aufwendige Holzarbeiten und lange, elektrisch beleuchtete Gänge strahlten Wärme aus. Senfgelber Teppich passte zu den dunkelbraunen Türen und Wänden, und in polierter Bronze geschnitzte Zimmernummern hingen über jeder Kabine. Wir bahnten uns unseren Weg vorbei an einer Reihe von Speisesälen, einer kleinen Bibliothek und einer breiten Aussichtsgalerie mit Fenstern auf allen Seiten und sogar einem großen Glasabschnitt im Boden.

„Warst du schon mal auf so einem?", fragte ich Anna. Sie schüttelte den Kopf. „Ich auch nicht. Vielleicht, wenn wir nicht gejagt werden, können wir das noch einmal versuchen. Es tatsächlich genießen."

„Könnt ihr Führer das überhaupt?", sagte Anna. „Es genießen? Denn alles, was wir getan haben, seit ich mich angeschlossen habe, war, unser Leben auf die eine oder andere Weise zu riskieren."

„Man muss die Momente finden."

„Wenn du das nächste Mal einen siehst, lass es mich wissen, ja?"

Wir erreichten unsere Kabine und Anna steckte den Schlüssel hinein, drehte ihn im Schloss und öffnete die Tür. Zwei Betten schmiegten sich an die Wände in einem ansonsten geräumigen Zimmer. Überall Fenster, die auf das Feld hinausblickten. Wenn wir in der Luft waren, ließen sie uns in alle Richtungen sehen. Eine Flasche Wein ruhte in einem Regal an der Wand, mit Gläsern. Snacks bedeckten einen dazugehörigen Tisch, Käse und Würste. Eine Notiz begrüßte die Passagiere in der Luxuskabine. Annas Kontakt hatte mehr als geliefert.

„Anna?", sagte ich. „Das ist einer dieser Momente."

LUXUSLEBEN

INMITTEN DER OPULENZ der Kabine konzentrierten sich meine Augen auf die zwei wichtigsten Dinge im Raum. Die Betten. Sobald wir beide in der Kabine waren, schloss ich die Tür hinter uns und verriegelte sie. Unsere Freunde näherten sich dem Meister und wenn wir sie finden wollten, wenn wir ihnen helfen wollten, mussten wir uns beeilen.

„Glaubst du, die Betten sind verbunden?", fragte Anna.

„Das Schiff sieht neu aus, also hoffe ich nicht", sagte ich. Wenn noch niemand die Betten benutzt hatte, um nach Riven überzugehen, dann wären sie ungebunden. Offen. Anna und ich könnten uns auf einen bestimmten Ort in Riven konzentrieren und dorthin überqueren. Von da an wären diese Betten für immer an diesen Ort gebunden. Natürlich könnten wir versuchen, den Boden zu benutzen, wenn die Betten nicht funktionierten, aber man musste trotzdem einschlafen können. Nach einer langen Sitzung in Riven auf einer harten Oberfläche aufzuwachen, bedeutete normalerweise einen steifen Körper und einen Tag voller Reue über die Nacht zuvor.

„Also, was ist der Plan?", fragte Anna, während sie sich in ihr Bett legte.

„Ich sage, wir stellen uns den Baumstumpf vor. Das ist der einzige Ort, den ich mir vorstellen kann, der näher dran sein wird", sagte ich. Man konnte nicht einfach einen Ort in Riven benennen und von einem ungebundenen Bett aus dorthin gehen. Man musste ihn kennen. In der Lage sein, seinen Geist dorthin zu führen, während er hinüberging.

„Der Baumstumpf ist es also."

Ich legte mich aufs Bett, nahm meine Maske ab und starrte eine Minute lang an die Decke. Offiziell ein Flüchtling. Auf der Flucht vor Führern und normaler Polizei gleichermaßen. Für den Fall, dass sie das Schiff durchsuchten, während wir in Riven waren, würden sie uns ohne Kampf mitnehmen. Uns einsperren, und angenommen, wir wären überhaupt in der Lage zurückzukehren, würden wir uns in Zellen wiederfinden. Andererseits, wenn Selena und die anderen Hilfe brauchten und wir hier zu nervös säßen, um etwas zu unternehmen, wäre alles umsonst. Dann hätte das ganze Opfer, der verletzte Führer, keinen Nutzen gehabt.

Wir mussten hoffen, dass nichts auf uns zukam. Dass unsere Luxuskabine ungestört in den Himmel steigen würde, ohne dass die Polizei uns herauszerrte. Ich hörte, wie Annas Atmung gleichmäßig wurde, als ich meine Augen schloss. Das letzte Mal, als wir überquerten, wären wir fast getötet worden. Diesmal würde es nicht anders sein. Wir würden den Meister finden und dem Ganzen ein Ende setzen.

ZUM BERG

WIR SCHLOSSEN UNS DEN GEISTERN AN, die sich vom Baumstumpf entfernten. Dieser lange, dichte Strom von Seelen jeder Form und Gestalt marschierte in Richtung des entfernten Berges. Wieder waren wir unbewaffnet. Ein Problem, das wir lösen mussten, wenn wir die anderen eingeholt hatten.

Ich genoss den beruhigenden Spaziergang durch den Wald nach den hektischen Sprints vor den Polizisten zurück in Chicago. Solange ich mich nicht auf die vielen Toten konzentrierte, konnte ich mich bei dem ruhigen Spaziergang entspannen. Die Blätter schimmerten in der Brise und keiner von uns sprach. Wir nutzten die Gelegenheit, um uns zu sammeln.

Ich versuchte an einem Punkt, Kontakt zu Selena aufzunehmen, und ich spürte sie, sandte etwas Beruhigung durch unser Band und erhielt ihre warme Antwort. Nicht hektisch, nicht ängstlich. Sie kämpften noch gegen niemanden.

Der Berg erhob sich allmählich am Rande unseres Blickfeldes, verschwommen durch die endlosen Wellen von Grau und schwebender Asche, die Rivens Luft ausmachten.

Schließlich wanderten wir jedoch zum Eingang hinauf. Ein Portal, das in die Seite geschnitten war, perfekt und zwanzig Meter breit, um die Geistermenge durchzulassen. Graham, Katherine, Selena und Nicholas warteten.

„Ihr habt nicht versucht hineinzugehen?", sagte ich.

„Doch, haben wir", antwortete Graham. „Wir haben sogar einiges erkundet. Und dabei das hier gefunden."

Graham winkte hinter sich. Ein Haufen verschiedener Waffen und Roben, Umhänge und Mäntel lag dort. Das meiste davon sah aus wie Führerausrüstung, aber alt, rissig und durch Gebrauch zerrissen. Einige trugen Versionen des Führersymbols in verschiedenen Größen, einige geätzt oder mit einfachen Stoffen bestickt. Im Gegensatz zu dem dicken Leder, aus dem der Großteil unserer neuen Ausrüstung bestand, waren einige davon aus dünnem Stoff gemacht. Fast Lumpen.

„Was bedeutet das?", sagte Anna, während sie durch die Waffen suchte und nach etwas Brauchbarem Ausschau hielt. „Nichts davon sieht nach Standardausrüstung aus."

„Es bedeutet, dass die Führer nicht immer in Rivens Stadt waren", sagte Katherine. „Oder dass jemand irgendwann das hier herausgebracht hat."

„Die Geister, die der Meister geschickt hat, um Inman zu ermorden, hatten keine Waffen", sagte ich. „Sie waren schlau, benutzten aber nur ihre Hände und Münder. Wenn er diese zur Verfügung gehabt hätte, warum hat er sie nicht eingesetzt?"

„Ich habe das Gefühl, sie sind für andere bestimmt", sagte Graham. „Diese hier zum Beispiel." Graham zeigte auf eine besonders bösartig aussehende Sichel, deren Spitze in eine gegabelte Zunge geschnitzt war. Der Rest der geschwungenen Klinge bestand aus den gerippten Schuppen einer Schlange. „Das ist die gleiche Art von Waffe, die Rainier, einer der ersten Führer Chicagos, führte. Könnte sogar dieselbe sein."

„Warum sollte sie hier sein?"

„Dinge altern nicht in Riven", antwortete Nicholas. „Es ist möglich, dass jemand sie gefunden hat. Die Waffe eingesammelt und zum Berg gebracht hat. Oder sogar, dass Rainier gestorben ist und sie hier zurückgelassen hat."

„Es gibt eine Person, die diese Fragen beantworten kann", sagte Selena.

„Selena hat recht", sagte Graham. „Wir sind hier. Wir sind bereit. Lass uns die Aufgabe erledigen."

Ich nahm die Sichel und ein kürzeres Schwert. Länger als die Messer und breiter, aber die beiden fühlten sich gut in meinen Händen an. Anna ihrerseits fand einen einfachen Morgenstern mit Stacheln, die aus seinem Kopf ragten. Ähnlich dem, den Nicholas für sie gemacht hatte.

Dann, mit mir an der Spitze, schlossen wir uns der Linie der Geister an und machten uns auf den Weg in den Berg hinein, um den Meister zu finden.

Und ihn zu erledigen.

DIE ALTEN

WIR WANDERTEN durch die Öffnung in den Berg hinein, wobei sich der gähnende graue Fels um uns schloss und den Himmel verbarg. Tief unten im Tunnel, jenseits des Endes von Rivens grauem Licht, flackerte es blau an den Wänden. Derselbe blasse Schein, der in den Augen zorniger Geister brannte und unsere Waffen erleuchtete, wenn wir versuchten, diesen Zorn ins Nichts zu schicken.

„Woher, glaubst du, kommt es?", fragte Anna und nickte den Tunnel hinunter. Geister schlurften an uns vorbei und setzten ihre Reise zum Zyklus fort.

„Schau dich mal um", sagte ich. „Es kommt daher, wohin sie gehen."

„Das wäre der richtige Ort für den Zyklus", sagte Nicholas. „Wenn der Zyklus tatsächlich an der Basis des Berges ist, dann ist der Berg mit all seinem Gestein das Einzige, was den Zyklus in Schach hält."

„Falls der Zyklus überhaupt etwas ist, das man in Schach halten kann", sagte Katherine. „Ich hab ihn nie gesehen."

„Vielleicht bekommst du jetzt deine Chance", sagte ich und ging dann weiter. Ich war noch nie in einer Höhle gewesen. Zumindest nicht in einer natürlichen. Chicago hatte zwar viele unterirdische Wege, aber die waren aus Metall und Stein. Wurden nicht von einer endlosen Masse an Geistern durchquert.

Als wir tiefer in die Höhle vordrangen, wurde die Luft selbst klarer, Rivens aschiger Dunst reichte nicht weit in die Tiefen. Das Tageslicht verschwand, ersetzt durch den blauen Schein. Er reflektierte an den Höhlenwänden auf und ab, deren glänzende Oberflächen als Spiegel für den saphirblauen Schimmer dienten. Ab und zu zweigte ein Pfad zur Seite ab, und jedes Mal blickte ich zu Graham und Katherine, die den Kopf schüttelten.

„Dort haben wir die Ausrüstung gefunden", sagte Graham nach der ersten Abzweigung. „Jeder Weg, den wir erforschten, endete mit einem kleinen Kreis und einem Polster aus Blättern und Gras. Daneben lagen Waffen und Mäntel. Je näher am Eingang, desto älter war die Ausrüstung."

„Klingt, als wären hier Leute hinübergegangen", sagte ich.

„Das war auch mein Eindruck", fügte Nicholas hinzu. „Es gibt Hinweise darauf, dass die Führer den Berg einst als Basis nutzten."

„Aber nicht mehr. Kein Führer, den ich kenne, war je hier. Die meisten wissen wahrscheinlich nicht einmal, dass es existiert."

„Wozu auch?", sagte Graham. „Der ganze Spaß ist zurück in der Stadt. Diese Geister sind längst über unsere Hilfe hinaus."

Schließlich öffnete sich die Höhle zu einer großen Kammer mit einem zentralen, flachen, felsigen Bereich. Um diesen Kreis herum gingen die Geister weiter eine abfallende Treppe in die Tiefe hinab. Der Kreis enthielt eine Sache, die mich innehalten ließ. Am hinteren Ende, an einer Wand, stand ein provisorisches Bett, verstreute Laken und ein zerschlissenes Kissen. Das große Schwert, das ich den

Meister hatte schwingen sehen, hing hinter dem Bett, ein Paar in den Fels getriebene Spitzen dienten als Auflage für den Griff des Schwertes. Neben dem Bett, auf dem Boden, lag sein gleicher kapuzenbesetzter Umhang.

„Ich glaube, wir haben ihn gefunden", sagte ich.

„Außer, dass er nicht hier ist", erwiderte Selena. „Nur, wozu braucht ein Geist ein Bett?"

„Das bedeutet, der Meister ist nicht nur ein Geist."

Wir umringten das Bett. Für eine so tödliche Gestalt lebte der Meister nicht gerade im Luxus. Der Uhrturm, den ich jahrelang in Chicago genutzt hatte, stand in vergoldetem Kontrast zu dieser spartanischen Existenz.

„Was machen wir jetzt?", fragte Graham. „Warten?"

Ich wollte schon ja sagen. Wollte sagen, dass wir mit gezogenen Waffen dastehen sollten, damit wir zuschlagen konnten, sobald der Meister herüberkäme, bevor er auch nur blinzeln konnte. Aber das kratzende Geräusch eines aus der Scheide gezogenen Schwertes lenkte unsere Aufmerksamkeit auf sich. Ließ uns als Gruppe zur abwärts führenden Treppe umdrehen, und auf ihr stand ein Geist, der nichts weiter als ein zerlumptes Gewand trug und eine lange Klinge hielt, die ich von anderen Führern auf der anderen Seite der Welt kannte: ein Katana.

„Diese Waffen gehören euch nicht", sagte der Geist.

„Und du bist?", erwiderte ich.

„Takeda", sagte der Geist. „Ehemaliger Anführer der Führer. Und Vernichter von Dieben."

Dann rannte Takeda, der Vernichter von Dieben, los. Stürmte tiefer in die Höhle hinein, drängte sich an Geistern vorbei und verschwand.

„Erinnerst du dich an deine Geschichte?", fragte Graham.

„Takeda lebte vor zwei Jahrhunderten", sagte ich. „Ich verstehe nicht, wie er immer noch hier sein kann."

„Ich sage, wir fragen ihn", meinte Graham.

Wir teilten uns auf; Graham, Katherine und ich beschlossen, Takeda die Stufen hinunter zu verfolgen, während die anderen das Bett des Meisters bewachten. Ich nahm an, sie würden mit dem Meister fertig werden, wenn er herüberkäme und wehrlos auf diesem Stoffhaufen Gestalt annähme.

Wir drei rannten Takeda hinterher, drangen immer tiefer in die Eingeweide des Berges vor. Das blaue Licht wurde so hell, dass es fast in den Augen schmerzte und mich zwang zu blinzeln, bis sie sich anpassten. Ich drängte mich an Geist um Geist vorbei, während der Pfad sich verengte. Er wurde so schmal, dass nur noch zwei Körper nebeneinander Platz hatten. Die Decke senkte sich, streifte meinen Kopf und zwang mich, mich zu ducken. Und dann fanden wir es. Die Quelle unserer Erlösung und unseres ultimativen Endes.

Der Zyklus erstreckte sich über einen gewaltigen Raum vor uns. Sein strahlendes Blau dehnte sich aus, so weit das Auge reichte und darüber hinaus. Ein See aus wirbelnder, azurblauer Aura. Vor uns, auf einer flachen Fläche, die in eine einzige Spitze auslief, gingen die Geister. Sie bewegten sich bis zur äußersten Kante und schritten, ohne ihren Gang zu unterbrechen, hinaus und fielen in den Zyklus. Takeda beobachtete sie, das Katana noch immer gezogen. Neben ihm stand ein noch älterer Geist, der nichts weiter als einen langen Stab und eine schlichte Tunika trug. Gemeinsam wandten sie sich uns zu, als wir eintraten.

„Findet ihr es schön?", fragte uns Takeda. „Das solltet ihr, denn ihr werdet bald darin versinken."

„Ich hab schon Besseres gesehen", sagte ich. Was eine glatte Lüge war. Wenn man in die Sonne starren könnte, und die Sonne so groß wäre wie der Himmel, dann käme man vielleicht dem Gefühl nahe, den Zyklus aus der Nähe zu betrachten. Ich musste mich auf den Boden konzentrieren, mich auf die Geister fokussieren, denn in dieses Blau zu starren bedeutete, darin zu versinken und nie wieder zurückzukommen.

„Sag uns", fragte Katherine. „Wie kommt es, dass du hier bist? Nach so vielen Jahren?"

„WIR WERDEN die Diebe nicht mit Antworten ehren", sagte Takeda. Er nickte dem anderen Geist zu, der sein Gesicht uns zuwandte. Ein schreckliches Schicksal hatte das Gesicht des Geistes weggerissen, der Mund war ein entstelltes Chaos. Die Nase abgebrochen. Seine Knochen waren tiefschwarz verkohlt.

„Zolin", sagte Graham. „Anführer der Führer um 1500. Ein Mönch. Sein Tempel wurde von Spanien niedergebrannt und zerstört, als sie durch Mexiko zogen. Mit ihm darin."

„Also gibt es jetzt zwei von ihnen?", fragte ich. „Beide ehemalige Anführer? Beide viel älter als jeder Geist sein sollte?"

„Es ist ein beunruhigender Zufall", sagte Graham. „Einer, den wir, denke ich, beheben können."

Graham zog seinen Hammer von seinem Rücken und hielt sein gepanzertes Handgelenk bereit. Katherine zog ihre Schlagstöcke, und ich hob die Sichel. Ich wünschte wirklich, ich hätte meine Peitsche. Meine Messer. Gegen einige der besten Führer, die je gelebt haben, anzutreten, würde ich lieber mit Waffen tun, die ich zu benutzen wusste.

„Seid ihr bereit?", fragte Takeda. Er richtete das Schwert, dieses lange Katana, auf uns. Unzählige Geister gingen vorbei, ahnungslos gegenüber der Welt um sie herum.

„Los geht's", sagte ich und rannte vorwärts.

DUELLE

GRAHAM STEUERTE DIREKT auf Takeda zu, während Katherine sich abspaltete, um sich mit Zolin auseinanderzusetzen, was mir die Wahl ließ. Welchen Elternteil liebte ich mehr?

Einfach. Graham hatte so oft versucht, mich umzubringen; meine Mutter verdiente meine Hilfe. Also schlüpfte ich an einem Soldatengeist vorbei, überholte meine Mutter und schwang die Sichel nach vorn, um Zolins Hieb zu begegnen. Zolin fing den Schlag mit seinem Stab auf und riss mir die Sichel aus der Hand. Meine Waffe flog quer durch den Raum und prallte von der Höhlenwand ab. Zolins Entwaffnung ließ seinen Stab weit ausschwingen und gab mir Raum, ihn mit dem Schwert zu erstechen. Die Klinge drang in Zolins Seite ein, und er antwortete, indem er den Stab zurückpeitschte und mich wegschlug.

Ich kugelte in ein Trio von Geistern und setzte mich auf, um zu sehen, wie meine Mutter auf Zolin eindrosch, mein Schwert steckte noch immer in seinem Körper, mit ihren Schlagstöcken. Sie trieb den Mönch mit einem Hagel von Schlägen zurück, jeder Schlagstock führte einen Rhythmus von Schlägen auf und ab an Zolins Körper aus. Mir fiel auf, dass meine Mutter besonders darauf achtete, auch mein Schwert zu treffen und es dabei tiefer hineinzutreiben. Verzweifelt ließ Zolin den Stab fallen, ignorierte die Schlagstöcke meiner Mutter, die sich in seine Arme gruben. Er packte meine Mutter und warf sie zu Boden.

„Das ist kein fairer Kampf", sagte ich, als ich den Mönch tackelte. Ich griff einen der Schlagstöcke meiner Mutter, der wie mein Schwert in Zolins Körper steckte, mit meiner rechten Hand und rammte ihn in den leeren Raum des Mundes des Mönchs. Zolin stöhnte, mehr ein summendes Wimmern ohne Zunge, um den Laut zu formen, und zappelte, als ich ihn zurück zum Rand der Plattform drängte. Ich stellte mein Bein hinter Zolins und ließ ihn rückwärts über den Rand stolpern. Als er fiel, griff ich mit meiner linken Hand nach dem anderen Schlagstock meiner Mutter. Das Kurzschwert fiel mit Zolin in diese blaue Unendlichkeit.

„Carver! Pass auf!", rief Graham. Ich wirbelte herum und hielt die Schlagstöcke gerade noch rechtzeitig hoch, um Takedas Klinge abzufangen. Das Katana kam auf mein Gesicht zu und prallte von den Schlagstöcken ab. Die Wucht schleuderte mich zurück, meine Füße streiften den Rand der Klippe. Takeda machte sich für einen weiteren Schwung bereit, als ich sah, wie der Hammer meines Vaters in den Rücken des Geistes krachte und Takeda zu Boden warf. Ich bewegte mich vom Rand weg und gewann etwas Abstand. Graham trug eine Reihe tiefer Schnitte an Armen und Beinen. Takeda war nicht so leicht zu Boden gegangen.

Graham erreichte den Geist und als er seinen Hammer vom Boden aufhob, drehte sich Takeda mit einem Schwung des Katanas und zielte auf Grahams Bauch. Als das Katana nach oben schwang, schoss Graham einen brennenden Draht aus seinem Handgelenk. Er wickelte sich um Takedas Hand und fing Feuer. Der Geist ließ das Katana fallen und heulte vor Schmerz. Schmerz, den mein Vater mit einem beidhändigen Schwung des Hammers zur Ruhe brachte.

Wir beide stießen den reglosen Takeda von der Klippe, in den Zyklus. Zwei Führerlegenden ausgelöscht, und keiner von ihnen gab uns irgendwelche Antworten.

„Enttäuschend, nicht wahr?", sagte eine Stimme hinter uns. Eine Stimme, die ich kannte. In einen Umhang gehüllt und sein Schwert an der Hüfte haltend, die Spitze den Boden berührend, stand der Meister. Seine obsidianschwarze Maske glänzte im blauen Licht des Zyklus, immer noch angeschlagen von Inmans verzweifeltem Schuss. „Sie sind schon so lange hier unten, dass sie ihre Schärfe verloren haben. Nichts weiter als erbärmliche Erinnerungen."

„Wie bist du hierhergekommen?", fragte ich und versuchte, die düsteren Szenarien abzuschütteln, die durch meinen Kopf blitzten. Dass der Meister hier war, bedeutete, dass er herübergekommen war und keiner der anderen ihn aufgehalten hatte. Was bedeutete, dass Selena, Anna und Nicholas entweder tot oder gefangen waren.

„Ihr habt die Geister hier schon gefunden. Anführer der Führer aus vergangenen Jahrhunderten. Was glaubt ihr, wie viele es noch gibt?", sagte der Meister. „Mehr, als eure Freunde bewältigen können, zumindest."

„Wenn du ihnen etwas angetan hast ...", warnte Katherine.

„Was wirst du dann tun? Ich kenne dich, Geist, und du hast nicht die Fähigkeiten, um mich ins Schwitzen zu bringen."

„Vielleicht ist dir nicht aufgefallen, dass du in der Unterzahl bist", sagte Graham. „Drei gegen einen sind keine guten Chancen."

„Sehe ich etwa ängstlich aus?", erwiderte der Meister.

Das war es. Ich konnte es fast spüren, als ob das Schicksal uns in diesen einen Kampf zöge. Eine Chance, die Person loszuwerden, die hinter der Gefahr und dem Tod stand, die mir so lange gefolgt waren. Nur konnte ich Selena nicht aus meinem Kopf bekommen. Ich musste wissen, ob es ihr gut ging. Musste sicherstellen, dass Selena und Anna und Nicholas nicht tot waren. Oder kurz davor.

Also stürmte ich auf den Meister zu, die Sichel in der einen und Zolins langen Stab in der anderen Hand. Keine ideale Kombination, aber das war keine Zeit für Perfektion. Der Meister drehte das Schwert, hielt die Klinge gerade hinter sich, trat dann vor und schwang es, um meinen Angriff zu parieren. Als ich näher kam, rammte ich den Stab in den Boden und stieß mich ab, sprang und schwang meine Füße nach vorne. Ich spürte, wie das Schwert unter mir hindurchsauste, spürte, wie es einen Teil meines Mantels erwischte, als ich den Meister in die Brust trat.

Ich landete auf dem Boden und sah, wie der Meister sich aufrappelte. Ich rollte mich nach vorn und stürzte mich auf ihn, tackelte den Mann und brachte ihn mit mir zu Boden.

„Los!", sagte ich. „Rettet die anderen und kommt dann zurück, um mich zu holen."

Würden meine Eltern zuhören oder würden sie versuchen, ihre eigene Rache zu üben? So oder so, ich konnte nicht darauf achten. Der Meister schlug meine Hände weg und hob mich irgendwie hoch und warf mich zur Seite. Ich fing mich an der Wand ab und warf einen Blick zur Treppe, wo ich sah, wie Katherine und Graham darin verschwanden.

„Es spielt keine Rolle", sagte der Meister und folgte meinem Blick. „Sie laufen in eine Falle."

„Was, diese Armee von Geistern, die du vorher hattest?"

„Das sind keine gewöhnlichen Geister, sie sind alle Führer. Oder waren es mal", sagte der Meister. Er hob sein Schwert vom Boden auf und drehte sich zu mir um. Meine Sichel wirkte im Vergleich dazu winzig. „Viele von ihnen sind so alt, dass sie noch nicht einmal Waffen hatten. Oder die, die sie benutzten, sind im Laufe der Zeit zerbrochen und haben sie mit nichts zurückgelassen außer dem, was sie zusammenkratzen können."

„Warum sind sie immer noch hier?", fragte ich.

Ein Teil von mir wollte sofort angreifen. Ein Teil von mir wollte alles gegen den Meister werfen. Der andere Teil von mir wusste, dass ich nur eine kleine Sichel hatte und der Meister mich mit diesem Schwert ohne nachzudenken in zwei Hälften spalten könnte. Ich musste hoffen, dass Graham und Katherine, dass die anderen zurückkommen würden und wir gemeinsam den Meister überwältigen könnten. Also versuchte ich, ihn zum Reden zu bringen.

„Ein Pakt", sagte der Meister. „Einer, der überflüssig wird."

„Ein Pakt?"

Der Meister machte ein paar weitere Schritte und schleifte das Schwert in einem Aufwärtsschwung in Richtung meines Oberkörpers über den Boden. Ich wich außer Reichweite zurück und tanzte am Rande der Plattform entlang, nahe der Klippe, hinter der sich der Zyklus ausbreitete. Der Meister folgte meinen Bewegungen, aber mit Gleichgültigkeit.

Er wollte mich nicht töten.

„Wie du jetzt weißt, Carver, kannst du der Weg aus Riven heraus sein", sagte der Meister. „Ein kontrolliertes Ventil, um den Druck in diesen dunklen Zeiten abzulassen."

„Du lässt es so einfach klingen." Ich schlüpfte zwischen dem endlosen Strom von Geistern hindurch. Wenn nichts anderes, würden die Geister vergangener Menschen gute Schutzschilde gegen Schwerthiebe abgeben.

„Das sollte es sein", sagte der Meister. „Wenn du nicht sehen kannst, was passiert, dass Riven zusammenbricht, dann bist du blinder, als ich erwartet hatte."

„Also ist der einzige Weg, Riven zu retten, dir zu geben, was du willst?", sagte ich. „Das ist ja praktisch."

„Wieder mache ich das Angebot, und wieder lehnst du ab", sagte der Meister. „Wenn du deine Meinung nicht änderst, werde ich dich hier festhalten, gefangen in Riven, bis dein schlafender Körper gefunden werden kann."

„Versuch's doch", sagte ich.

Anstatt mir zu antworten, wandte sich der Meister dem Geisterstrom zu. Ich folgte seinen Augen und, vermischt mit den gewöhnlichen Menschen und Soldaten, die zum Zyklus hinunterströmten, bewegte sich ein Paar in mittelalterlichen Tuniken. Stark und willenlos schlurften sie zum Rand und sprangen mit den anderen in den Zyklus.

„Mit jedem Sieg, den deine Freunde erringen", sagte der Meister, „werde ich stärker. Mit jeder gebrochenen Bindung schwindet deine Hoffnung. Jetzt, Carver, denke ich, es ist Zeit, diesen Mund von dir zu schließen. Die Passage wird sich mit deinem Leben öffnen, es braucht nichts weiter."

Der Meister hob das Schwert und schwang es, schnitt eine Linie durch die Geister und zerstreute ihre Körper über den Boden. Er trat in die Lücke, sein Blick drang durch seine Maske in meine Augen. Ich wich zurück, bis ich spürte, wie mein Fuß das eine Ding streifte, das mich lebend hier rausbringen konnte.

SCHLECHTE AUSSICHTEN

Als der Meister nach vorne stürmte, bückte ich mich, griff Takedas Katana und stieß es wie einen Speer vor. Der Meister glitt zur Seite, ließ sein Schwert auf das Katana krachen und schlug es mir aus der Hand. Takedas Waffe flog über die Klippe und in den Zyklus, wo sie ihrem Besitzer ins nächste Leben folgte. Aber es hatte mir einen Moment Schwung verschafft.

Ich stürzte mich mit der Sichel nach vorne und versuchte, in die Reichweite des Meisters zu gelangen. Der Meister ließ das große Schwert in seiner rechten Hand und parierte meinen Schlag mit der linken. Er packte mein Handgelenk, als die Sichel sich seinem Kopf näherte, und hielt es fest. Ich starrte in diese schwarze Steinmaske, in diese Augen, die unter der Dunkelheit seiner Kapuze verborgen waren, und versuchte, ein Maß an Menschlichkeit zu finden.

Der Meister versuchte, das große Schwert zurückzubringen, also kopierte ich seinen Zug und packte sein rechtes Handgelenk mit meiner linken Hand. Wir rangen miteinander, unsere Kraft maß sich in meiner Verzweiflung und seiner Entschlossenheit. Ich hörte den Meister keuchen, nicht aus Überraschung oder Angst, sondern aus Freude. Seine linke Hand verdrehte mein Handgelenk nach hinten, schob die Sichel weg, und ich nutzte den Schub, um vom Meister zurückzuweichen und aus der Reichweite des Schwertes zu kommen. Woher der Meister diesen plötzlichen Kraftschub nahm, wusste ich nicht.

„Noch eine Bindung ist gelöst", sagte der Meister. „Carver, rette deine Freunde. Hör auf mit dieser Zwecklosigkeit."

Der Meister ließ mich auf Abstand gehen, ließ mich um ihn herumkreisen und meinen Rücken den Geistern zuwenden, dem Weg den Berg hinauf. Wieder ließ sich der Meister Zeit, spielte mit mir. Ich sah, wie sein Blick zur Treppe zurückschweifte; ein weiterer seltsamer Geist inmitten der Horde. Noch einer in älterer Kleidung, aber diesen erkannte ich.

„Pierce", sagte ich. Der Meister nickte. „Er starb vor 20 Jahren?"

„An jenem Tag band ich ihn", erwiderte der Meister und folgte meinem Rückzug um den Raum.

„Wie? Wie konntest du es schaffen, sie alle zu binden?"

„So viele Fragen", sagte der Meister. „Was spielt das für eine Rolle?"

Er hob sein Schwert erneut, und als er auf mich zukam, warf ich die Sichel in sein Gesicht und rannte. Ich würde diesen Kampf nicht gewinnen. Nicht mit einer Waffe, die ich nicht zu benutzen wusste, gegen einen Feind, der stärker war als ich und der scheinbar jeden Vorteil hatte. Ich sprang die Treppe hinauf, stieß und schubste Geister um mich herum zu Boden. Ich versuchte, jedes Hindernis zu schaffen, das ich konnte, um den Meister von der Verfolgung abzuhalten. Oder zumindest um mir etwas Zeit zu erkaufen.

Ich schaffte es zurück auf den Treppenabsatz, wo das Bett des Meisters stand, und sah ein Gemetzel. Graham und Katherine arbeiteten Seite an Seite mit Anna und Selena, während Nicholas zusah, wie sie sich durch eine lange Reihe von Geistern kämpften. Ehemalige Führer, die meisten von ihnen unbewaffnet, alle stürmten sie mit rücksichtsloser Hingabe an, um von meinen Freunden bekämpft und gebändigt zu werden.

Der Meister opferte seine Armee für sich selbst.

„Sie sind an ihn gebunden", rief ich. „Mit jedem Tod macht ihr ihn stärker."

„Was schlägst du dann vor, das wir tun sollen?", sagte Graham und schmetterte seinen Hammer in das Gesicht eines weiteren älteren Geistes. „Wir müssen kämpfen, oder sie werden uns in Stücke reißen."

„Dann bändigt sie nicht", sagte ich. „Haltet das Feuer draußen."

Selena, ihre Klinge glühend, drehte ihr Handgelenk, als sie in den nächsten Geist einschlug. Das Feuer erlosch und anstatt mit leeren Augen zu Boden zu fallen und bereit zu sein, in den Zyklus einzugehen, taumelte der Geist weg und griff sich an die verletzte Kehle. Der Geist würde sich irgendwann erholen, aber es entzog dem Meister immer noch Kraft.

„Carver, hinter dir!", rief Anna. Ich drehte mich um und sah den Meister, das Schwert hoch erhoben, wie er sich seinen Weg die Treppe hinauf hackte.

„Graham, Katherine. Wir müssen ihn zusammen angreifen", sagte ich. „Selena, Anna, ihr haltet die anderen Geister zurück."

Meine Eltern hörten den Ruf und wandten sich von ihren Zielen ab. Selena sprang ein, um die Lücke zu füllen, als wir drei uns dem Meister zuwandten. Ich griff nach meinem Gürtel und merkte, dass ich keine Waffe hatte. Graham warf mir einen Blick zu und lachte.

„Besser, du überlässt das uns beiden", sagte Graham. „Du wirst nur im Weg sein."

Er hatte nicht Unrecht. Ich musste schnell eine Waffe finden. Ich wich zurück, während Katherine und Graham angriffen. Sie hielten den Meister auf der Treppe fest; Grahams Hammer zwang den Meister, mit seinem großen Schwert abzuwehren. Katherine versuchte, hinter ihn zu kommen, um den Meister mit ihren Schlagstöcken zu bearbeiten. Als sie sich bewegte, trat der Meister die Treppe hinunter zurück und schwang sein großes Schwert in einem hohen Bogen nach links. Die Klinge schnitt in Katherines Bein und warf sie mit einem Schrei zu Boden.

Ein Geist tackelte mich von hinten. Ein verrückter Wahnsinniger mit einem Bart, der länger war als mein Oberkörper. Seine Hände krallten sich nach meinem Gesicht und ich schlug sie weg. Wir rollten über den Boden, während ich versuchte, meinen Ellbogen unter das Kinn des Geistes zu bekommen, um seine schnappenden Zähne fernzuhalten. Wir prallten gegen eine Felswand und beendeten unser Gerangel mit mir auf dem Rücken. Der Geist drückte sein Knie in meinen Bauch, verdrehte meine Eingeweide und ließ meine Sicht verschwimmen. Eine Hand des Geistes holte aus, den Ellbogen angewinkelt und bereit, eine Faust in meine Augen zu rammen, als ich einen Blitz sah. Nicholas stach den Geist mit einem der Armbrustbolzen, die er für mich getragen hatte, damals, als wir gerade erst die Wohnung verlassen hatten, als ich die Waffe noch besaß.

Der Bolzen barst in blaues Feuer und bändigte den wütenden Geist. Ich schob den reglosen Körper von mir, eine weitere Seele, die dem Meister zurückgegeben wurde.

„DANKE", sagte ich zu Nicholas, während ich mich aufrichtete. „Hast du noch mehr davon?"

Nicholas schüttelte den Kopf. „Ich habe schon mehrere benutzt."

Ich wandte mich wieder der Treppe zu und sah, wie Graham eine verzweifelte Verteidigung aufbaute, während der Meister sich seinen Weg nach oben erkämpfte. Er schwang schneller als zuvor, die Schläge präziser. Graham tat alles, um mit dem Hammer das Schwert abzuwehren. Der Meister verwandelte einen Querschlag in einen Überkopfstoß. Graham schwang den Hammer von unten nach oben und lenkte den Schlag ab, aber der Meister drehte sich mit dem Schwung, brachte das große Schwert schneller zurück, als Graham seinen eigenen Hammerschwung stoppen konnte.

Der Meister schrie auf, ein Schmerzensgebrüll. Katherine hatte ihre Schlagstöcke in seine Beine gekrallt. Dort liegend, schwer verwundet, führte sie einen Schlag aus, der Graham das Leben rettete, so wie es war. Graham ließ die Gelegenheit nicht ungenutzt. Mein Vater drehte seine Schultern und ließ den Hammer auf den Kopf des Meisters krachen. Der Schlag traf die schwarze Kristallmaske und zerschmetterte sie, schickte den Meister taumelnd die Stufen hinunter.

Ich fixierte sein Gesicht. Klar sichtbar im blauen Licht des Zyklus. Die alten Augen, der dicke weiße Bart, das lange graue Haar von Piotr, dem lebenden Anführer der Führer.

EIN ERZWUNGENER ABSCHIED

ICH WOLLTE TAUSEND FRAGEN STELLEN. Tausend Dinge, die ich in dem Moment sagen wollte, als ich sein Gesicht sah. Als ich erkannte, dass Piotr hinter all den Angriffen steckte, hinter der Fesselung und dem Leiden meiner Eltern und den Drohungen gegen meine Freunde. Bevor ich auch nur eine davon äußern konnte, hörte ich Anna hinter mir schreien.

„Es sind zu viele!", rief Anna verzweifelt, und ich drehte mich um. Sie waren überfordert. Fünf Geister drängten Selena und Anna zurück, alle mit mehreren Wunden, Schläge, die die Geister eigentlich hätten bändigen sollen. Stattdessen bedeuteten die Schnitte den bereits Toten nichts. Das blaue Feuer zu benutzen, würde Piotr nur stärker machen.

Ich musste eine Entscheidung treffen. Wenn wir blieben und Piotr nicht innerhalb einer Minute erledigten, würden wir überrannt werden. Wenn wir gingen, vorausgesetzt wir schafften es überhaupt raus, wer wusste, wann wir hierher zurückkehren könnten.

Hinter mir setzte Graham seine verzweifelte Verteidigung fort, während Piotrs zahniges Grinsen mit jedem

Schwung breiter wurde. Vor mir schrie Selena auf, als ein Geist ihren Unterarm zerfetzte. Wir konnten nicht gewinnen.

„Wir müssen rennen", sagte ich. „Benutzt das Feuer!"

Selena und Anna zögerten nicht, umhüllten ihre Waffen erneut mit blauem Feuer und schlugen sich ihren Weg durch die Geister. Ich schob Nicholas hinter ihnen her.

„Carver", hörte ich meinen Vater rufen. „Bring sie hier raus!"

„Bin dabei", antwortete ich. Nicht, dass ich viel tat. Was hätte ich jetzt nicht für meine Peitsche gegeben. Für diese Messer. Selena und Anna, sie leisteten ganze Arbeit. Sie duckten sich unter kratzenden Nägeln weg und wichen Schulterangriffen aus, um mit zusammengerafften Waffen zuzustechen und zuzustoßen, und schickten einen Geist nach dem anderen in ein blau loderndes Verderben.

Ich folgte Selena, Anna und Nicholas die Treppe hinauf zum Ausgang. Warf einen Blick zurück zu meinen Eltern, die Piotr immer noch auf der Treppe in Schach hielten. Piotr sah aus, als würde er spielen, testete die Reichweite des Hammers. Meine Mutter lag am Boden und hielt ihr verletztes Bein. Unfähig sich zu bewegen. Unfähig zu fliehen.

„Lauft weiter", sagte ich zu Nicholas und den anderen. „Rennt, bis ihr draußen seid, und dann rennt noch weiter."

„Was hast du vor?", fragte Selena und drehte sich um.

„Ich kann sie nicht zurücklassen", sagte ich.

„Ich kann dir helfen."

„Beschütze Nicholas", sagte ich. „Er wird dich brauchen."

Selena nickte, griff dann in ihren Mantel und zog ihr langes Messer heraus. Es wirkte erbärmlich klein neben dem großen Schwert, aber ich zählte eine Waffe mehr als keine. Als sie es mir also zuwarf, fing ich es und rief ihr meinen Dank zu.

„Denk dran, Carver", sagte Selena. „Wir brauchen dich auch."

Ich nahm den Kommentar zur Kenntnis und machte mich wieder auf den Weg die Stufen hinunter. Ich hatte nicht vor, hier zu sterben. Ich plante auch nicht, meine Eltern sterben zu lassen.

Zurück im Kreis waren Graham und Piotr in einen tödlichen Tanz verwickelt. Als ich die Lichtung betrat, sah ich, wie meine Mutter einen weiteren Vorstoß wagte. Sie stürzte sich mit ihrem verbliebenen Schlagstock auf Piotrs Rücken und schleppte ihr linkes Bein hinterher. Der Schlag war eine Sekunde langsamer als früher. Piotr bemerkte die Bewegung und führte seinen Schwung weiter, drehte sich mit der Klinge zurück, um den Schlagstock meiner Mutter abzufangen.

Piotrs Schwert durchschnitt den Schlagstock, und wenn meine Mutter nicht zu Boden gefallen wäre, hätte er sie auch in Stücke gehauen. Piotr wirbelte mit dem Schwung herum, verlagerte seine Füße und brachte die Klinge wieder über seinen Kopf. Er schwang nach unten auf Graham zu, als der Hammer meines Vaters auf Piotrs Brust zuschlug. Sie trafen sich gegenseitig, Grahams Hammer krachte in Piotrs Umhang, während Piotrs Schwert in Grahams Schulter eindrang.

Grahams Schlag ließ Piotr taumeln, und er ging auf ein Knie, sich auf das große Schwert stützend. Aber nur für eine Sekunde. Dann erhob sich Piotr wieder und ragte über dem am Boden liegenden Graham auf. Piotr hob das Schwert, und Graham schoss einen Draht aus seinem Handgelenk. Er wickelte sich um Piotrs rechte Hand, ging in Flammen auf, und Piotr stolperte zurück, versuchte, den Draht abzustreifen und wechselte das Schwert in die linke Hand.

Ich ging auf Katherine zu, streckte die Hand nach ihr aus, aber als sie mich sah, wich meine Mutter zurück. „Verschwinde von hier, Carver", sagte sie. „Lass uns dieses eine Mal dich retten."

Ich wollte antworten, aber meine Mutter nahm mir die Worte aus dem Mund. Sie griff nach der zerbrochenen Hälfte ihres Schlagstocks und stürmte auf Piotr los, der immer noch mit dem Draht kämpfte. Sie schlug mit der bekrallten Waffe nach seinem Gesicht und traf. Öffnete einen langen Schnitt entlang Piotrs Wange, aber es war nicht genug. Piotr drehte sein linkes Handgelenk und ließ blaues Feuer die Länge seines Schwertes hinabströmen. Selbst mit nur einer Hand, gestärkt durch die Rückkehr so vieler seiner Geister in den Zyklus, beendete Piotr Katherine mit einem drehenden Stich.

„Geh", sagte Graham und zog sich auf die Knie. „Lass es nicht umsonst gewesen sein!"

Ich sah, wie mein Vater nach dem Messer an seinem Gürtel griff, und dann rannte ich. Ich drängte mich durch die Geister, schob mich an den ausdruckslosen Gesichtern der Toten vorbei. Ich hörte erst auf, an etwas anderes als den nächsten Schritt vor mir zu denken, als ich draußen im Wald war. Anna, Selena und Nicholas warteten, schauten mich mit einer Hoffnung an, die erstarb, als sie meinen Blick trafen.

„Es ist vorbei", sagte ich. „Geht zurück in die Stadt."

Wir flohen. Ich spürte, wie ein Teil von mir, das Stück, das ich Katherine gegeben hatte, zurückkehrte, als unsere Bindung zerbrach. Ich hörte Annas Keuchen, als Grahams geborgte Seele zu ihr zurückkam. Ich hatte die Eltern verloren, die ich kaum gekannt hatte. Genommen von einem Feind, der endlich ein Gesicht hatte. Einen Namen.

Piotr.

FEHLER UND VERSAGEN

ALS WIR DEN BAUMSTUMPF ERREICHTEN, liefen Selena und Nicholas weiter. Ein langer Lauf zurück in die Stadt. Anna und ich jedoch mussten zurück überqueren. Ich wusste nicht, wann wir die beiden Geister einholen würden. Wir mussten ein Bett finden, das noch nicht benutzt worden war, oder das uns zurück in Rivens Stadt bringen konnte.

Das konnte später kommen. Jetzt wollte ich atmen. Etwas trinken und mich an meine Eltern erinnern. Meinen wachsenden Zorn pflegen.

Wir kehrten in den Zeppelin zurück. Die Fenster unseres Zimmers zeigten einen gefleckten Himmel, während das Luftschiff über einem der Großen Seen summte. Vielleicht Michigan, oder vielleicht waren wir schon weiter. Die untergehende Sonne, diese goldene Kugel, die die Wolkenspitzen in violettes und orangefarbenes Feuer tauchte.

„Es tut mir so leid", sagte Anna, als sie sich aufsetzte.

„Es ist nicht deine Schuld", sagte ich tonlos.

„Wir hätten mehr tun können. Wir haben ihn reingelassen. Herüberkommen lassen. Es waren so viele Geister, dass wir es nicht bemerkt haben."

„Wir wussten es nicht", sagte ich und stand auf. „Wir konnten nicht wissen, dass er sie alle gebunden hatte. Dass jeder einzelne, den wir eingefangen haben, ihn stärker machte."

Anna sagte eine Minute lang nichts. Ich genoss diese Stille. Wir waren so nah dran gewesen. Hatten Piotrs Basis mit Überzahl angegriffen, zum richtigen Zeitpunkt. Nur wussten wir nicht, was drin war, und Anna und ich hatten unsere Waffen nicht dabei. Ob das überhaupt einen Unterschied gemacht hätte. Graham war einer der stärksten Kämpfer gewesen, die ich je gesehen hatte, und meine Mutter war auch nicht zu unterschätzen.

Piotr hatte beide vernichtet und war dabei kaum verletzt worden. Ihn noch einmal anzugreifen, wäre Selbstmord. Also beschloss ich, statt darüber nachzudenken, ein einfacheres Problem zu lösen.

„Einen Drink?"

„Ja, bitte." Anna nahm den Wein und hielt ihn mir entgegen. „Hier ist diese Flasche."

Ich schüttelte den Kopf. „Ich brauche etwas Härteres."

Wir machten uns auf den Weg zu einem der Speisebereiche, zu einem langen Metalltresen mit einem Schild darüber, das ihn als *Sky Bar* auswies. An verschiedenen Enden der Buchstaben drehten sich kleine Ventilatoren durch eine geheimnisvolle Kraft. Unter dem Schild mixten zwei Barkeeper Cocktails aus einer Fülle von Lastern. Eine rotierende Speisekarte verkündete Spezialitäten aus der Region, über die wir gerade flogen. Ich bestellte Wodka. Anna orderte ihren Gin. Beide auf Eis.

Warum fühlte ich mich so zerrissen? So zerfetzt durch den Verlust zweier Menschen, von deren Existenz ich vor weniger als einem Jahr noch nichts wusste? Von denen ich dachte, sie hätten mich verlassen? Selbst als ich sie fand, waren Graham und Katherine nicht am Leben. Sie konnten nicht zum Abendessen vorbeikommen, Ausflüge machen oder an einem kalten Morgen Kaffee genießen. Unsere einzigen gemeinsamen Erlebnisse waren hektische Kämpfe um Rivens Überleben gewesen.

Trotzdem schien ich keine Worte finden zu können. Jeder Satz, der mir in den Mund kam, erstarb, während sich der Kampf mit Piotr immer und immer wieder in meinem Kopf abspielte.

Wie viele Fehler ich gemacht hatte. Wie viele Gelegenheiten ich gehabt hatte, die Dinge zu ändern. Warum hatte ich Selenas Messer nicht früher ergriffen? Warum hatte ich das Katana fallen lassen oder die Sichel behalten? Ein Dutzend anderer Entscheidungen, die alle falsch gelaufen waren, als ich die Momente noch einmal durchlebte.

„Wie gehst du damit um?", fragte ich Anna. „Mit deinen Eltern?"

„Damit", sagte Anna und hob ihr Glas. „Und mit den Erinnerungen. Die Zeiten, in denen wir gelacht haben. Die Hoffnungen und Träume, die wir miteinander geteilt haben. An denen halte ich fest."

„Wünschte, ich hätte solche, auf die ich zurückgreifen könnte", sagte ich.

„Die hast du. Wie oft bist du in den letzten Monaten mit ihnen auf Erkundung gegangen? Wie oft konntest du das tun, wofür du *lebst*, mit den Menschen, die du liebst? Ich würde sagen, das ist Glück, unabhängig davon, wie es geendet hat."

„Ghul-Jagd als kostbare Familien-Bonding-Zeit." Ich lachte kurz auf.

„Es gibt Schlimmeres", sagte Anna, den Blick auf die Fenster geheftet, die auf das Wasser unter uns hinausschauten.

Ich nickte und nahm einen weiteren Schluck des gekühlten Schnapses. Der Wodka fühlte sich gut auf meiner Zunge an, eine warme Nova in meinem Magen. Ich ging davon aus, dass eine Spur der Drinks mich schließlich zurück in die Kabine führen würde und zu einem hoffentlich traumlosen Schlaf. Wenn ich aufwachte, würde ich . . .

„Wohin fliegen wir?", sagte ich und merkte, dass ich keine Ahnung von unserem Ziel hatte.

„New York", sagte Anna. „Tut mir leid, wenn das nicht dein Wunschziel ist, aber ich dachte, wir hätten keine Zeit, wählerisch zu sein."

„Ist schon okay. Wir müssen nur herausfinden, wie wir zurückkommen."

„Was ist dein Plan?", erwiderte Anna. „Wir sind mit allem reingegangen, was wir hatten, und haben verloren. Hier draußen sind wir auch Flüchtige. Es gibt Orte, an denen wir uns verstecken können, aber nicht für immer."

„Ich werde mich nicht verstecken. Wir müssen Piotr ausschalten."

„Vielleicht hast du mich nicht gehört", sagte Anna. „Das haben wir versucht. Es hat nicht funktioniert. Ohne Graham und Katherine werden wir abgeschlachtet."

„Nur wenn wir dasselbe noch mal versuchen."

„Ich höre."

„Wir greifen ihn hier an. Außerhalb von Riven. Er wird sein Schwert nicht haben, er wird keine Armee von Geistern haben, die ihm helfen."

„Du schlägst vor, dass wir versuchen, den Anführer der Führer zu ermorden? Ich glaube nicht, dass das funktionieren wird."

„Anna, es ist entweder er oder ich. Oder schlimmer, wir tanzen weiter umeinander herum, bis Riven aufbricht und wir alle verlieren."

„Wird Piotr aufzuhalten Riven retten?", fragte Anna.

„Ich weiß es nicht. Aber es kann nicht schaden."

ENTDECKT

„CARVER REED", sagte eine vertraute Stimme, als sich eine Hand auf meine Schulter legte. „Hätte nicht erwartet, dich auf diesem Schiff zu sehen."

Ich drehte mich um und blickte in das fragende Gesicht von Opperman, dem Zeitungsreporter, der immer zu den seltsamsten Zeiten aufzutauchen schien. Er trug mehr als seinen üblichen Arbeitsmantel. Eine Ebene von Eleganz und Raffinesse, die ich bei Opperman noch nie gesehen hatte, und er sah in dem Outfit nicht besonders wohl aus. Ein Bettler, der sich in ein Theaterstück oder ein nobles Restaurant einschleicht.

„Was machst du hier?", fragte ich.

„Ich fliege nach New York, genau wie du", sagte Opperman. „Sag mal, wie ist es dir dort ergangen? Haben dich diese beiden Schläger erwischt?"

„Noch nicht." Ich sah mich um, konnte aber niemanden entdecken, der uns beobachtete. „Aus diesem Grund versuche ich, mich bedeckt zu halten."

„Na ja, dann solltest du vielleicht versuchen, nicht wie ein

Führer auszusehen", sagte Opperman. „Besonders auf einem Schiff nach New York zum Friedensgipfel."

„Friedensgipfel?", fragte Anna.

„Allerdings. Er beginnt morgen", sagte Opperman. „Ich berichte für die Zeitung. Jeder wird dort sein."

„Jeder?", sagte ich.

„Jeder, der von Bedeutung ist", sagte Opperman. „Sogar der Anführer deiner eigenen Gruppe, dieser Piotr, wird eine Rede halten. Bist du sicher, dass du nicht hingehst?"

Ich schüttelte den Kopf. „Ich musste nur für eine Weile aus der Stadt raus."

Ich sah, wie sich Oppermans Gesichtsausdruck veränderte, wie seine Augen vom freundlichen Gespräch zu diesem harten Blick wechselten, den der Reporter immer hatte, wenn er nach einem Zitat suchte. Der Mann hatte eine Nase für Geschichten, und wenn Opperman einmal eine Fährte aufgenommen hatte, ließ er sich nicht mehr abschütteln.

„Kannst du mir einen Hinweis geben, warum?", fragte Opperman. „Haben die Führer Streit? Wenn Riven in Gefahr ist, sollte die Welt das wissen."

„Es hat nichts mit den anderen Führern zu tun."

„Hat er Recht?", fragte Opperman Anna. „Ach, und verzeihen Sie meine Manieren, ich glaube, wir sind uns noch nicht begegnet, Miss...?"

„Smith", sagte Anna. „Ich denke, Carver hat in dieser Sache die richtige Einstellung. Es gibt nichts zu besprechen."

Opperman lehnte sich in seinem Stuhl zurück und musterte uns. „Also sagt ihr, dass ihr beide, und wie es aussieht, seid ihr beide Führer, auf diesem Schiff seid und *nicht* zu dem Gipfel fahrt, zu dem buchstäblich jeder andere an Bord unterwegs ist?"

„Ein Zufall, wirklich", sagte ich.

„Dann ein unglücklicher." Opperman schwenkte seinen

Kopf nach rechts. „Sind das nicht die beiden Kerle, die versucht haben, dich bei Ezra zu schnappen?"

Ich folgte seinem Blick und sah Polk und Derringer am Tisch auf der anderen Seite des Raumes sitzen. Sie hatten uns noch nicht bemerkt, was vielleicht damit zu tun hatte, dass beide bandagiert waren, Wein nippten und nach ihrem Kampf mit Bryce ziemlich mitgenommen aussahen.

„Wir haben sie nicht an Bord gehen sehen", sagte ich.

„Wir sind direkt nach Riven gegangen", sagte Anna. „Ich weiß nicht, wie lange das Schiff noch am Dock lag, nachdem wir an Bord gegangen waren."

„Wir sind jetzt schon seit einigen Stunden in der Luft. Ich würde sagen, wir sind irgendwo über Ohio", sagte Opperman. „Ihr sagt, ihr seid hinübergegangen? Und habt was gemacht? Irgendetwas, das ich als Geschichte einreichen könnte?"

„Opperman, halt die Klappe", sagte ich. „Wir müssen zurück in unsere Kabine, ohne dass die beiden merken, dass wir hier sind."

„Ihr braucht eine Ablenkung. Ich denke, die kann ich liefern, für eine Story."

„Wenn du bis nach dem Gipfel warten kannst, kann ich dir eine Wahnsinnsgeschichte geben", sagte ich. „Über dem Falz, wie du es nennst."

„Wenn du irgendjemand anders wärst, würde ich dir nicht glauben. Aber ein Reporter muss seine Quellen schützen, und du, Carver, bist eine meiner besten."

Ich kippte den Rest meines Wodkas runter, und Anna schoss ihren Gin. Ich nickte Opperman zu, damit er mit seinem Plan loslegen konnte. Der Reporter stand von seinem Stuhl auf und schlenderte zu den beiden Führern hinüber. Er setzte sich an ihren Tisch. Fing an zu reden. Ich beobachtete ihre Augen, als die beiden Führer Opperman langsam als den Mann erkannten, der sie damals in Chicago zu Boden geschlagen hatte, als Polk und Derringer zum ersten Mal versucht hatten, mich festzunehmen. Ich konnte sehen, wie ihre Augen bei Oppermans Fragenhagel glasig wurden.

„Zeit, uns zu bewegen", sagte ich. „Du gehst zuerst. Sie kennen dich nicht so gut."

Anna nickte, glitt von ihrem Stuhl und machte sich auf den Weg durch den Speisesaal. Sie ging durch die Menge, und während ich lief, blickten weder Polk noch Derringer zu ihr auf. Eine geschafft, ich noch zu gehen. Ich streifte meinen Mantel ab und hielt das schwere Ding in meinen Armen. Darunter trug ich nur ein schlichtes weißes Hemd, etwas weniger auffällig als der Führermantel.

Vor mir waren Tische und Stühle, Menschen, die sich mischten, während sie sich für Mittagessen, Cocktails oder mehr entschieden. Polk und Derringer waren auf der linken Seite, also bog ich nach rechts ab. Ging um einen Tisch herum. Huschte hinter einem großen Herrn vorbei, der anscheinend vorhatte, eine ganze Kuh alleine zu verspeisen. Eine Kellnerin vor mir verteilte Champagner an alle um einen größeren Tisch herum. Ich schlüpfte hinter ihr vorbei und bewegte mich weiter. Fast geschafft.

Ich hörte ein Klirren hinter mir, ein Klimpern von Glas, als jemandes Sektglas gegen die Tischplatte schlug und zerschellte. Jemand schrie auf, und ich drehte mich, gegen mein besseres Urteil, um zu sehen, was los war. Der große Mann mit dem Steak schlug sich auf die Brust, sein Gesicht lief purpurrot an. Ein paar Kellner eilten herbei, einer versuchte, den Brocken Fleisch zu lösen, der sich in seiner Kehle verfangen hatte. Alle Augen richteten sich auf den Kampf. Dann spürte ich ein Paar auf mir.

Ich blickte nach rechts und sah Polk und Derringer, ihre Augen starr auf mich gerichtet.

Ich rannte los.

NOTFALLMASSNAHMEN

WIR RANNTEN durch das Luftschiff und in unsere Kabine. Als sich die Tür schloss, blickte ich zurück in den Flur und sah keinen der beiden Führer dort. Wir hatten entweder Polk und Derringer abgehängt, oder sie hatten zu lange gebraucht, um vom Tisch aufzustehen. Wenn wir Glück hätten, könnten Anna und ich uns in unserem Zimmer verstecken.

„Zumindest bis zur Landung", sagte Anna zu meiner Bemerkung. „Es gibt nicht gerade andere Möglichkeiten, das Schiff zu verlassen."

„Wenn wir am Boden sind, glaube ich, können wir einen anderen Ausweg finden", sagte ich. „In der Zwischenzeit müssen wir einfach vorsichtig sein."

„Du meinst verhungern?", fragte Anna. „Den nächsten Tag in diesem Zimmer bleiben?"

„Dachtest du, das Leben als Flüchtling wäre glamourös?"

„Für einen Moment wagte ich zu hoffen", sagte Anna und setzte sich aufs Bett. „Hast du gehört, was Opperman gesagt hat?"

„Piotr wird in New York sein. Wir werden eine Chance haben."

Anna öffnete den Mund, um zu antworten, als ein Knistern aus dem Flur zu hören war. Eine raue, verzerrte Stimme sprach.

„Hier spricht Ihr Kapitän. Wir wurden darüber informiert, dass sich ein Paar potenzieller Krimineller an Bord unseres Luftschiffs befindet", sagte die Stimme über eine Sprechanlage. „Um die Sicherheit unserer Besatzung und unserer Passagiere zu gewährleisten, ordne ich an, dass alle bis auf Weiteres in ihre Kabinen zurückkehren. Wir werden eine Kabine nach der anderen durchsuchen, bis die Verdächtigen gefunden und festgenommen sind. Wir entschuldigen uns für die Unannehmlichkeiten und hoffen auf Ihr Verständnis, da die Sicherheit unserer Gäste oberste Priorität hat."

Nicht gut. Eine Durchsuchung Kabine für Kabine? Ich sah mich in unserem Zimmer um und stellte fest, dass es tatsächlich keine Fülle von Verstecken gab. Sich unter die Betten zu quetschen, schien eine schlechte Wahl zu sein.

„Also warten wir?", fragte Anna. „Wir könnten an der Tür stehen und sie überfallen, wenn sie sie öffnen."

„Wir können nicht gegen alle Wachen auf dem Schiff kämpfen. Das hier ist nicht Riven. Wir haben unsere Waffen nicht."

Was bedeutete, dass wir einen anderen Weg versuchen mussten. In der Kabine zu bleiben, kam nicht in Frage, aber das massive Getrampel draußen, die Füße, die über die Gänge über und unter uns polterten, als die Leute in ihre Kabinen eilten... das bedeutete eine Gelegenheit.

„Sie werden den Besatzungsbereich nicht durchsuchen", sagte ich. „Wenn wir uns dort verstecken können, haben wir vielleicht eine Chance."

„Das ist ein so guter Plan wie jeder andere."

Ich öffnete unsere Kabinentür und schaute in den Flur. Menschen rannten hin und her, schwatzten mit ihren

Ehepartnern und Freunden. Sie huschten in Kabinen und knallten die Türen zu. Ich warf meinen Mantel über und wir gingen los. Wir bogen rechts ab und gingen weg vom Speisebereich und der Bar, in Richtung der Schiffsmotoren.

Am Ende des Flurs führte ein Treppenhaus nach oben und unten, daneben stand eine Tür mit der Aufschrift in fetten weißen Buchstaben: ZUTRITT VERBOTEN - NUR FÜR BESATZUNG. Ich drehte am Knauf und fand ihn verschlossen. Anna klopfte an die Tür, bevor ich vorschlagen konnte, einen anderen Weg zu versuchen. Einen Moment später drehte sich der Knauf und die Tür öffnete sich, ein genervter Servicemann sprach bereits auf der anderen Seite.

„Hast du deinen Schlüssel schon wieder verloren?", sagte der Servicemann, bevor er merkte, dass wir tatsächlich nicht zu seiner Crew gehörten. Ich schob ihn durch die Türöffnung zurück und legte meine Hand über seinen Mund. Anna schlüpfte hinter mir hinein und schloss die Tür. Ich drückte den Crewman gegen die Wand, eine schmale, der es an der Eleganz der Passagierbereiche mangelte. Weiter entlang konnte ich sehen, wie sich der Gang in eine Reihe von Laufstegen und Abteilen aufteilte, Platz für stampfende Motoren, mechanische Teile, Crewkojen und Badezimmer.

„Du wirst uns zu den Motoren bringen", sagte ich zum Servicemann.

„Zu den Motoren?", fragte Anna.

„Wir können uns nicht noch einen Tag hier verstecken, bis das Schiff New York erreicht", sagte ich. „Wir müssen es jetzt runterbringen."

Der Servicemann, mit weit aufgerissenen Augen, versuchte zu nicken. Ich bewegte meine Hand nicht. Ich gab dem Kerl keine Chance zu schreien.

„Also, wir sind ein Paar Führer, die du auf einer Schiffsinspektion herumführst", sagte ich zum Servicemann. „Das wirst du jedem erzählen, dem wir begegnen. Versuch nichts, oder ich breche dir das Genick. Dann werde ich nach Riven übergehen, deinen Geist dort finden und dafür sorgen, dass du direkt in den Zyklus kommst."

Der Servicemann versuchte wieder zu nicken, diesmal heftiger als zuvor. Ich ließ meine Hand fallen und er sog einen tiefen Atemzug ein. Meine linke Hand ballte sich zur Faust, bereit, ihm in die Nieren zu schlagen, falls er versuchen sollte zu schreien. Anscheinend wollte der Servicemann sein Leben nicht grundlos riskieren, denn er trat zurück und winkte uns den Gang hinunter.

„Folgt mir", sagte der Servicemann laut. „Wenn ihr die Motoren sehen und sicherstellen wollt, dass sie sicher sind, bringe ich euch direkt zu ihnen."

„Wir werden zu echten Verbrechern", flüsterte Anna mir zu. „Erst Flucht vor der Verhaftung, jetzt eine Geiselnahme?"

„Du kannst immer sagen, ich hätte dich dazu gedrängt", sagte ich. „Bedroht, erpresst, such dir was aus."

„Und was ist mit dir?"

„Ich weiß nicht", antwortete ich. „Mir wird schon was einfallen."

Der Servicemann führte uns an den Kojen und Badezimmern vorbei, durch eine Reihe von schwarzen Metallstegen, die von dampfenden Dichtungen, sich bewegenden und stampfenden Kolben und einem Labyrinth aus Rohren gesäumt waren. Kupferne Lampen hingen von der Decke an Drähten, ihr gelbliches Licht verlieh der Welt einen satten Bronzeton. Anscheinend half der Großteil der Besatzungsmitglieder bei der Suche, denn die hinteren Räume waren verlassen. Nur ein Skelett-Team sorgte dafür, dass alles gut lief.

Ventile übersäten den Maschinenraum. Große und kleine Räder kontrollierten den Druck und den Treibstoff, der zu verschiedenen Ventilatoren führte, die den Zeppelin in der Luft hielten. Eine Frau in einer gestärkten königsblauen

Uniform stand dort und bediente sie. Sie drehte sich um, als der Servicemann eintrat, und betrachtete uns mit dem finsteren Blick von jemandem, der aus tiefer Konzentration gerissen wurde.

„Jetzt ist nicht der richtige Zeitpunkt", sagte die Frau. „Wir führen gerade eine Höhenänderung durch, um eine Turbulenz zu überwinden."

„Sie wollten mit dir sprechen, Wynn", sagte der Servicemann.

„Wir brauchen dich, um das Schiff runterzubringen", sagte ich und kam direkt zur Sache. „Die Verbrecher an Bord sind gefährlich. Sie könnten das Luftschiff außer Gefecht setzen. Wir wollen keine Todesopfer."

Wynn starrte mich an, dann wanderte ihr Blick zum Servicemann und dann zu Anna. „Wer seid ihr?", fragte Wynn.

„Ich bin ein Führer", sagte ich. „Wir versuchen, ein Paar Flüchtige zu fangen."

„Schon klar", sagte Wynn. „Die einzige Person, die mir sagen kann, das Schiff runterzubringen, ist der Kapitän. Wenn ihr den Flug ändern wollt, sprecht mit ihm."

Dafür hatten wir keine Zeit. Ganz zu schweigen davon, dass die Chancen, dass wir es ganz zurück aus diesem Bereich und zur Brücke schaffen würden, ohne in Schwierigkeiten zu geraten, gleich null waren. Zeit, eine weitere Grenze zu überschreiten.

„Wynn, lass es uns ganz einfach machen", sagte ich. „Die Welt ist in Gefahr. Wir sind die Einzigen, die sie retten können. Um das zu tun, muss dieses Schiff jetzt am Boden sein."

Wynn hob eine Augenbraue. „Ich habe es dir schon gesagt. Das Schiff bleibt oben, es sei denn, der Kapitän sagt mir etwas anderes."

Anna schob sich an mir vorbei, ging direkt auf Wynn zu

und drückte sie gegen die Ventile hinter ihr. „Hör zu, Wynn. Er sagt die Wahrheit. Wir schrecken nicht davor zurück, das zu tun, was nötig ist, um zu bekommen, was wir wollen. Entweder du bringst das Schiff jetzt runter, oder wir spielen ein Spiel, bei dem ich sehe, wie viele dieser Ventile ich drehen muss, um das Schiff in einen Sturzflug zu schicken. Was denkst du, gibt dir eine bessere Überlebenschance?"

Wynn ließ ihren Blick zwischen uns beiden hin und her wandern. „Ich werde es tun."

Anna drehte sich zu mir um. „Siehst du? Du bist nicht der Einzige, der hart reden kann."

Ich sah die Bewegung kaum, die Veränderung in Wynns Gesichtsausdruck, als sie Anna einen Ellbogen in die Seite rammte. Die Mechanikerin griff nach oben und schlug auf einen Knopf neben den Ventilen, der mit „Notfallhilfe" beschriftet war. Über uns ertönten Alarmsirenen.

Und ich dachte für einen Moment, wir könnten das tatsächlich durchziehen.

BRING ES RUNTER

DER SERVICEMANN BESCHLOSS, den Helden zu spielen, und kam auf mich zu, während Anna und Wynn sich an den Ventilen abmühten. Er schlug wie jemand, der noch nie gekämpft hatte, weit und langsam, als hätte er Angst, sein Ziel zu treffen. Ich duckte mich unter dem Schlag weg und fegte mit meinem Bein durch seine, sodass er zu Boden fiel. Ich blickte hinter uns in den Flur, durch den wir hereingekommen waren, und hoffte, eine Tür zu finden. Nichts. Jede Verstärkung hätte leichten Zugang.

Ich hörte einen Schrei und drehte mich um. Wynn lag am Boden. Anna ging zu den Ventilen und begann, an den Rädern zu drehen. Sie schloss sie wahllos.

„Ich glaube nicht-", fing ich an.

„Du wirst es zum Absturz bringen und uns alle umbringen", sagte Wynn vom Boden aus, dann stieß sie sich vom Boden ab und sprang in einen tiefen Tackle.

Ich spürte, wie der Servicemann nach meinen Knöcheln griff, und trat einen Schritt zurück. Ich hob meinen Fuß und drohte, auf sein Gesicht zu treten. Der Servicemann erkannte die Geste und hob die Hände. Warum sich selbst in Gefahr bringen, wenn Verstärkung unterwegs sein musste?

Das Luftschiff schwankte, als sich die ganze Welt um ihre Achse drehte und uns nach rechts fallen ließ. Meine Schulter rammte gegen die Seitenwand des Raumes, die Metallrohre boten keinerlei Polsterung. Ich hörte Rufe aus dem Flur. Besatzungsmitglieder, die Mühe hatten, selbst auf den Beinen zu bleiben, während das Schiff sich drehte und wendete.

Anna hielt sich aufrecht, ihre Hände umklammerten ein Paar Ventile, während Wynn sich an Annas Mantel festhielt. Sie versuchte, sich nach vorne zu ziehen.

„Dann sag mir, wie man landet", schrie Anna der Mechanikerin zu.

„Du kannst das nicht alles von hier aus machen", erwiderte Wynn. „Es braucht einen Kapitän zum Steuern."

Anna griff nach oben und drehte ein weiteres Ventil nach rechts, um es zu verschließen. „Er wird schon verstehen."

„Du bist wahnsinnig", sagte Wynn.

„Wir sind verzweifelt", entgegnete ich.

Mein Magen kletterte mir in den Hals, als das Schiff in einen steileren Sinkflug überging. Ventilatoren schalteten sich ab, während das geneigte Luftschiff auf den Boden zuraste. Auf eine sehr unschöne Landung zu.

„Na gut!", sagte Wynn. „Öffne das rechts von dir wieder. Nach fünf Sekunden öffne das links von dir. Sie werden sich ausgleichen."

Anna tat das, drehte die Ventile auf. Allmählich spürte ich, wie das Schiff begann, aus seinem Selbstmord-Sturzflug herauszukommen. Ich konnte wieder stehen und stieß mich von der Wand ab. Gerade rechtzeitig, denn der Serviceman kam erneut auf mich zu.

Er entschied sich für die weniger präzise Methode des Schulterangriffs und rannte direkt auf meine Brust zu. Der

Servicemann drückte mich gegen die Wand, als ich meinen Arm um seinen Hals schlang, meinen linken Fuß hinter seine Knöchel stellte und den Mann erneut zu Boden warf. Diesmal ließ ich nicht locker. Gab ihm einen heftigen Tritt; der Mann wurde bewusstlos. Ich hatte hier noch nie jemanden k.o. geschlagen. Nur in Riven. Wieder eine Grenze überschritten, und alles wegen Piotr.

Wynn stieß Anna zur Seite, nutzte den Schwung des Schiffes und Annas größeren Mantel, um meine Freundin von den Ventilen wegzuziehen und sie zu Boden zu werfen. Ich bewegte mich, um zu helfen, hielt dann aber inne, als zwei weitere Servicemänner in den Raum rannten, diesmal mit Elektroschockstäben bewaffnet. Zwei gegen einen, und ich hatte keine Waffe. Also tat ich das Einzige, was ich konnte.

Ich rannte zu den Ventilen. Überquerte den Raum, während die Servicemänner hinter mir her waren. Ich drehte so viele Ventile nach rechts, wie ich konnte. Wynn versuchte, mich aufzuhalten, aber Anna kehrte ihre Positionen um, klammerte sich an Wynns Rücken und zwang sie auf die Knie. Ein hässlicher Kampf.

Das Luftschiff schwankte erneut. Ich hörte die Servicemänner schreien, als sie gegen die Wand gedrückt wurden. Ich kopierte Annas Technik; hielt meine Hände an den Ventilen. Ich fühlte mich, als würde ich an einer Klippe hängen, die Ventile meine einzigen Griffe.

„Du musst einige öffnen, sonst bringst du uns alle um", flehte Wynn.

„Erst, wenn es keine andere Wahl gibt", sagte ich. „Dieses Schiff wird landen."

Es gab keine Fenster im Maschinenraum, keine Möglichkeit zu erkennen, wie nah wir der Oberfläche waren. Adrenalin und Übelkeit schossen durch mich, mein Magen überschlug sich. Ich hatte keine Angst zu sterben, nicht wirklich - soweit es Tode betraf, schien der Absturz eines Luftschiffs einer der besseren zu sein. Nur wollte ich nicht all die anderen an Bord töten. Die anderen Passagiere hatten keine Ahnung, dass sie das falsche Schiff bestiegen hatten. Piotrs Katastrophe sollte ihnen nicht schaden.

„Sag mir wann", sagte ich zu Wynn.

„Jetzt", sagte Wynn. „Tu es jetzt. Mindestens zwei davon."

Wynn log vielleicht. Ich konnte es nicht sagen. So wie sie Anna manipuliert hatte. Ob sich das Schiff aufrichten und wir gefangen genommen würden. Wenn Wynn jedoch die Wahrheit gesagt hatte und ich nichts tat, würden alle sterben. Also drehte ich die Ventile. Öffnete sie und spürte, wie die Ventilatoren sich drehten, während das Luftschiff versuchte, sich aufzurichten.

Weitere Alarme fügten sich der Kakophonie hinzu. Ich wusste nicht, was die Geräusche bedeuteten, aber ich nahm an, dass ich etwas richtig machte. Eine Annahme, die sich einen Moment später als richtig erwies, als das erste laute Krachen von irgendwo vorne zu hören war. Gefolgt von einem weiteren und noch einem. Ein Teil des Flurs wurde in einem kurzen Aufblitzen eines braunen Baumstamms weggerissen, Tannennadeln flogen überall herum. Äste rissen hindurch.

Wir stürzten in einen Wald.

„Festhalten!", schrie ich zu niemandem und jedem. Weil mir nichts anderes einfiel, was ich sagen konnte. Weil alles vor uns in einem riesigen grünen, braunen, knackenden Schrecken verschwand. Ich hielt mich an den Ventilen fest, duckte meinen Kopf an meine Brust und versuchte zu überleben.

ZU FUSS

SONNENBLUMEN WUCHSEN ÜBERALL. Gelb, braun und hoch. Ich sah sie außerhalb des Schiffes, ich sah sie wenige Meter von mir entfernt, als ich meine Finger von den Ventilen löste und einen flüchtigen Schritt nach vorne machte. Wir waren durch einen Wald gekracht und irgendwie hatte der Kapitän uns auf einem weiten Feld niedergelassen. Die Gehwege vor uns waren komplett weggerissen worden. Überall lagen Trümmer verstreut, aber der Maschinenraum hielt stand. Die dicken Rohre boten Schutz.

Um mich herum stöhnten die Besatzungsmitglieder. Wynn schien bewusstlos zu sein, und ich zog sie weg, um Anna zu sehen, die gegen die Wand gepresst war. Ihre Augen waren geschlossen und eine Platzwunde verunstaltete ihre Stirn. Wahrscheinlich dort, wo Wynn in sie hineingefallen war. Ich hob Anna hoch, hievte sie in ihrem Mantel. Stand auf meinen schmerzenden Knien und ging vom Schiff weg.

Ich duckte mich unter Stangen und Balken hindurch, gelegentliche Dampfstöße sprühten heiße, feuchte Luft in mein Gesicht. Fetzen zerrissener Leinwand wirbelten im Wind, schlugen herum wie die Flügel eines riesigen Vogels.

Rufe nach Hilfe und Rettung ertönten, als die Leute merkten, dass sie nicht tot waren. Ich ging weiter. Knirschte über die Pflanzen und kam unter dem Schiff hervor.

Das Feld war riesig. Es erstreckte sich über hunderte Meter. Jeder Zentimeter davon war mit hohen Sonnenblumenstängeln bedeckt. Ich versuchte, Anna vor ihren Blättern zu schützen, hielt ihr Gesicht mit ihrem Mantel bedeckt. Warmes Sommerlicht brannte auf uns herab, überhitzte mich und ließ den Schweiß aus jeder Pore rinnen. Ich wusste nicht, wo wir gelandet waren, aber beim Schiff zu bleiben und gefangen zu werden, hätte die Katastrophe wertlos gemacht.

Schließlich erreichten wir den Wald am Rand des Feldes, und dort, im Schatten der Bäume, wagte ich einen Blick zurück. Das Luftschiff sah aus wie ein gestrandeter Wal, seine große Masse rutschte langsam zu Boden, während sich der Zeppelin entleerte. Ich konnte immer noch Schreie hören und sah, dass mindestens ein oder zwei Reiter auf Pferden zum Schiff galoppiert waren. Hilfe würde kommen. Diejenigen, die gerettet werden konnten, würden gerettet werden. Ich hoffte, Opperman wäre unter ihnen.

„Du dachtest, ich wäre vorher leichtsinnig gewesen, Selena", murmelte ich vor mich hin. „Warte, bis du davon hörst."

Wir gingen noch eine Stunde durch den Wald, liefen über Kiefernnadeln und nahmen die Gerüche von Farnen und blühenden Blumen in uns auf. Zwitschernde Vögel und das Rascheln von Tieren in der Tiefe. Anna zerrte an meinen Armen, mehr eine Folge der Zeit als des Gewichts. Unsere Mäntel – ich hatte meinen ausgezogen – mussten wir bei uns tragen. Ich machte häufig Pausen, um zu verschnaufen. Stopps, um sicherzugehen, dass Anna noch atmete.

„Carver?", meldete sich Anna zu Wort, als ich mich vorwärts schleppte, der Tag sank tiefer in den Nachmittag. „Wo sind wir?"

„Ich habe keine Ahnung. Aber wir leben."

„Mein Kopf tut weh."

„Du hast einen üblen Schnitt", antwortete ich. „Ich hoffe, wir finden bald einen Ort, wo ich dich absetzen kann, denn meine Arme werden bald nachgeben."

„Oh. Ich glaube, ich kann laufen."

„Das wäre wunderbar."

Ich half ihr aufzustehen, und Anna fiel sofort gegen mich. Ihre Beine hatten Kraft, sie konnte sich bewegen, sie brauchte nur Unterstützung. So gingen wir weiter, als der Nachmittag in den Abend überging und die Sonne hinter dem Horizont versank. Ich wollte nicht die ganze Nacht im Wald festsitzen. Wir hatten keine Campingausrüstung, kein Essen oder Wasser, und Anna brauchte Behandlung für ihren Schnitt.

„Da drüben", sagte Anna und zeigte. „Siehst du es?"

Eine kleine Stadt flackerte in der Dämmerung, lugte zwischen Baumstämmen und niedrigen, belaubten Ästen hervor. Ich hatte die ganze Zeit nach Rettung Ausschau gehalten, aber jetzt, da wir sie möglicherweise gefunden hatten, zögerte ich. Ein Bauernhaus vielleicht, ein Ort, wo die Chancen, auf andere Überlebende zu treffen, gering waren. Eine Stadt, nur wenige Stunden Fußmarsch von einem Absturz entfernt? Wir würden nicht die Einzigen sein, die dorthin unterwegs waren.

„Carver", sagte Anna bei meinem Zögern. „Ich glaube nicht, dass ich weitergehen kann."

„Dann lasst uns dir Hilfe holen", sagte ich, und wir wandten uns den brennenden Lichtern zu. Frei zu sein würde uns nicht helfen, wenn Anna starb oder wenn ihr Schnitt sich entzündete.

Die Stadt wuchs. Als wir näher kamen und den Wald verließen, wurde mir klar, dass die dichten Baumstämme einen Großteil der Stadt verdeckt hatten. Verkehr; Autos und

Pferde und eine Bahnlinie, deren Lärm über uns hinweg-
wusch, als wir uns näherten. Wir hatten keine gute Möglichkeit, Annas Wunde zu verdecken, etwas, das Kommentare
hervorrufen würde, wenn es gesehen würde, also setzte sich
Anna, als wir in die Nähe kamen, auf eine Bank am Straßen-
rand. Hielt ihren Kopf gesenkt und ihre Haare bedeckten die
Wunde.

Ich ging weiter in die Stadt hinein und versuchte, irgendeine Form von Erste-Hilfe zu finden. Einen Ort, an dem wir
bleiben konnten, ohne dass Fragen gestellt würden. Und
hoffte, dass unsere Verbrechen uns nicht zuvorgekommen
waren.

EIN STÜCK VOM LEBEN

EINE BREITE ALLEE, gefangen zwischen Alt und Neu, durchschnitt das Stadtzentrum. Zwischen Motorwagen und Pferden, die sich die Straße teilten und beim Vorbeifahren Staub und Schlamm aufwirbelten, und den vereinzelten Neonlichtern, die vor Geschäften und Saloons aufflackerten, wurde mir klar, dass sich Chicagos übliche Annehmlichkeiten nicht überall verbreitet hatten. Keine automatischen Taxis, keine gepflasterten Straßen und andererseits saubere Luft.

Meine Maske hing in meinem Mantel, in der Brusttasche, die dafür vorgesehen war. Zuerst war da Inmans Lager gewesen und jetzt diese Stadt. Ich nahm mir vor, öfter rauszukommen. Mehr Orte zu finden, an denen die Welt nicht am besten durch einen Filter erlebt wurde.

Ich scannte die Fenster und Marquisen, auf der Suche nach etwas, das auf einen Arzt hindeutete. Eine Art Krankenhaus oder Klinik. Ich ging an Läden vorbei, die Essen, Getränke und praktisch alles andere verkauften, was ein Mensch brauchen könnte. An jedem Laternenpfahl hing eine kleine Uhr, deren Zeiger dem Summen des Ortes einen mechanischen Rhythmus verliehen. Die Menschen schlenderten ohne Chicagos hektische, frenetische Art umher. Ihre Augen fielen auf meinen Mantel und glitten nicht weg, sondern verweilten stattdessen mit der neugierigen Faszination, eine Legende zum Leben erweckt zu sehen.

Ich war anderthalb Blocks weit gekommen, bevor ich das leuchtende Herz sah, das in einem Schaufenster hing. Drinnen, durch das Glas, sah ich die üblichen weißen Kittel von Krankenschwestern und Ärzten, die sich um eine Handvoll Patienten kümmerten, die von frühabendlichen Betrunkenen bis zu spätnachmittäglichen Farmunfällen reichten. Ein perfekter Ort.

Ich schmuggelte Anna zu dem Ort, hielt ihren Kopf gesenkt und an meine Brust gedrückt, als ob sie unter irgendeiner Art von Kummer oder Erkältung litte, obwohl sie ihren Mantel trug und die Nacht warm war. Welche Aufmerksamkeit wir auch immer auf uns zogen, sie wurde schnell abgelenkt durch das Brüllen eines anderen Motors, das Gelächter, das aus einer nahen Bar schallte, oder sogar nur durch einen Blick hinauf zum sternenklaren Himmel.

Draußen mit Inman, in jener Nacht auf den Klippen, war das erste Mal, dass ich wirklich den glitzernden Baldachin sah, der jede Nacht über uns hing und den Chicagos endloses Leuchten unsichtbar machte. Die Stadt lag irgendwo dazwischen, ihre Lichter wuschen die kleineren Sterne aus, ließen aber die helleren durchscheinen. Ein Teil von mir fragte sich, ob Riven auf einem dieser Sterne lebte, ein Ort irgendwo im Kosmos aufgehängt, zu dem wir reisten, wenn wir hinübergingen.

In der Klinik warf eine Krankenschwester einen Blick auf Anna und sprang sofort in Aktion. Sie setzte sie auf einen Stuhl, tupfte die Wunde mit einem feuchten Handtuch ab und machte sich daran, sie zuzunähen. Anna ertrug das

Ganze, ohne zu reden, starrte mit glasigem Blick geradeaus. Erschöpft. Wie ich.

„Woher hat sie das?", fragte mich ein Arzt, der hinzutrat, um zuzusehen, wie die Krankenschwester die Wunde schloss.

„Sie ist durch den Wald gerannt", sagte ich. „Ist gestolpert und gefallen."

„Seid ihr nicht ein bisschen zu alt für solche Spiele?"

„Offenbar nicht."

„Es geht mich nichts an", sagte der Arzt. „Aber ihr beiden seid Führer, nicht wahr?"

Ich sagte einen Moment lang nichts. Wog die Antwort ab. Mit den Mänteln, die wir trugen, wäre es jedoch offensichtlich. Ich nickte.

„Wir verlassen die Stadt, sobald sie bereit ist zu gehen", sagte ich.

„Schau sie an", erwiderte der Arzt. „Schau dich an, was das betrifft. Ihr seid in keinem Zustand, irgendwohin zu gehen. Lass mich dir ein Hotel empfehlen, schön diskret."

„Warum? Was willst du?"

„Ich will nichts", sagte der Arzt. „Ich habe eine Tochter. Ihr Name ist Ada, und sie ist eine von euch. Lebt östlich von hier, in Pittsburgh. Stimmt es, was man sagt, was ich gehört habe, dass es schlimmer wird dort drüben? Auf der anderen Seite?"

„Ja", sagte ich. „Krieg, Krankheit, sie schmerzen dort genauso wie hier."

„Ich weiß, ihr denkt wahrscheinlich, dass wir hier uns nicht darum scheren", sagte der Arzt. „Dass wir nicht verstehen, was ihr tut. Das stimmt nicht. Wir wissen nur nicht, wie wir helfen können."

„Das hier hilft", sagte ich und deutete auf Anna. „Uns Orte zum Schlafen geben. Essen und Wasser. Das hilft."

„Dann werden wir tun, was wir können", sagte der Arzt.

„Wenn sie fertig ist, könnt ihr beide gehen. Keine Bezahlung nötig."

Ich sah in Annas Gesicht, ihre hängenden Augen, während die Krankenschwester die Nähte säuberte. „Sie erwähnten ein Hotel?"

„Es ist einen Block weiter", sagte der Arzt. „Es heißt *Pine's Rest*. Sagt ihnen, wir hätten euch geschickt, und sie werden euch gut behandeln. Denkt daran, dass sie die Fäden in ein paar Tagen rausnehmen muss."

Minuten später gingen wir beide die Straße hinunter zum Hotel. Anna ließ ihre Augen über die Szenerie wandern. Ich versuchte, sie aufrecht zu halten.

„Worüber hast du mit dem Arzt gesprochen?", fragte Anna.

„Ausnahmsweise hat mal jemand Danke gesagt", sagte ich.

„Ich wette, das ist selten für dich", erwiderte Anna.

„Ich mochte es besser, als du ruhig warst."

Das *Pine's Rest* war ein fünfstöckiges Gebäude von gewöhnlicher Art. Ohne die Anweisung des Arztes wäre ich daran vorbeigelaufen. *Pine's Rest* hatte ein kleines Schild und gedämpfte Fenster, eine Energielosigkeit. Andererseits wollten wir keine Aufmerksamkeit. Ich wollte definitiv keine Aufregung. Dafür passte das *Pine's Rest* perfekt. Wir buchten ein Zimmer mit dem Versprechen, am Morgen zu bezahlen, und gingen nach oben. Ein Paar Einzelbetten in einem kleinen Raum, der mich wehmütig an den Komfort des Luftschiffs denken ließ.

Ich hatte nicht mehr viel Geld bei mir und ich dachte auch nicht, dass Anna viel hatte. Wenn wir eine Passage bis nach New York buchen wollten, dann müsste das *Pine's Rest* leer ausgehen. Ein weiteres Verbrechen, das zu unserer wachsenden Liste hinzukam. Ein Teil von mir verzweifelte darüber, wie leicht ich zu diesem Schluss kam. Solche kleinen Taten schienen in einer Welt, die dunkler und verzweifelter wurde, keine Relevanz mehr zu haben.

„Ich werde hinübergehen", sagte ich.

„Ich glaube nicht, dass ich das kann", sagte Anna. „Nicht heute Nacht."

„Du könntest dich auf der anderen Seite besser fühlen?"

„Carver, hast du nicht genug Abenteuer für einen Tag gehabt?"

„In dieser Welt, ja."

Als ich auf dem Bett lag und das geschäftige Summen von der Straße vor dem Fenster hereinströmte, spürte ich den Sog des Schlafes. Diese Bedrohung, in den tiefen unbewussten Pool einzutauchen. Anstatt diesem Sog zu folgen, konzentrierte ich mich jedoch auf Riven und versuchte hinüberzuwechseln.

WOHIN GEHEN

ICH HATTE GLÜCK. Ein Führer hatte das Bett noch nie benutzt. Es hatte keinen Anker in Riven, und so wachte ich genau dort auf, wo ich es wollte, als ich mich auf die Wohnung konzentrierte, die ich mir mit Selena und Nicholas teilte.

Selena stand draußen auf dem Balkon, lehnte sich über die Kante und starrte über die Stadt. Als ob sich nichts geändert hätte.

„Du hast es zurückgeschafft", sagte ich.

„Wir sind den ganzen Weg gerannt", antwortete Selena. „Mir ist nie klar geworden, wie anders wir hier drüben sind. Wir wurden nie müde, Carver. Ich musste nie anhalten, um Luft zu holen. Nie gaben meine Beine nach. Ich bin direkt bis zur Tür gelaufen."

„Nicht alles am Geistersein ist von Nachteil."

„Ich habe die ganze Zeit darauf gewartet, dass es passiert. Es war unheimlich, als es nicht eintrat. Als meine Beine sich einfach weiterbewegten", sagte Selena und warf mir dann einen besorgten Blick zu. „Sieh mich an. Da rede ich davon, nicht müde zu werden, während du völlig erschöpft sein musst."

Ich erzählte ihr die Geschichte. Wie ich den Zeppelin zum Absturz brachte und durch den Wald rannte, während ich Anna in meinen Armen trug. Selena nahm das Ganze auf, ohne mit der Wimper zu zucken. Am Ende nickte sie und schenkte mir ein trauriges Lächeln.

„Es scheint, als wäre unser Leben eine Katastrophe nach der anderen", sagte Selena. „Ich bin froh, dass du es geschafft hast."

„Ein bisschen mehr Ruhe würde mir nichts ausmachen." Ich streckte die Hand aus und nahm ihre. Ich hatte mich nie ganz daran gewöhnt, wie sich die Berührung eines Geistes in Riven anfühlte, dieses lauwarme, fast träge Gefühl. Der Mangel an echtem Blut, das durch ihre Adern fließt. Aber ich hielt fest und verschränkte meine Finger mit ihren.

„Was machen wir jetzt? Ich glaube nicht, dass wir den Berg noch einmal angreifen können."

„Da stimme ich zu", sagte ich. „So gerne ich auch glauben würde, dass wir ihn besiegen können, Piotr ist zu stark. Anna und ich sind auf dem Weg, ihn auf der anderen Seite zu finden, wo er seine Waffen nicht haben wird. Seine Geister. Wenn wir ihn dort ausschalten, wird das seine Bindungen brechen. Piotr könnte sogar von selbst direkt in den Zyklus gehen."

„Glaubst du wirklich, dass das funktionieren wird?"

Ich zuckte mit den Schultern. „Es ist alles, was wir haben."

Wir standen eine Minute lang schweigend da und beobachteten, wie die Funken aufloderten. Dann ließ Selena meine Hand los und zog mich in eine festere Umarmung.

„Es tut mir leid, dass du dich nie von ihnen verabschieden konntest", sagte Selena. „Falls es etwas bedeutet, Katherine und Graham waren während der Reise hierher wunderbar. Es war toll, sie kennenzulernen, während wir hier in dieser

Wohnung blieben. Sie waren immer lustig, genossen jeden Moment zusammen. Ob sie nun gegen Geister kämpften oder nicht."

Eine Seite meiner Eltern, die ich nie gesehen hatte. Ja, wir hatten in den letzten paar Monaten, nachdem wir Graham befreit hatten, die Gelegenheit, einiges nachzuholen, aber die meisten unserer Nächte hatten wir damit verbracht, Geister zu jagen und Risse zu schließen. Geister zu bändigen, um Riven zusammenzuhalten. Nicht viele Gelegenheiten für familiäre Zusammengehörigkeit. Nicht viele Gelegenheiten, um Bindungen zwischen Mutter, Vater und Sohn aufzubauen.

„Erzähl mir mehr", sagte ich. „Habt ihr je über ihre Vergangenheit gesprochen? Wer sie waren oder was sie werden wollten?"

Selena zögerte. Dann sprach sie langsam. „Carver, du verstehst das vielleicht nicht, aber es fühlt sich seltsam an, über das Leben zu sprechen, wenn man nicht mehr lebt. Ich rede nicht über meine Kinder oder bitte dich, sie zu finden, weil es sich anfühlt, als wäre dieser Teil von mir nicht mehr hier. Bei Katherine und Graham war es genauso. Wir sprachen nur darüber, was sie in Riven getan hatten. Über ihre gemeinsamen Abenteuer."

„Nicht ein einziges Mal?", fragte ich. „Meine Mutter hat nie darüber gesprochen, wie sie gestorben ist? Oder was sie und Graham zusammengebracht hat?"

Selena schüttelte den Kopf. „Es tut mir leid. Vielleicht waren wir nicht eng genug."

Wir blieben noch eine Weile draußen. Redeten, berührten uns und schwelgten in einem Moment ohne Schrecken und Gewalt. Manchmal brauchte ich eine Erinnerung daran, dass solche Momente in Riven oder außerhalb davon tatsächlich passieren konnten.

„Ich werde zu ihrem Haus zurückgehen", sagte ich. „Ich

wette, ihre Tagebücher sind noch da. Ich habe sie nie zu Ende gelesen."

„Ich komme mit dir", sagte Selena. „Es gibt keinen Grund, hier zu bleiben. Außerdem arbeitet Nicholas hart an etwas Neuem."

„Etwas Neuem?"

„Du musst ihn selbst fragen. Erinnerst du dich, wie er über den Zyklus sprach, wie er mehr darüber lernen wollte? Ich schätze, als er sah, wie er im Berg funktionierte, kam ihm eine Idee."

Wir gingen die Treppe hinunter zum Erdgeschoss und fanden Nicholas über einen Tisch gebeugt. Viele der Maschinen, die sich in dem Raum befunden hatten, waren verschwunden. Als ich den Wissenschaftler fragte, deutete er auf den Haufen aus Metall, Rohren und anderen Überresten, die auf dem Tisch zusammengetragen waren.

„Riven hat nicht gerade einen Überfluss an Rohmaterial", sagte Nicholas. „Also baue ich es um. Ich denke, das Endergebnis wird es jedoch wert sein."

„Was wird dieses Ergebnis sein?", fragte ich.

„Das werde ich wissen, wenn ich es herausfinde", sagte Nicholas. „Im Moment ist es nur eine Idee. Etwas, das all unsere Probleme lösen könnte, wenn es sich als wahr herausstellt. Oder, wenn es nicht der Fall ist, dann habe ich lediglich Tage und Tage an Arbeit verschwendet."

„Ist das alles?"

„Dein Tonfall lässt vermuten, dass du denkst, sich auf solch zufällige Aktivitäten einzulassen, sei in der Tat Zeitverschwendung", erwiderte Nicholas. „Ich kann dir versichern, dass dem nicht so ist. Besonders wenn die Zeit kein Ende hat, vorausgesetzt, du bleibst am Leben."

„Ob ich lebe oder sterbe, sieht im Moment nicht allzu sicher aus", sagte ich.

„Lass dir nicht zu viel Zeit", warf Selena ein. „Du weißt, wie sehr wir deine Spielzeuge mögen, Nicholas."

„Spielzeuge?", sagte Nicholas. „Katherine und Graham haben sie nie Spielzeuge genannt. Ich nehme an, es ist zu viel verlangt, ein wenig Wertschätzung zu bekommen."

„Wir lieben dich, Nicholas", sagte ich.

„Wenn ihr mich wirklich lieben würdet, könntet ihr, wenn ihr von eurem Ausflug zurückkommt, ein weiteres Stück Metall mitbringen. Eigentlich jedes Metall, aber ich würde etwas Dickes bevorzugen. Eisen oder Stahl. Wenn ihr so freundlich wärt", sagte der Wissenschaftler.

„Wir werden die Augen offen halten."

Metall in Riven? Selten genug, selbst wenn man keine bestimmte Art verlangte. Und wohin gingen wir? In die Shambles? Wir konnten von Glück reden, wenn wir dort überhaupt etwas Brauchbares fänden.

Ich ging nicht wegen des Wissenschaftlers oder seiner Experimente dorthin. Ich ging dorthin, weil ich, während Anna sich erholte, herausfinden wollte, was wirklich mit meiner Mutter geschehen war.

DIE WORTE EINER MUTTER

GEISTER DRÄNGTEN sich immer im Armenviertel. Die verfallenen Gebäude und breiten Straßen boten der Horde von Geistern reichlich Platz, um auf dem Weg zum Zyklus hindurchzulaufen. Jetzt mehr als zuvor. Weniger definiert. Die Soldaten, die früher einen so großen Teil der Toten ausmachten, die hier durchliefen, waren weniger geworden, ersetzt durch Alte und Junge. Die Kranken.

Es hieß weiterhin, dass sich die Seuche ausbreitete. Immer mehr Menschen litten unter dem, was sie Grippe nannten. Selena und ich bewegten uns unter ihnen, nutzten die Geister als Deckung, während wir uns durch das Viertel bewegten. Wir wichen den Führern unterwegs aus.

Das Haus meiner Mutter stand offen, die Hintertür angelehnt, so wie wir es vor Monaten verlassen hatten, als ich Selena dort fand, eine Gefangene von Katherine, als Graham und folglich auch Piotr sie gebunden hatten. Im Obergeschoss standen mehrere Tische, gestapelt mit Seiten, die mit der Handschrift meiner Mutter bedeckt waren. Ich wollte in diese Tagebücher eintauchen. Meine eigene Vergangenheit erforschen.

Selena ging auf die andere Seite und begann, die Seiten durchzusehen. Ich hatte kein spezifisches Ziel, außer mehr darüber herauszufinden, was meine Eltern zusammengeführt hatte. Was dazu geführt hatte, dass meine Mutter kurz nach meiner Geburt starb. Um dorthin zu gelangen, blätterte ich Seite um Seite durch Notizen, Diskussionen über verschiedene Jagden, die Katherine mit Bryce unternommen hatte. Fragende Absätze, die sich danach erkundigten, was ich wohl gerade tat. Rückmeldungen von Bryce darüber, wohin ich gebracht worden war und bei wem ich lebte.

Ich bin mir nicht sicher, was ich in den Seiten zu finden erwartete, was mir über meine Mutter offenbart werden würde. Ich stellte fest, dass das Leben eines Geistes in Riven viele der gleichen Probleme teilte, die ich auf der anderen Seite hatte. Langeweile, der Wunsch nach einem Zweck und Träume waren alle da. Gedanken an nicht getroffene Entscheidungen verfolgten die Tage meiner Mutter. Fröhliche Anekdoten über das Finden faszinierender Gebäude oder das Treffen mit einem Geist, der noch nicht vom Weg abgekommen war, und das Eintauchen in ein Gespräch. Wenn jemand sagen konnte, dass er nach dem Tod gelebt hatte, dann meine Mutter.

„Carver", sagte Selena. „Ich glaube, ich habe gefunden, wonach du gesucht hast."

Ich ging hinüber und griff nach der ersten Seite, die Selena hielt, aber sie zog sie zurück.

„Es ist keine leichte Lektüre", sagte Selena. „Ich kann dir einfach sagen, was drin steht?"

„Ich muss es wissen", sagte ich. „Meine Mutter sagte, Piotr hätte sie getötet. Ich muss wissen, wie und warum."

Selena reichte mir die Seite ohne ein weiteres Wort. Sie schob die nächsten paar darunter. Ein Stapel von Einträgen. Ich begann zu lesen:

Ich habe das Gefühl, als würde ich anfangen, mehr von diesen

Erinnerungen zu verlieren. Die Dinge, die mich an diesen Ort geführt haben, und wer ich bin. Als würde mein Griff auf die Realität schwinden. Also schreibe ich sie auf.

Diese Erinnerung beginnt im Frühling 1889. Bei einem Einsatz, um einen Riss zu schließen. Irgendein Scharmützel auf der anderen Seite der Welt, das viele ahnungslose Soldaten auf einmal nach Riven brachte. Wie es passiert, wenn Länder vergessen, dass ihre Kriege nicht nur die Lebenden betreffen. Graham schwang diesen Hammer von ihm, eine lächerliche Waffe. Eine, die ihm nur ein so kleines Fenster der Flexibilität gab. Ich erinnere mich, dass ich darüber lachte und ihn vor einer Gruppe von Geistern rettete, die in seine Reichweite gekommen waren.

Anstatt hochmütig oder abweisend zu sein, entschied sich Graham dafür, Spiele mit mir zu spielen. Er forderte mich zu immer größeren Dummheiten hier in Riven heraus. Wie jeder genoss ich es, mich bis an meine Grenzen zu pushen, also lehnte ich nicht ab. Bald unternahmen wir zusammen nächtliche Abenteuer. Kamen uns immer näher. Bis Graham mir sechs Monate später sagte, dass er im Sterben lag.

Er erzählte mir, dass er auf der anderen Seite eine Krankheit hatte, die sein Herz zerfraß. Ich hatte ihn nie dort drüben gesehen. Nur in Riven. Er lebte an der Westküste und ich in Chicago. Welchen Sinn hätte es gehabt, quer durchs Land zu reisen, um einander zu finden, wenn wir das jede Nacht tun konnten?

Er ließ mich versprechen. Versprechen, ihn zu binden, wenn er starb. Als er fühlte, dass es so weit war, kam Graham herüber und stand mit mir neben sich. Ich hielt seine Hand und er sagte mir, wann er spürte, wie die Schnur, die ihn an seinen Körper band, riss. Ich ersetzte sie durch meine eigene.

Die nächsten Seiten erzählten davon, wie sie in Riven weitermachten. Wie ihre Liebe wuchs, obwohl sie keine Verbindung zur Außenwelt hatten. Meine Mutter begann, mehr Zeit in Riven zu verbringen, oft kehrte sie nur zurück, um aufzuwachen, zu essen, sich um körperliche Bedürfnisse zu kümmern und dann wieder einzutauchen. Zumindest bis zu diesem Herbst.

Ich konnte es spüren. Obwohl ich nicht wusste wie. Ich war schwanger. Mit Kind. Ich glaubte es zuerst nicht, aber ich musste öfter zurückkehren. Übelkeit trat in regelmäßigen Abständen auf. Ich war oft müde. Graham versprach, mein Pensum zu erfüllen, während ich anderweitig beschäftigt war. Da er in meiner Welt nicht anwesend war, war das alles, was er tun konnte.

Ich durchforstete tagsüber die Bibliotheken. Sprach mit anderen Führern, denen ich vertraute. Erzählte es sogar Bryce, dem neuen Führer, den ich zu dieser Zeit betreute. In der Geschichte hatte es eine Reihe dieser Kinder gegeben, geboren aus der Vermischung von Geistern und Menschen auf eine Art, die vielleicht nicht beabsichtigt war. Die meisten führten dasselbe Leben, das ich oder Graham oder Bryce führen würden. Einige jedoch wurden zu Zielen.

Als der Sommer voranschritt und mein Geburtstermin näher rückte, bemerkte ich, dass meinen Aktivitäten mehr Aufmerksamkeit geschenkt wurde. Führer, die nicht Chicago zugeteilt waren, zogen in die Gegend und behaupteten, sie seien aus anderen Gründen zu Besuch. Nachbarn, mit denen ich nie gesprochen hatte, bemerkten mich in den Fluren. Fragten mich, wann ich fällig sei.

Es dauerte nicht lange, bis ich sie nachts zu sehen begann, bevor ich hinüberging. In den Schatten während des Tages. Ich konnte sie vor meiner Wohnungstür spüren. Wartend. Ich wusste warum. Sie wollten mein Kind nehmen und es benutzen, es benutzen, um die Welten zusammenzubringen.

*I*CH *H*ATTE Dr. Farths Versprechen erhalten, dass während meiner Wehen niemand außer dem medizinischen Personal den Raum betreten würde. Dass niemand Zugang zu meinem Kind haben würde, außer denjenigen, die nötig waren, um es am Leben zu erhalten. Aber Dr. Farth hatte Verpflichtungen, die über meine hinausgingen. Er hatte gerade den Auftrag erhalten, sich um uns, *die Führer in Chicago, zu kümmern. Er würde ihn nicht für mich aufgeben.*

Es war in der Nacht, nachdem Carver aus meinen Armen gerissen und von den Krankenschwestern weggebracht worden war, als der erste Versuch unternommen wurde. Ich weiß nicht, was verwendet wurde, nur dass es in mein Essen gemischt wurde, und als ich das ablehnte, in mein Getränk. Ich versteckte mich in Riven und ersetzte meinen schwachen Körper durch meine starke Riven-Hälfte. Bis ich schließlich spürte, wie auch diese Verbindung nachließ. Diese letzte Verbindung zur Welt und zu meinem Sohn.

Bryce fesselte mich schließlich, aber Graham war verschwunden. Der Preis für unsere kurze Romanze war mein Leben und, wie ich nur vermuten konnte, das meines Sohnes.

WIEDER VERBÜNDETE

ICH LEGTE das letzte Blatt beiseite und starrte aus den Fenstern in Rivens Grau. Jetzt hatte ich es. Die Geschichte, die zu mir geführt hatte. Der Verdacht und die Angst, die meine Mutter in ihren letzten Tagen verzehrten, als sie spürte, wie Piotrs Schläger sich näherten. Sie hatte von meinem Zustand gewusst und akzeptiert, dass Piotr sie dafür töten würde.

Das Schrecklichste war jedoch, dass Katherine das Gefühl hatte, sie könne nicht einmal versuchen, es zu verhindern. Zumindest nicht dort drüben, in der realen Welt, wo sie allein lebte. In Riven hatte sie eine Chance; mit ihren Waffen und ihren Freunden. Wie seltsam, dass Riven, ihre Rettung, für mich gefährlicher geworden war als die Welt, die sie zurückgelassen hatte?

„Carver", sagte Selena und bewegte sich in Richtung der Treppe. „Ich glaube, wir sind nicht allein."

Ich bewegte meine Hand zur Peitsche. Wir hatten meine Ausrüstung auf dem Weg hierher aus Annas Haus in den Warrens geholt. Es fühlte sich gut an, mich nicht auf zufällige Waffen verlassen zu müssen, sondern auf die vertraute

Ausrüstung, mit der ich so viele Jahre gearbeitet hatte. Selena zog ihr Hackbeil, und wir nahmen Stellung ein, ich beobachtete die Treppe von hinten und Selena war bereit loszuspringen, falls der Eindringling es nach oben schaffen sollte.

Die Treppe knarrte, als jemand hochkam. Sobald ein Kopf auftauchen würde, könnte Selena ihn abschlagen oder ich könnte die Peitsche um seinen Hals wickeln.

Aber als ich Alecs Gesicht sah, zögerte ich.

„Töte mich nicht", sagte Alec. „Ich bin nicht hier, um zu kämpfen."

„Was, wenn ich dir nicht glaube?", sagte ich.

„Es geht hier nicht um uns. Es geht nicht um dich", sagte Alec. „Sie werden Bryce reinigen."

Reinigung. Blendung war die übliche Strafe, eine Trennung von Riven. Eine Reinigung kam einem Todesurteil gleich. Die Seele in Riven nehmen und sie in den Zyklus schicken. Dich sowohl in dieser Welt als auch in der anderen auslöschen. Nur für die schlimmsten Vergehen vorbehalten. Ich hatte noch nie gehört, dass jemand tatsächlich dazu verurteilt worden wäre. Eher eine abschreckende Strafe als etwas, das tatsächlich vollstreckt wurde.

„Warum?", fragte ich.

„Weil er dir geholfen hat."

„Das ist lächerlich. Warum blenden sie ihn nicht einfach?"

„Piotr will ein Zeichen setzen", sagte Alec. „Er sagt, dass die Führer in dieser Zeit nicht gespalten sein dürfen. Dass wir alle zusammenstehen müssen. Allerdings ist die Reinigung von Bryce nicht der richtige Weg."

„Das ist nicht das einzige Problem mit Piotr", sagte ich. Ich brachte Alec auf den neuesten Stand der Dinge. Wer der Meister wirklich war. Was mit meinen Eltern passiert war. Am Ende streckte Alec die Hand aus und schüttelte meine, dann zog er mich in eine Umarmung.

„Es tut mir leid, was ich getan habe", sagte Alec. „Wirst du mir verzeihen?"

„Nur dieses eine Mal", sagte ich. „Nächstes Mal gibst du mir vielleicht etwas mehr Kredit? Außerdem habe ich das Gefühl, dass zu wissen, dass du mich nie erwischt hast, Strafe genug ist."

„Das wird mich zweifellos für den Rest meiner Tage verfolgen." Alec blickte zur Treppe. „Wir müssen uns beeilen. Sie bringen Bryce bereits zum Zyklus."

„Eine Frage", sagte Selena. „Wie hast du uns hier gefunden?"

„Ganz einfach", sagte Alec. „Ich wusste, dass Carver dich nie verlassen könnte. Also habe ich deine Wohnung beobachtet, bis er auftauchte. Liebe macht immer eine leichte Beute."

„Du bist so gruselig."

„Und du, *mon frier*, ein Geist mit einem Hackbeil, bist es nicht?", erwiderte Alec. Selena blickte auf die Klinge in ihrer Hand und zuckte mit den Schultern.

„Schön, dass wir uns einig sind", sagte ich und nickte in Richtung Treppe. „Sie bringen Bryce weg? Lass uns ihn retten gehen."

Als wir die Treppe hinuntergingen und das Haus verließen, zeigte Alec auf einen Gegenstand, der an der Eingangswand lehnte. Meine Armbrust.

„Ich dachte, vielleicht möchtest du sie zurückhaben", sagte Alec. „Ich habe sie unter den Betten gefunden. Versteckt wie ein Kinderspielzeug."

„Alec, ich glaube, das ist das erste Geschenk, das du mir je gemacht hast", sagte ich und weigerte mich, sein Urteil über meinen gewählten Versteckplatz anzuerkennen.

„Ich erinnere mich, dir mehr als ein paar Mal dein Leben geschenkt zu haben", erwiderte Alec.

Dagegen konnte ich nicht argumentieren.

AUFSCHUB DER HINRICHTUNG

VIER FÜHRER, mit Bryce in der Mitte. Sie näherten sich dem Tor, um die Stadt durch die Shambles zu verlassen, der Strom der Geister bahnte sich seinen Weg um sie herum und gab den Führern reichlich Platz. Bryce seinerseits ging mit erhobenem Kopf und geradeaus gerichtetem Blick. Seine Hände waren mit einer Kette hinter seinem Rücken gefesselt. Meinen Mentor als Gefangenen zu sehen, erfüllte mich mit tiefer Wut über die zerstörte Gerechtigkeit. Das war nicht richtig, und Bryce ging meinetwegen in Ketten.

„Wir sind zahlenmäßig um einen unterlegen", sagte ich. „Ich werde einen Schuss mit der Armbrust abgeben, um das auszugleichen. Selena, du holst Bryce da raus. Alec und ich kümmern uns um die anderen drei."

„Ich kann auch kämpfen", sagte Selena. „Du musst mich nicht beschützen."

„Das tut er nicht", sagte Alec. „Bryce ist das wichtigste Ziel, und wir wollen die Führer nicht töten."

„Wenn du Bryce wegbringen kannst, können wir verschwinden", sagte ich, und Selena nickte. Es sah so aus, als hätte sie verstanden, warum ich nicht wollte, dass sie meine ehemaligen Teamkollegen zerhackte.

Wir befanden uns im Erdgeschoss eines Gebäudes, einen Block hinter den Führern, einen Block trockener Straße und verdammte Geister, die aus der Stadt marschierten. Ich ging in den zweiten Stock hinauf und kletterte eine Treppe hoch, die bei jedem Schritt wackelte. Rivens Fäulnis beanspruchte das Haus Stück für Stück. Ich schlich mich auf einen Überhang hinaus und betete, dass er mein Gewicht tragen würde. Es knarrte und ich hörte etwas unter mir knacken, aber es hielt stand. Ich legte mich hin, platzierte die Armbrust vor mir, blickte entlang ihres Schafts und visierte den hintersten Führer an.

Ich lud den normalen Bolzen. Hoffentlich nicht genug, um zu töten. Nur außer Gefecht zu setzen. Als der vorderste Führer unter dem offenen Tor durchging, feuerte ich. Ich zog den Abzug und ließ mich, ohne abzuwarten, ob der Bolzen traf, vom Überhang fallen und traf rennend auf die Straße.

Alec und Selena waren vor mir. Sie rasten an der Seite der Straßen entlang, um aus der Geistermenge zu bleiben, und sprinteten auf das Quartett der Führer zu. Oder sollte ich sagen, auf ein Trio. Mein Schuss hatte sein Ziel getroffen. Der hinterste Führer taumelte von den anderen weg und hielt sich den Rücken. Die anderen drei verpassten ihre Chance, sich vorzubereiten, schauten auf ihren Gefährten und achteten nicht auf ihre herannahenden Gegner. Was genau der Punkt war.

Alec, mit kampfbereiten Handschuhen, sprang hinter einem Geisterpaar hervor und tackelte den Führer auf der linken Seite. Er schien die Standardausrüstung der Führer zu tragen, die, die neuen Auszubildenden gegeben wird. Ein Schwert und ein Messer, einfach und tödlich.

Der auf der rechten Seite, mein Ziel, hatte die gleiche

Kombination. Die Anführerin vorne schien die einzige Erfahrene zu sein. Sie hielt ein Paar kurzer Äxte, doppelschneidig, mit weiteren, die an ihrem Gürtel hingen. Als Selena sich näherte, stieß die Anführerin Bryce zu Boden und holte mit dem Arm aus, um eine der Äxte zu werfen.

„Duck dich!", rief ich. Aber ich brauchte es nicht. Bryce rollte sich und trat der Führerin ins Knie, brachte sie aus dem Gleichgewicht und zwang sie, sich mit einer Hand am Boden abzustützen.

Der Führer auf der rechten Seite trat vor, um Selena zu empfangen, sein Schwert stach nach vorne. Ein Manöver, das gut gegen hirnlose Geister ohne Gedanken an ihre eigene Sicherheit funktionieren würde. Ein Zug, den jeder mit einem funktionierenden Verstand ohne nachzudenken ausweichen konnte. Selena wich dem Schlag nach rechts aus, schlug das Schwert mit ihrem Hackbeil beiseite und ging mit dem langen Messer zum Angriff über. Sie zielte auf einen nicht tödlichen Stich in das Bein des Führers.

Der neue Führer hatte jedoch einiges Geschick. Er sah den Schlag kommen und machte einen Schritt zurück, außer Reichweite. Außer Reichweite für Selena jedenfalls. Meine Peitsche kam an Selenas rechter Seite vorbei, pfiff herüber und wickelte sich um das Handgelenk des Führers. Ich riss ihn nach rechts, weg von Bryce und gab Selena einen freien Weg zu meinem Mentor.

„Du musst nicht kämpfen", sagte ich, während ich die Peitsche benutzte, um mein Ziel zu Boden zu werfen. „Wir wollen Bryce. Wir wollen dich nicht verletzen."

„Dann hättet ihr nicht kommen sollen", sagte eine Stimme zu meiner Seite. Der Führer, den ich angeschossen hatte, stellte seinen Schmerz hinten an und trat auf mich zu. Er tauschte sein langes Messer gegen ein zweites Schwert aus und schwang die Waffen mit langer Reichweite gleichzeitig.

Von oben, ein massiver Alles-oder-Nichts-Angriff, der tödlich wäre, wenn er träfe.

Wenn er träfe.

Ich tauchte in Richtung der Klingen, duckte mich in eine Rolle, um unter dem Schlag durchzukommen. Ich spürte die Schwerter über meinen Mantel pfeifen, als ich aus dem Salto in einen Tackle überging, den Führer in der Taille traf und ihn umwarf. Der Führer stieß einen schmerzerfüllten Schrei aus, als sein Rücken auf den harten Boden traf, und ich erkannte, dass er meinen Armbrustbolzen nicht aus seiner Schulter entfernt hatte. Eine Schulter, die jetzt in die harte Straße gepresst wurde. Ich nutzte den Moment des Schockschmerzes und warf seine Waffen weg, trat sie aus seinen Händen zur Seite. Sie verschwanden unter den trampelnden Füßen der Geister.

„Carver", rief Alec. „Ein bisschen Hilfe?"

Ich drehte mich um und sah Selena, wie sie Bryce wegzerrte und ihm half, auf die Füße zu kommen, während Alec mit den beiden anderen Führern tanzte. Die Anführerin, ihre Zwillingsäxte in Bewegung, hielt Alec in der Defensive. Er musste ständig seine Handschuhe verschieben, um die Schläge abzuwehren, Funken flogen jedes Mal, wenn die Kanten auf Alecs Metall trafen. Der andere Führer, der Schwert- und Messerträger, kreiste hinter ihm und suchte nach einer offenen Angriffsmöglichkeit.

Der Guide konzentrierte sich zu sehr auf Alec, um mich kommen zu sehen. Um meine Peitsche zu sehen, bevor sie sich um sein Bein wickelte und es unter ihm wegzog. Ich ließ den Guide zu Boden stürzen, sein Kopf schlug auf die Straße und er wurde bewusstlos.

„Du hast freie Bahn", rief ich.

Alec hörte die Worte, blockte einen weiteren Schlag der schwingenden Axt des Anführer-Guides ab und ging zum

Angriff über. Zwei schnelle Stöße zwangen den Guide, ihre Äxte zur Verteidigung vor ihr Gesicht zu halten. Ein Zug, der die Schäfte für Alec zum Greifen freilegte. Er tat es und trat dem Guide in die Brust. Er nutzte seinen Griff an den Äxten für zusätzliche Kraft, und als sie nach hinten fiel, riss er ihr die Äxte aus den Händen.

Ich wandte mich nach rechts, der erste Guide war wieder auf den Beinen, Schwert und Dolch bereit. Nur sah er nicht mehr so begierig aus, sich zu engagieren.

„Ich wiederhole", sprach ich. „Du musst diesen Kampf nicht führen. Zieh dich zurück und wir lassen dich gehen. Dann kannst du deinen Freunden helfen."

Der Guide blickte zu seiner Anführerin hinüber, die gerade nach ihrem Gürtel griff, um neue Äxte zu ziehen. Sie hielt inne, als Alec näher kam und ihre eigenen Äxte hob, um ihr zu zeigen, was passieren könnte, wenn sie weiterkämpfte.

„Wir geben auf", sagte die Anführerin. „Wir sind fertig. Ihr könnt euren Gefangenen haben."

„Endlich mal eine gute Entscheidung", sagte Alec.

„Nehmt ihn jetzt", sagte die Anführerin. „Aber wir werden die Funken hochschicken, sobald ihr weg seid. Ihr werdet verfolgt. Gefunden. Ihr könnt ihn nicht für immer festhalten, und wir werden dafür sorgen, dass ihr sein Schicksal teilt."

„Wir könnten sie auch töten", sagte Selena von der Seite, während sie mit dem Hackbeil Bryces Ketten durchhackte. „Schwer, einen Funkenwerfer zu benutzen, wenn man tot ist."

„Wie wäre es, wenn wir die Funkenwerfer mitnehmen?", sagte ich. „Etwas weniger tödlich, denke ich."

Ich hatte den Satz kaum beendet, als der Guide mit dem Bolzen im Rücken, der vom Boden aufgesessen war, seine Hand in die Luft streckte und die Funken abfeuerte. Die schnelle Abfolge, die durch Gedrückthalten des Abzugs und

Entzünden von immer mehr Gas erreicht wurde, signalisierte einen Notfall. Alarmierte jeden Guide in der Nähe, zur Hilfe zu kommen. Uns lief die Zeit davon.

„Lauft!", schrie ich.

Und das taten wir.

44

MÖCHTEGERN-RETTER

WIR VIER SPRINTETEN durch die Shambles zurück, Richtung Norden zum Uhrenturm. Wir mussten Bryce dorthin zurückbringen, wo er nach Riven gekommen war, damit er es wieder verlassen konnte. Damit er sich verstecken konnte. Ich gab ihm mein Messer, um ihm etwas zur Verteidigung zu geben. Ich hielt meine Peitsche bereit.

„Alec, übernimm die Führung", sagte ich, und mein Freund nickte. Ich fiel zurück, während Selena in der Nähe von Bryce blieb.

Wir rannten durch die Straßen, wichen Geistern aus und rasten gegen aufplatzende Funken, als Führer, die unsere Flucht sahen, sie durch die Luft schickten. Jetzt wusste ich, wie es sich anfühlte, ein wütender Geist zu sein, gejagt und gehetzt durch die grauen Ruinen von Riven und seiner Stadt. Nicht angenehm.

Am Rande der Shambles, wo sie in den Park übergingen, der zu den Warrens führte, hatten wir unsere erste Prüfung. Ein Paar älterer Führer. Jeder trug einen dicken, beschädigten Mantel und trug eine große Hellebarde, Speere mit einer Axtklinge auf einer Seite und Spitzen oben und hinten.

Die Führer sahen fast identisch aus. Ich kannte sie. Ein Zwillingspaar aus Südamerika, bekannt dafür, so eng zusammenzuarbeiten, dass sie praktisch als einer kämpften.

„Selena, du hältst Bryce in Bewegung. Wir treffen euch später wieder", sagte Alec. Selena hörte zu, bog mit Bryce nach links in den Park ab, während Alec und ich direkt auf das Paar zusteuerten.

„Alec", sagte der erste. „Ich kann nicht sagen, dass wir das erwartet haben. Wie viele Jagden haben wir zusammen unternommen, und jetzt würdest du gegen uns kämpfen?"

„Mateo, ich habe das nicht geplant", sagte Alec. „Es ist Piotrs Werk. Seine Hände formen diesen Konflikt."

Ich kam neben Alec und wir standen fünf Fuß vom Paar entfernt. Fast in Reichweite ihrer Hellebarden. Bei Alecs Worten neigten sie die Köpfe und verengten die Augen.

„Piotr", sagte Mateo. „Piotr hat die Gefangenen nicht befreit. Piotr hat die anderen Führer nicht verletzt. Piotr hat Bryce nicht befreit."

„Das sind alles Symptome", sagte ich. „Piotr ist die Ursache."

„Oder vielleicht seid ihr es", erwiderte Mateo. „Wenn ihr es besprechen wollt, legt eure Waffen nieder und kommt mit uns. Wir werden euch nicht verletzen."

Ich schüttelte den Kopf, bevor er fertig war. „Es tut mir leid, Mateo, Anton. Wir können nicht."

Sie nickten im Einklang. Dann stellten sie ihre Hellebarden nach vorne. Ich würde diesen Kampf nicht genießen.

Alec schlug zuerst zu, stürmte vor, als Mateo, links, versuchte, mit seiner Hellebarde einen Schritt nach vorne zu machen. Ich ließ die Peitsche nach rechts knallen und schlug in Richtung Antons Gesicht. Der Mann wich aus, bewegte seinen Kopf nach rechts und wich dem Schlag der Peitsche aus. Er bewegte sich auf mich zu und holte mit der Hellebarde zu einem weiten Schlag aus. Ich wich zurück, aber nicht weit genug. Die Spitze der Hellebarde schnitt in meine Seite und schlitzte meinen Mantel auf. Hinterließ einen brennenden Schnitt in meinem Bauch. Ich zuckte zusammen und versuchte, den Schmerz zu unterdrücken. Keine Zeit dafür hier.

Anton kam weiter vor, kehrte seinen Schlag um, um von der anderen Seite zurückzuschwingen. Hätte ich mein Messer gehabt, hätte ich versuchen können, den Speer abzufangen. Stattdessen tat ich das Einzige, was ich konnte, und schnalzte die Peitsche erneut. Diesmal, mitten im Schwung, konnte Anton meinem Schlag nicht ausweichen. Als die Klinge seiner Hellebarde auf meine Seite zufiel, traf meine Peitsche seine Brust. Die spitzen Enden durchbohrten seinen Mantel und ließen Anton zurücktaumeln, nahmen etwas von der Wucht aus seinem Schnitt, so dass ich, anstatt zweigeteilt zu werden, einen weiteren langen Schnitt entlang meiner linken Seite hatte. Glücklich, diesen Tausch zu machen.

Ich ließ nicht nach, konnte nicht nachlassen. Als Anton zurücktaumelte, ließ ich die Peitsche wieder und wieder knallen. Jeder Schlag öffnete neue Löcher auf der Brust, den Armen und Beinen des Führers. Keiner davon wirklich ernst, alle schwächend. Nahmen ihm seinen Schwung und seine Konzentration. Und dann ließ Anton die Hellebarde fallen. Ließ die Waffe zu seinen Füßen klirren. Ich hörte nicht auf. Trieb ihn weiter zurück, bis ich über seiner Waffe stand, und erst dann ließ ich die Peitsche verstummen und an meiner Seite herunterhängen.

„Es tut mir leid", sagte ich zu Anton, der auf dem Boden kniete und aus einem Dutzend Schnitten blutete. „Es tut mir leid, aber du hast mir keine Wahl gelassen."

Ich drehte mich nach links und sah, wie Alec einen Schlag mit dem Schaft der Hellebarde an sein Kinn bekam. Mateo hatte meinen Freund nah herangezogen und, anstatt den langen Schwung zu nehmen, ruckte er das Ende der Hellebarde in Alecs Gesicht. Jetzt, als Mateo den Vorteil ausnutzte, kniete ich mich hin, griff Antons Hellebarde vom Boden auf und warf sie auf seinen Bruder.

Es war kein großartiger Wurf - ich war kein Experte im Speerwerfen -, aber es war nah genug. Die Waffe glitt zwischen Mateos Beine, schnitt in seine Oberschenkel und Knie und brachte den Mann zu Fall. Alec nutzte die Gelegenheit. Er rannte hinauf und entwaffnete Mateo, trat die Hellebarde weg und nagelte den Führer am Boden fest.

„Ergebt euch", sagte Alec.

Mateo starrte zu ihm hoch, jeglicher Geist der Kameradschaft, der zwischen uns existiert hatte, auf verräterische Weise erloschen. „Ihr könnt euren Sieg haben, und wir werden unsere Rache bekommen."

Mateos Worte blieben mir im Gedächtnis, als wir durch den Park rannten und auf der anderen Seite Selena und Bryce einholten. Wir betraten die Warrens und das Labyrinth großer Wohnungen. Sie würden ihre Rache bekommen. Wie viele Führer sagten das jetzt über uns? Planten, ihren eigenen Status zu verbessern oder ihre Freunde zu rächen, indem sie uns in Stücke rissen? Ich begann zu denken, dass es keinen Weg zurück von hier geben würde. Keine Erholung.

Meine Tage als Führer waren vorbei.

Der Uhrenturm kam in Sicht, nach einer weiteren Stunde des Rennens und Versteckens, des Duckens zwischen Läden und Theken, des Schlängelns zwischen Massen von Geistern in Bewegung. Wir nutzten sogar Brüche zu unserem Vorteil, zogen Führer in die Ausbrüche wütender Geister. Ich hatte keine Ahnung, ob einige unserer Freunde bei dem Versuch, uns zu finden, fielen. Ob sie, in die Brüche geführt, überwältigt und in Stücke gerissen wurden. Dafür würde später Zeit sein. Zeit, um Piotr für all die Schrecken, die er angerichtet hatte, zur Rechenschaft zu ziehen.

Wir überquerten den Hof, um den Brunnen herum, der Rivens Wasser in die Luft sprudeln ließ, und führten Bryce in den Uhrenturm. Selena schloss die Türen hinter uns und verriegelte sie mit Bryces Voulge, die noch immer im Waffenregal stand, wo er sie zurückgelassen hatte.

„Ich kann euch nie genug danken", sagte Bryce zu Alec und mir. „Für alles, was ihr für mich, für meine Familie geopfert habt. Wenn ihr jemals etwas braucht ..."

„Fangen wir damit an, dich nach Hause zu bringen", sagte ich. „Los, geh hinüber, damit wir hier rauskommen."

Nicht dass wir wussten, was Bryce auf der anderen Seite erwarten würde. Vielleicht eine Gefängniszelle. Möglicherweise ein oder zwei weitere Führer, die darauf warteten, eine Strafe zu vollstrecken. Aber wir mussten irgendwo anfangen. Ihm eine Chance geben.

Bryce legte sich auf das Bett und konzentrierte sich. Ich sah, wie sich seine Augen schlossen und wartete darauf, dass sein Körper verblasste. Aber er tat es nicht. Bryce saß da, in voller Gestalt. Nachdem mehrere Minuten vergangen waren und Bryce uns immer noch nicht verlassen hatte, ging ich zu ihm. Sah genau hin. Er atmete gleichmäßig, er hatte keine Verletzungen erlitten. Es sollte keine Schwierigkeiten geben. Dann öffneten sich plötzlich seine Augen.

„Sie blockieren meinen Rückweg", sagte Bryce.

„Was?", sagte ich.

„Meinen Körper. Sie halten ihn mit Drogen im Schlaf. Ich habe es gespürt, als ich zurückging, ich fühlte, wie ich in einen Traum abglitt. Wenn ich das zulasse, komme ich vielleicht nie wieder hierher zurück. Ich wache vielleicht nie wieder auf."

„Alec", sagte ich und wandte mich an meinen Freund. „Wenn er nicht hinübergehen kann, dann müssen wir ihn auf der anderen Seite retten. Ihn befreien. Du bist der Einzige, der das tun kann."

„Ich glaube nicht, dass sie mich nach dieser Sache ins Krankenhaus lassen werden", sagte Alec.

„Hey", sagte Selena von den Türen her. „Draußen sind Geräusche. Ich höre Führer reden. Ich glaube, sie planen etwas."

Ich ging zur Tür, während Alec und Bryce versuchten, eine Strategie zu besprechen. Versuchte, zwischen den Türen nach draußen zu schauen, aber alles, was ich sehen konnte, war sich bewegendes Grau und ein Stück des Brunnens. Ein orangefarbener Ausbruch. Ein Geruch von Rauch. Ich sah mich in der hölzernen und steinernen Kammer um und erkannte, dass die Führer kein Interesse daran hatten, gegen uns zu kämpfen. Sie würden uns niederbrennen.

45

AUSGERÄUCHERT

Gibt es einen anderen Ausweg?", fragte Selena.

Ich schüttelte den Kopf. „Nicht dass ich wüsste."

Ich erzählte Bryce und Alec von dem Feuer, obwohl der Rauch, der unter der Tür hereinkam, es überflüssig machte. Der grau-weiße Rauch stieg weit nach oben und wurde unter dem Dach gefangen. Die schiere Höhe des Gebäudes würde uns etwas Zeit verschaffen, aber es würde hier drin sehr bald heiß werden.

„Ich kann nicht zurück", sagte Bryce. „Es gibt keinen Ausweg."

„Selena und ich können auch nicht." Ich blickte zu Alec. „Alec, geh. Du bist der Einzige, der gehen kann. Geh zurück."

„Euch alle zurücklassen? Ich bin kein Feigling", sagte Alec.

„Tot nutzt du niemandem was", sagte ich. Ich schaute zurück zur Tür, wo das erste orangefarbene Flackern in der Nähe der Scharniere zu sehen war. Der Rauch wurde dichter – ich konnte das Dach über uns nicht mehr sehen. „Geh zurück. Finde Bryce. Befreie ihn."

Das war ein Kompromiss, den Alec akzeptieren konnte. Er legte sich aufs Bett, schloss die Augen und verblasste eine

Minute später. Das ließ uns drei in der Mitte eines Gebäudes zurück, das sich rasch schwarz färbte, während sich die Flammen ihren Weg nach innen bahnten.

„Irgendwelche Ideen, Carver?", fragte Selena.

„Ich hab eine, aber sie wird euch vielleicht nicht gefallen."

„Ich glaube, ob es uns gefällt, spielt keine Rolle mehr", sagte Bryce. „Wichtig ist nur, dass wir lebend hier rauskommen."

„Das ist keine Garantie", ich nahm die Armbrust von meinem Rücken. Legte einen orangefarbenen Bolzen ein und spannte sie in Schussposition. „Dieses Ding wird eine Menge Zerstörung anrichten. Ihr solltet zurücktreten."

„Du willst das Gebäude über uns zum Einsturz bringen?", fragte Selena.

„Seid einfach bereit, euch zu bewegen", sagte ich. „Bryce, wenn du deine Waffe willst, jetzt ist der Moment."

Bryce nickte, ging zur Tür und zog seine Glefe aus den Schlössern. Er zuckte zusammen. „Sie ist wirklich heiß."

Er lief an mir vorbei, als ich die Armbrust hob und auf die Vorderwand zielte. Die Tür, die zum Brunnen zeigte. Wenn alles gut ging, würde der Bolzen explodieren und durchbrennen, die Struktur zum Einsturz bringen und genug Chaos verursachen, damit wir entkommen konnten. Wenn es schief ging, würde der Uhrenturm einstürzen und uns unter Schutt begraben. Oder wir würden direkt in den sicheren Tod durch die Hände der Führer laufen.

Ich drückte ab.

Der Bolzen schoss heraus und bohrte sich in die Tür, oder was davon übrig war, da das Feuer das Gebäude verschlang. Der Bolzen platzte auf und dehnte sich in einer aufblühenden orangefarbenen Nova aus, einem sich ausbreitenden Wirbel aus überhitztem Licht, der den Rest der Tür verschlang. Äste schossen wie Elektrizität heraus, Ranken schnappten und griffen nach anderen Teilen des Turms, kletterten und dehnten sich aus und verschlangen die gesamte Vorderseite des Gebäudes in einer Welle aus Hitze und Licht.

Um uns herum stöhnte die Struktur. Holz und Gestein begannen zu fallen, als Stützen verschwanden, entweder vom Feuer, dem Bolzen vernichtet oder unter dem Druck zusammenbrechend. Ich zog Selena zu Boden, kroch unter den Tisch, der so oft wenig Zweck in einem Ort erfüllt hatte, an dem wir nicht viel Zeit verbrachten. Bryce gesellte sich zu uns, quetschte sich hinein, während Steine und Bretter von der Tischoberfläche absplitterten. Hitze schlug uns ins Gesicht, als die Rufe der Führer, die sich fragten, was los war, inmitten des knisternden Brüllens zu hören waren.

Ich nahm mir einen Moment Zeit, um die Armbrust wieder zu spannen und einen zweiten orangefarbenen Bolzen zu laden. Meinen letzten. Ich wollte ihn nicht benutzen, aber wenn wir einen Ausweg brauchten oder eine tödliche Ablenkung, dann war die Armbrust unsere einzige, unsere beste Chance.

Hinter uns knackte die hintere Struktur, als das Dach, das seine vordere Stütze verlor, in Richtung Brunnen kippte. Die Uhr, der schwerste Teil des Gebäudes, zog das Dach mit sich nach unten. Ich blickte über Selenas Schulter zurück und sah, wie die brennenden Bretter an der Rückseite des Gebäudes einfach in zwei Teile zerbrachen. Dann stürzte das Dach auf uns herab.

„Geht nach rechts, jetzt", sagte ich. „Nehmt den Tisch mit."

Während das Gebäude einstürzte, bewegten wir uns seitwärts, den Tisch über unseren Köpfen, um die Glut und Steine aufzufangen, die herabfielen. Wir stürmten auf die rechte Wand zu, die sich auf uns zu faltete. Löcher öffneten sich, aschfarben und orange und brennend. Die tobende Hitze leckte an unseren Füßen und Haaren und rannte unsere Kehlen hinunter, um unsere Lungen zu versengen.

„Wir werden nicht durchbrechen", sagte Selena.

„Steht auf und rennt", sagte Bryce. „Mit dem Tisch voran."

Wir trafen die Wand nach zehn Schritten, die Seite des Gebäudes wölbte und bog und brach sich. Der Tisch krachte zuerst dagegen, während Bryce, Selena und ich von brennenden Holz- und Steinstücken getroffen wurden. Ich spürte das Stechen der Glut, die sich durch meinen Mantel brannte, meinen Nacken versengte und sich in meine Handgelenke und Hände bohrte. Aber ich hielt durch. Wir hielten durch. Die Wand des Uhrenturms nicht.

Wir brachen in die offene Gasse zwischen dem Uhrenturm und dem nächsten Gebäude durch, ein Funkenregen kündigte unseren Ausgang an. Ein Regen, der unendlich klein war im Vergleich zu dem tobenden Inferno hinter uns. Wir ließen den Tisch fallen und rannten, sprinteten die Gasse nach rechts hinunter. Hinter dem Uhrenturm und in Rivens endloses Labyrinth. Behielten die Flammen so lange wie möglich zwischen uns und den Führern.

Lange Zeit sagte niemand etwas. Wir rannten einfach. Ich übernahm die Führung und lenkte uns allmählich in Richtung der Wohnung. Nach einer weiteren Stunde des Herumschleichens durch Hintergassen und zerstörte Gebäude erreichten wir sie. Öffneten die Tür und fanden Nicholas, der uns anstarrte. Unsere zerstörte Kleidung, unsere verbrannten Körper und geschundenen Seelen.

„Na, habt ihr es geschafft, mir etwas Eisen zu besorgen?"

NACH OSTEN

ICH WAR ES NICHT GEWOHNT, Bryce so niedergeschlagen zu sehen. Er sank auf einen der wenigen Stühle in Nicholas' Labor im Untergeschoss des Apartmentgebäudes. Bryces Augen streiften über die Umgebung, ohne irgendetwas davon wirklich wahrzunehmen. Nicholas, normalerweise immer bereit, seine Meinung kundzutun, verstummte, als ich ihm erzählte, was passiert war.

„Wir müssen dich trotzdem zurückbringen", sagte ich zu Bryce. „Auch ohne den Uhrenturm musst du an die Stelle, um zu kreuzen."

„Ich weiß", sagte Bryce. „Ich weiß. Aber wenn ich auf der anderen Seite immer noch schlafe ..."

„Alec wird sich darum kümmern."

Bryce nickte, aber es war die Art von Nicken, die man gibt, um ein Gespräch zu beenden, nicht um zuzustimmen. Also ließ ich locker und ließ Bryce mit seinen eigenen Dämonen kämpfen.

„Was wirst du jetzt tun?", fragte Selena.

„Ich muss kreuzen. Es muss fast Morgen sein. Anna und ich, wir müssen nach New York. Müssen Piotr aufhalten."

„Und wir? Sollen wir hier sitzen und warten, bis du zurückkommst?"

Ich schüttelte den Kopf. „Nein, wenn Bryce bereit ist, solltet ihr versuchen, in den Uhrenturm zu kommen. Oder was davon übrig ist. Wenn Alec ihn befreit, habt ihr vielleicht nicht viel Zeit, bis er hinüberkreuzt."

Selena und ich gingen zurück in ihre Wohnung, verabschiedeten uns, und dann legte ich mich ins Bett und kreuzte auf die andere Seite.

Die Morgendämmerung brach über der Stadt an. Gold stieg an einem wunderschönen Morgen auf, während Waldvögel zwitscherten. Ein paar Seelen bewegten sich vor dem Fenster und begannen ihre täglichen Aufgaben. Anna atmete langsam neben mir, verloren in irgendeinem Traum. Nicht mehr lange. Ich gab ihr so viel Zeit wie möglich, während ich mich fertig machte. Ging zur Rezeption hinunter und besorgte einen Fahrplan für die Züge.

Zwölf Stunden Fahrt von hier nach New York. Je früher wir losfuhren, desto besser.

„Ich dachte, du hättest genug von Zügen", sagte Anna, als wir uns eine Stunde später zum Bahnhof aufmachten, wobei *The Pine's Rest* uns die Nacht dank eines Hinterausgangs nicht in Rechnung stellte. „Warst du nicht die letzten beiden Male Geisel, als du Zug gefahren bist?"

„Fast. Bei meinem Glück sind Luftschiffe auch nicht viel besser. Zumindest ist es einfacher, aus einem Zug auszusteigen", sagte ich. „Ich habe nicht das Geld, um ein Auto zu kaufen, und wir haben keine Zeit."

„Zwölf Stunden. Ich bin noch nie so lange Zug gefahren."

„Wenn wir Glück haben", sagte ich, „treffen wir niemanden, den wir kennen. Die Stunden werden friedlich vergehen. Ich werde sogar einen Drink nehmen."

„Vielleicht."

Der Zug, den wir nehmen würden, ließ den kleinen

Bahnhof winzig erscheinen. Ein langer Personenzug, der sich Waggon um Waggon erstreckte. Ich gab die letzten paar Dollar aus, die ich hatte, um uns Tickets zum ermäßigten Preis für Führer zu kaufen. Sobald wir in der Stadt ankämen, wären wir auf alles angewiesen, was wir auftreiben könnten. Jede Wohltätigkeit, die die Leute uns anbieten würden, solange sie nicht wüssten, wer wir wirklich waren.

Die Waggons waren klapprig, und wir hatten nur eine Bank für uns. Kein Geld für ein Luxusabteil oder irgendeine Art von Schlafwagen. Im Vergleich zum opulenten Luftschiff war das eher mein üblicher Standard.

„Warum, glaubst du, hat deine Mutter aufgegeben?", fragte Anna, nachdem ich ihr erzählt hatte, was ich in den Tagebüchern meiner Mutter gelesen hatte. „Sie blieb einfach dort, im Krankenhaus ..."

„Ich glaube nicht, dass sie eine Wahl hatte", sagte ich. „So wie sie es geschrieben hat, schien es, als ob sie hinter Katherine her waren, noch bevor ich geboren wurde. Piotr wusste, was ich sein würde."

„Aber er konnte dich nicht benutzen, bis du alt genug warst, um nach Riven zu kommen", sagte Anna.

„Ich denke, Piotr hatte mehrere Pläne am Laufen. Ich war eine seiner Wetten, und ich glaube, erst am Ende entschied er sich, mich zu benutzen. Oder es zu versuchen. Er hatte genug Zeit, mich aufwachsen zu lassen."

„Ich möchte wissen, warum", sagte Anna. „Warum sollte er sich die Mühe machen? Warum so viele Führer riskieren, warum alles riskieren, um zu versuchen, Riven mit unserer Welt zu verbinden?"

Der Kaffee-Wagen kam vorbei, als der Zug durch die hügelige Landschaft von West-Pennsylvania rumpelte, vorbei an grünen Hügeln und Feldern, die für Sommerkulturen bestellt waren. Ich schnappte mir ein paar Tassen und nahm einen Schluck. Selbst dieses bisschen Normalität half.

„Aus demselben Grund, aus dem so viele andere dasselbe versucht haben", sagte ich. „Ich denke, er hat Angst. Er ist älter. Er will sich dem, was als Nächstes kommt, nicht ergeben. Ich kann es nicht mit Sicherheit sagen, aber das ist nur eine Vermutung."

„Und die anderen Anführer? Die, die er im Berg hatte?", sagte Anna. „Sie müssen zusammenarbeiten."

„Denk mal darüber nach", sagte ich. „In Riven alterst du nicht. Du stirbst nicht. Du kannst nicht wirklich lange verletzt werden. Zumindest nicht als Geist. Bring das hierher zurück? Du könntest ewig leben."

„Du weißt nicht, was passieren würde, wenn die Geister herüberkämen."

„Es ist ein Risiko, das er bereit ist einzugehen."

„Was würdest du an seiner Stelle tun?", fragte Anna. „Würdest du alles auseinanderreißen, um einen Weg zurück zu finden?"

Eine einfache Frage, um Nein zu sagen. Eine schwierige Frage, wenn ich wirklich darüber nachdachte. Wer würde nicht die Chance wollen, ewig zu leben, alles zu sehen und zu tun, ohne sich um die körperliche Gesundheit zu sorgen? Andererseits war der Grund, warum wir versuchten, Piotr aufzuhalten, dass das Öffnen des Portals alles zerstören könnte, was wir je geliebt haben. Es könnte sowohl Riven als auch unsere Welt auseinanderreißen.

„Ich denke, ich würde wollen, was Piotr will", sagte ich. „Aber ich hoffe, ich hätte die Kraft zu widerstehen. Würdest du?"

Jetzt war es an Anna, aus dem Fenster zu schauen und einen Moment nachzudenken. Waren wir genauso wie Piotr, nur ohne die Macht und Position?

„Ich bin eine egoistische Person", sagte Anna. „Ich tue viele Dinge für mich und um meine Ziele zu erreichen. Ich glaube nicht, dass ich das tun könnte. Ich glaube nicht, dass ich es vor mir selbst rechtfertigen und sagen könnte, dass die Chance auf ein seltsames, endloses Leben dieses Risiko wert wäre."

Ich nickte. „Nur noch elf Stunden zu fahren."

Das Warten würde mir nichts ausmachen.

GROSSER APFEL, KLEINE CHANCE

CHICAGO WAR KEINE KLEINE STADT. Sie hatte ihren Anteil an hohen Gebäuden und glitzerndem Design. New York war etwas ganz anderes. Eine Bühne für experimentelle Architektur, für das, was die verrückten Magier aus Metall und Glas sich ausdenken konnten. Gebäude aller Formen ragten die Skyline hinauf und hinunter, schlängelten und bogen sich zeitweise ineinander.

Erhöhte Hallen, getragen von gefüllten Ballons, wie stationäre Zeppeline, herrschten zwischen den Gebäuden und erlaubten es den Menschen, zu überqueren, ohne die vielen Stockwerke zum Boden hinabzusteigen. Lichter und Geräusche spritzten in die Zugfenster und hallten durch unser Abteil. Eine endlose Fülle von motorisierten Fahrzeugen, hupenden Hörnern und verborgenen Grummeln und Rumpeln, die die Hintergrundsymphonie jedes geschäftigen Ortes ausmachen.

Anna und ich machten uns auf den Weg aus der Penn Station und setzten unsere Masken auf, zum ersten Mal seit wir Chicago verlassen hatten, dass ich mich darum kümmerte, sie aufzusetzen. Verschmutzung, so schien es, verband unsere Städte wie ein gemeinsamer Faden.

„Wo denkst du, halten sie die Konferenz ab?", fragte ich Anna, als sie das Chaos um uns herum anstarrte.

„Ich würde sagen, wir folgen den Motorkolonnen", sagte Anna und zeigte darauf.

Ich folgte ihrem Blick und sah die verstreuten Autos, die mit verschiedenen Flaggen verziert waren. Die gedrungenen Fahrzeuge beförderten Botschafter und Präsidenten durch den Verkehr und die Menschenmassen zu ihrem Ziel. Obwohl wir zu Fuß waren, hielten wir leicht mit ihnen Schritt.

In Chicago hielten die Taxis in der Innenstadt die Straßen frei. Wenn man über eine der Linien lief, riskierte man, angefahren zu werden. In New York gab es einfach zu viele Menschen. Keine automatisierten Taxis, nur die menschliche Variante. Eine endlose Reihe von Autos und Pferden, Fußgängern und Reitern.

Als wir uns dem näherten, was wie ein großer Platz aussah, hörte ich die Rufe eines nahen Zeitungsverkäufers. Er rief die Abendausgabe aus, einschließlich der verschiedenen Reden für heute Abend und des Zeitplans für morgen. Ich zog uns zu dem Ausrufer hin und, nachdem ich Anna gebeten hatte, für eine Ausgabe zu bezahlen, schnappte ich mir die Zeitung.

„Er ist heute Abend nicht hier", sagte ich und blickte auf die Listen von Politikern aus der ganzen Welt. „Morgen allerdings hat Piotr den Abend für sich."

„Was denkst du?"

„Schau dich um", sagte ich. „Es sind so viele Menschen hier, so viele Polizisten. Wir werden keine Möglichkeit haben, ihn auf der Straße zu erwischen. Aber wenn wir ihm folgen können, finden wir vielleicht heraus, wo er wohnt."

„Du fängst an, wie ein Schleicher zu reden", sagte Anna.

„Vielleicht färbst du auf mich ab", erwiderte ich.

„Das kann ich nur hoffen", sagte Anna. „Wenn wir Piotr heute Nacht nicht verfolgen, brauchen wir einen Ort zum Übernachten. Und ich bin pleite."

„Da sind wir schon zwei."

Wir standen auf der Straße, Anna las die Zeitung und ich scannte die Menge. Versuchte, mir etwas einfallen zu lassen. Ich konnte mich nicht auf meine Führerkontakte verlassen; die New Yorker Gruppe würde mich im Moment ausliefern, in dem ich mein Gesicht zeigte. Wir könnten einfach durch die Straßen wandern bis zum nächsten Tag, aber ich war nicht begeistert von der Idee, es mit Piotr aufzunehmen, nachdem wir die ganze Nacht nicht geschlafen hatten.

„Wie wäre es damit?", Anna hob die Zeitung und zeigte auf eine gedruckte Anzeige, die Dienste für die Verbindung von Menschen mit ihren verlorenen Verwandten anbot. Entweder hier oder in Riven.

„Schleicher?"

„Du wirst vielleicht von den Führern gesucht", sagte Anna. „Aber ich bin immer noch eine Schleicherin und stehe auf ihrer guten Seite. Denke ich."

„Kennst du sie überhaupt?"

„Kennst du jeden Führer?", erwiderte Anna. „Komm schon, lass uns gehen."

Die Anzeige nannte ein Büro in der Lower East Side von Manhattan. Ein guter zwanzig Blocks Fußmarsch von unserem jetzigen Standort, aber ich genoss die Bewegung. Nahm die Sehenswürdigkeiten und Geräusche einer anderen Art von Metropole in mich auf. Die Gebäude hier waren höher, komprimierter in der kleineren Landschaft. Die Geräusche waren auch anders: gemischte Akzente und Rufe nach verschiedenen Arten von Essen. Hier gab es ein Gefühl von Bewegung, das ich zu Hause nicht hatte.

Es gab Ähnlichkeiten: Überall standen Mechs. Die Konferenz verstärkte die Sicherheit, machte Patrouillen noch häufiger als in Chicago. Masken waren auch hier das Statussymbol des Tages, wobei die wohlhabenderen Gruppen künstlerische Arrangements über ihren Gesichtern trugen und die weniger Begüterten sich mit farbigen Stofffiltern begnügten.

Die Reaktion auf den Anblick eines Führerpaares war die gleiche nervöse Vorsicht. Die Menschenmenge teilte sich um Anna und mich, als wir vorbeigingen. Augen wanderten an meinem Mantel auf und ab.

Schließlich, als die Sonne unter dem Horizont verschwand und die Stadt uns in helles Licht tauchte, erreichten wir ein gedrungenes Gebäude, das zitternd unter den sich auftürmenden Bauten um es herum nicht mehr lange für diese Welt bestimmt schien. Das Büro und die Wohnungen darüber gehörten den Schleichern, oder wie das Schild draußen verkündete, *New Yorks Beste Finder*. Die Tür war unverschlossen, das Innere von einer Vielzahl von Lichtern erleuchtet.

„Schau, sie haben Elektrizität", sagte ich zu Anna.

„Sie haben Geld", sagte Anna. „Laurence und ich machen, was wir können, mit dem, was wir haben."

Drinnen wurden wir von einer Reihe Stühle in einem Raum begrüßt, der von Türen umgeben war. Private Verstecke, wo Klienten mit einem Schleicher sprechen konnten, ohne sich Sorgen zu machen, belauscht zu werden.

„Kann ich Ihnen beiden helfen?", sagte die Frau, als sie aus dem hinteren Flur kam. Anders als Anna, die in legerer Kleidung unterwegs war, trug die Schleicherin ein professionelles Kleid. Bereit für das Geschäft und für eine bestimmte Art von Klientel, von der ich nicht dachte, dass sie sich die Mühe machen würde, einen Schleicher in Anspruch zu nehmen.

„Ich habe eine Bitte", sagte Anna. Auf das Nicken der Frau hin begannen wir unsere Geschichte zu erzählen. Wir ließen Details wie das Herunterholen des Luftschiffs weg. Reduzierten es darauf, dass wir beide eine Nacht in der Stadt verbringen mussten und nicht die Mittel dazu hatten.

Als Anna fertig war, sagte uns die Frau, wir sollten eine Minute warten, und verschwand wieder durch die Tür.

„Glaubst du, sie hat es geglaubt?", sagte ich.

„Überhaupt nicht", sagte Anna. „Aber sie wird mit einem Angebot zurückkommen."

„Mit einem Angebot?"

„Sneaks verschenken nichts", sagte Anna. „Ich vermute, wenn wir nicht zahlen können, werden sie etwas anderes für uns finden, was wir tun können. Vielleicht kannst du deine Maske benutzen und schlechte Kunden verscheuchen."

„Sehr witzig."

Die Frau kam zurück und winkte uns, ihr zu folgen. Wir gingen durch einen schmucklosen Flur zurück zum Beginn der Wohnungen. Ein großer Raum mit einer kleinen Küche, Tisch und Stühlen. Ein Radio spielte die aktuelle Rede von der Konferenz. Am Tisch saßen drei andere Sneaks, alle in Anzügen und Hemden mit Kragen.

„Du bist ein Führer, nicht wahr?", sagte die Frau, nachdem sie uns gebeten hatte, uns zu setzen. Ich nickte zur Antwort. „Dann weißt du, dass Riven in letzter Zeit gefährlicher wird. Wir haben sogar einen von uns verloren."

„Das tut mir leid", sagte ich. „Deshalb sind wir hier. Wir versuchen, diesen Krieg zu beenden."

„Was ich nicht verstehe", sagte die Frau, „ist, warum ihr zu uns kommt, wenn ihr doch sicher genug Führer habt, an die ihr euch für eine Nacht in der Stadt wenden könnt."

„Wir versuchen, es geheim zu halten", sagte Anna.

„Warum erzählt ihr uns nicht, warum ihr wirklich hier

seid", sagte einer der anderen Sneaks, ein dünner älterer Mann. „Oder wir werfen euch sofort raus."

Ich schaute die Gruppe an und sah nur Neugier, keine Feindseligkeit. Eine Bereitschaft zu glauben.

„Wir müssen den Anführer der Führer davon abhalten, Riven auseinanderzureißen."

EINE GEBÜHR

„VON ALL DEN LÄCHERLICHEN DINGEN, die ich heute gehört habe", sagte der dünne Mann, „toppt das hier alles. Den Anführer der Führer zu töten versuchen? Warum?"

„Weil er will, dass Riven zersplittert und die Geister hierher zurückschickt", sagte ich.

„Absurd", sagte ein anderer der Schleicher. „Das wäre Selbstmord."

„Nicht, wenn man schon tot ist", sagte ich. „Dann könnte man als Geist durch die Welt wandern. Ewig leben. Oder so ist zumindest der Gedanke."

„Ich habe noch nie davon gehört, dass so etwas passiert ist", sagte der dünne Mann. „Wo ist der Beweis, dass es überhaupt funktionieren würde?"

Ich schüttelte den Kopf. Es gab keinen Beweis. Nicht, dass ich wüsste.

„Warum das Risiko eingehen?", meldete sich Anna zu Wort. „Wenn Piotr Erfolg hat, wird unsere Welt überrannt. Wenn es nicht funktioniert, wenn er kein Tor erschaffen kann, dann wird Riven immer noch zu gefährlich sein, um es zu überqueren. Ihr werdet arbeitslos sein."

„Das ist ein Argument, das ich verstehen kann", sagte die Frau, die wir vorne getroffen hatten. „Unabhängig davon, alles, worum ihr bittet, ist eine Übernachtung. Das können wir anbieten. Für einen Gefallen."

„Einen Gefallen", sagte ich.

„Wir haben eine Kundin mit einer besonderen Bitte", sagte die Frau. „Sie kann nach Riven übersetzen und weiß, wohin sie will. Allerdings ist Riven momentan ein gefährlicher Ort. Zu gefährlich für uns. Ein erfahrenes Führerpaar hingegen?"

„Also bringen wir diese Kundin von euch irgendwohin in Riven, und ihr lasst uns bleiben?", sagte Anna und warf mir einen Blick zu.

„Das können wir machen", sagte ich. Es gab keine Möglichkeit, dass ein Begleitauftrag schwierig sein würde. Nicht nach allem, was wir bereits durchgemacht hatten.

„Dann ist es abgemacht", sagte die Frau. „Silas, würdest du bitte Honora holen und ihr sagen, dass wir heute Abend fortfahren können?"

Silas, der dünne Mann, nickte, stand auf und verließ den Raum. Die Frau wandte sich wieder uns zu.

„Wenn es euch nichts ausmacht, kann ich euch eure Zimmer zeigen. Ich nehme an, ihr müsst eure Ausrüstung auf der anderen Seite holen. Also, wenn ihr anfangen wollt?"

„Wir starten direkt durch?", sagte ich.

„Ich weiß nicht, woher du kommst, Führer, aber in dieser Stadt verschwenden wir keine Zeit", antwortete die Frau.

„Passt mir gut."

Sie brachten Anna und mich in zwei Einzelzimmern unter, Einzelbetten in rechteckigen Räumen mit blanken Wänden. Immerhin waren die Kissen weich und die Decken gut. Die Schleicher mochten sich nicht um die Umgebungsdekoration gekümmert haben, aber sie investierten in Qualität, wo es darauf ankam.

Als ich mich darauf vorbereitete, hinüberzuwechseln, wurde mir klar, dass wir nie nach ihren Namen gefragt hatten und sie nie nach unseren. Ich nehme an, wenn man mit Kriminellen zusammenarbeitet, ist es vielleicht besser, anonym zu bleiben.

Ich tauchte in Riven neben Anna auf, in einer Gasse irgendwo in der Nähe der Ruine des Uhrenturms. Ich erkannte die Gebäude, an denen ich bei meinen Streifzügen durch die graue Welt unzählige Male vorbeigekommen war.

„Zur Wohnung?", sagte ich, und Anna stimmte zu.

Wir beide merkten uns, wo wir hereingekommen waren, da wir zu diesem Punkt zurückkehren mussten, um nach New York zurückzukehren. Auf dem Boden um uns herum war Müll verstreut. Kaputte Betten und zerfetzte Laken. Ein Paar schmutziger Matratzen, die an der Wand lehnten. Führer nahmen sich die Zeit, echte Stützpunkte einzurichten. Bauten und unterhielten Räume, die für häufige Überquerungen gedacht waren. Das hier sollte zufällig und schmutzig genug aussehen, um als Zufall durchzugehen. Ich erkannte den wahren Zweck des Mülls nur, weil ich an dieser Stelle übergewechselt war.

Anna und ich bahnten uns unseren Weg durch die Gassen und Straßen zur Wohnung. Andere Führer und gelegentlich ein Geist kamen vorbei, was uns dazu zwang, uns zu verstecken. Dennoch genoss ich im Vergleich zum Chaos von Bryces Flucht den Spaziergang. Die ruhigen, leeren Straßen waren eine willkommene Abwechslung zu den Menschenmassen New Yorks.

„Geht es dir immer noch gut?", fragte Anna, während wir weitergingen. „Wegen deiner Eltern?"

„Ich halte mich tapfer", sagte ich. „Es wäre schlimmer, wenn ich nicht den Großteil meines Lebens allein verbracht hätte. Jetzt ist es einfach wieder wie früher."

„Ich verstehe", sagte Anna, obwohl ihr Ton etwas anderes andeutete.

„Und du? Ich habe keine Tränen bemerkt, und du wirkst gefasst."

„Also wenn das nicht das Netteste ist, was je jemand zu mir gesagt hat ...", Anna lachte. „Ich behalte es für mich. Pflege ihre Erinnerung."

„Tut mir leid", sagte ich. „Manchmal rede ich wie ein Holzhammer."

„Manchmal?"

Anna behielt ihren Kummer für sich. Flaschte ihn ein und verbarg ihn. Ich war da nicht viel anders. Jeder Tag brachte einen Moment nach dem anderen, den ich mit Graham und Katherine teilen wollte. In Riven oder anderswo. Bryce zu retten, aus dem brennenden Uhrenturm zu entkommen, ich konnte mir vorstellen, jedes Detail mit meinen Eltern zu besprechen und ihr Lob zu ernten, ihre liebevolle Kritik zu ertragen.

Gleichzeitig war es leicht gewesen, wieder in die Gewohnheit zu verfallen, mich nur auf mich selbst zu verlassen. Die Situation einzuschätzen und mich auf meinen eigenen Verstand zu verlassen, um mich da rauszuholen. Ich *brauchte* Graham und Katherine nicht, um zu überleben, aber ich wollte, dass sie meine Welt teilen.

Als wir beide in die Wohnung kamen, waren Bryce, Selena und Nicholas über die Werkbank des Wissenschaftlers gebeugt. Sie bastelten an irgendeiner neuen Waffe oder Erfindung.

„Wir sind zurück!", verkündete ich, und die Gruppe drehte sich um. „Und wir brauchen unsere Sachen."

ERSTE ÜBERQUERUNGEN

WENN ES EINEN MOMENT GAB, in dem ich spürte, dass Bryce nicht länger mein Mentor war, dann war es, als er mich mit Selena und Anna gehen ließ. Mich bewaffnet und bereit für ein Abenteuer aus der Wohnung gehen ließ, aber ohne ihn. Bryce sagte, er müsse auf Alec warten, da der Führer noch daran arbeitete herauszufinden, ob er Bryce auf der anderen Seite lokalisieren und befreien könnte. Falls Alec eine große genug Ablenkung verursachen könnte, damit Bryce hinübergelangen konnte.

Auf mich allein gestellt. Der Anführer unserer kleinen Gruppe.

Wir machten uns auf den Weg zurück zu dem mit Müll übersäten Platz in der Gasse nahe dem Uhrenturm. Wo das Kind irgendwann bald auftauchen würde. Selena, ihr Hackbeil lässig in der linken Hand baumelnd, pfiff ein altes Lied, während wir gingen. Anna schien ihrerseits in tiefe Gedanken versunken.

Ich sagte nichts. Hatte genug eigene Gedanken zu verarbeiten. Ich konnte spüren, wie der Konflikt mit Piotr auf ein Ende zusteuerte. Ein Kampf, der wahrscheinlich nur einen von uns übrig lassen würde. Die Fragen, die in meinem Kopf nagten, betrafen das, was danach passieren würde. Würden die Führer rebellieren oder sich zerstreuen und zornige Geister Amok laufen lassen? Würden sie sich hinter mir oder jemand anderem versammeln? Sich den Toten entgegenstellen und Riven wieder zur Vernunft bringen oder zusammenbrechen?

Natürlich könnte Piotr mich auch in zwei Hälften schneiden und all meine Probleme lösen, aber das war kein angenehmer Gedankengang.

„Das ist doch die Stelle, oder?" sagte Anna, und ich blinzelte, wurde mir bewusst, dass sie Recht hatte. Die gleiche Gasse, die gleichen schmutzigen Matratzen.

„Also warten wir?", fragte Selena und warf dann einen Blick auf Anna. „Ist das das, was du vorher gemacht hast? Leute auf Reisen durch Riven mitgenommen?"

„Manchmal", antwortete Anna mit einem defensiven Unterton in ihrer Stimme. „Aber nur, wenn sie hinübergelangen konnten. Meistens ging es darum, etwas zu finden und darüber zu berichten."

„Du meinst, Botengänge zu erledigen?"

Ich lachte. „Selena hat wohl einige meiner alten Vorurteile übernommen."

„Ist mir aufgefallen", sagte Anna. „Es waren nur Botengänge, wenn der Klient es so wollte. Wenn du jemandem hilfst, eine emotionale Wunde zu heilen oder ein letztes Gespräch mit einem geliebten Menschen zu führen, ist das nicht so trivial."

Es gab ein raschelndes Geräusch, ein verstreutes Klirren, als Stückchen von Steinen und Müll von ihrem Haufen neben uns fielen. Unter einem Laken hervorkriechend, schaute ein dunkles Mädchen von höchstens zwölf Jahren heraus.

„Sie sagten, ich solle mich verstecken, also hab ich mich

versteckt", sagte das Mädchen. „Sie sagten, da würden ein Mann und eine Frau kommen, haben sie von euch gesprochen?"

„Bist du Honora?", fragte ich, und das Mädchen nickte. „Dann sind wir diejenigen, nach denen du suchst."

„Wo sind deine Eltern?", fragte Anna, und Honora zeigte die Gasse hinunter und nach Norden.

„Warum stellst du dich nicht hinter Anna in die Reihe, und du sagst mir einfach, welchen Weg wir gehen sollen, während wir laufen?", sagte ich und führte uns los. Kein Grund, Zeit zu verschwenden. Je eher das Mädchen zurückkehren konnte, desto geringer die Chance, dass ihr etwas Schreckliches zustieß.

Nördlich des Uhrenturms zerfiel die Stadt in eine bröckelnde Landschaft aus Parks und Häusergruppen. Ein Ort, der ein schickes Wohnviertel hätte sein können, wäre es gewesen, wenn die Teiche nicht staubig und trocken, die Häuser dem Erdboden gleichgemacht und die Bäume nicht nur noch zersplitterte Überreste ihrer selbst gewesen wären. Von all den Teilen Rivens, die im Laufe der Jahrhunderte gelitten hatten, war der Norden am tiefsten gefallen.

„Wann bist du zum ersten Mal hinübergelangt?", setzte Anna ihr Gespräch mit Honora fort und überschüttete das Mädchen mit Frage um Frage. Zunächst verstand ich nicht warum, aber dann bemerkte ich, dass Honora mehr auf ihre Antworten achtete als auf die Ruinen um uns herum. Sie ignorierte die gelegentlich vorbeiziehenden Geister. Die Funken, die in der Luft über uns explodierten, wenn Führer einander zuriefen.

„Vor drei Jahren", sagte Honora. „Es war gruselig. Ich habe es nicht verstanden."

„Das glaube ich", murmelte ich. Erinnerte mich lebhaft an mein eigenes erstes Mal. Ich war sieben gewesen, zusammengerollt auf der Couch, dem einzigen Schlafplatz in der

Wohnung, in der mein damaliger Pflegevater lebte. Ein mürrischer alter Führer, Morton, der trotz seines Alters und seiner allgemeinen Verärgerung über alles, ein wachsames Auge auf mich hatte.

Rückblickend wurde mir klar, dass der alte Mann mich aus gutem Grund auf dieser Couch behielt. Sie stand in einem Apartment in den Warrens, einem Raum mit nur einer Tür, die er von außen abgeschlossen hatte. Als ich mich ohne eine Ahnung, was ich tat, in Riven katapultierte, war ich sicher gewesen. Die Fenster waren vergittert; Metallstangen in die Wände gerammt. Ich konnte nur auf die Stadt unter mir starren, bis er die Tür öffnete.

„Hast du mit deinen Eltern darüber gesprochen?", fragte Anna.

„Sie sagten mir, es sei nur ein böser Traum gewesen", antwortete Honora. „Dass ich mir keine Sorgen machen müsste."

Morton hatte keine Spielchen mit mir getrieben. In derselben Nacht, als er die Tür öffnete, gab er mir ein Messer, das fast halb so groß war wie ich. Er sagte mir, dass jede Nacht, egal wie alt ich war, die Chance hatte, mich zu töten. Morton, in seinem langen schwarzen Mantel und mit seinem felsigen Gesicht, hatte mich angestarrt, bis ich das Messer so hielt, als würde ich es benutzen wollen. Die erste von vielen Lektionen.

„Meine auch", sagte Anna. „Nur du wusstest, dass das nicht stimmte, oder?"

Honora streckte ihren linken Arm aus und nickte zu einer bösartigen, sich windenden Narbe. „Ich habe es gelernt."

Meine erste Begegnung mit einem zornigen Geist geschah mehr als ein Jahr später. Ein Jahr, in dem ich in diesen verschlossenen Raum übersetzte und darauf wartete, dass Morton mich herausließ. Wir hatten in dieser Zeit jede echte Führerarbeit vermieden. Wir erkundeten, nahmen verschlungene Routen, von denen ich dachte, sie seien geplant, aber in Wirklichkeit war es Mortons Arbeit mit einem Resonator, um jeder Gefahr aus dem Weg zu gehen.

In jener Nacht, nicht lange nachdem ich acht Jahre alt geworden war, hielten wir vor einem zerstörten Laden an. Nackte Regale, zerbrochen und gegeneinander gelehnt, Ascheflocken sammelten sich in den Ecken. Morton wandte sich zu mir um, stieß einen seiner ständigen rasselnden Seufzer aus, als wäre der Umgang mit mir eine schlecht versprochene und unverdiente Bürde.

„Da drin", sagte Morton, „ist eine Prüfung. Dein erster echter Test. Glaubst du, du bist bereit?"

„Ja", sagte ich, mit der Unbesiegbarkeit eines Kindes in meiner Stimme.

„Das bist du nicht", erwiderte Morton. „Du wirst zermalmt werden. In Stücke gerissen. Wenn du Glück hast, bin ich schnell genug, um dich zu retten. Wenn nicht ..."

Morton hatte diese Worte wahrscheinlich benutzt, um mich einzuschüchtern und vorsichtig zu machen. Um mir Angst vor den Konsequenzen einzujagen. Aber nach einem Jahr, in dem ich Mortons endlose düstere Vorahnungen und mürrisches Knurren ertragen hatte, wollte ich ihm beweisen, dass ich nicht nutzlos war.

„Was hast du dann gemacht?", fragte Anna Honora.

„Ich lernte mich zu verstecken", sagte Honora. „Hast du das auch?"

„Die ganze Zeit", antwortete Anna. „Das tue ich immer noch."

Ich war langsam in den Laden gegangen und hielt das Messer vor mir – es war sowohl Schild als auch Waffe. Vom hinteren Teil des Ladens, hinter einer Theke versteckt, hörte ich eine Stimme, die vor sich hin murmelte. Leise Flüstern, die ab und zu eine einzelne Silbe hervorstießen. Ich setzte jeden Schritt vorsichtig, maß die Entfernung ab und ließ die Sohlen meiner Stiefel gleichmäßig auf dem Boden aufkommen.

Die Theke selbst war das Beste am Laden. Sie war noch mehr oder weniger intakt, hatte noch eine Glasvitrine. Drinnen waren nur leere Regale, aber ich konnte durchsehen. Konnte einen Blick auf das Wesen dahinter erhaschen.

Mein erster wütender Geist saß auf dem Boden, ein Junge, nicht viel älter als ich. Seine Beine waren ausgestreckt, und in seinen Händen hielt er etwas, das wie zerbrochene Holzstücke aussah. Er fügte sie zusammen, presste sie in verschiedenen Winkeln aneinander. Versuchte, etwas zu bauen.

Ich konnte endlich seine Worte verstehen. Eine Reihe von Namen, die er immer wieder vor sich hin wiederholte. Damals verstand ich das nicht. Jetzt habe ich Geister dasselbe tun hören. Eine Art, sich an Teile ihres Lebens zu erinnern, während Riven es ihnen wegnahm.

„Wann sind deine Eltern gestorben?", fragte Selena Honora.

„Erst vor einer Woche", sagte Honora. „Sie ließen mich versprechen, sie hier zu besuchen."

„Deshalb bist du also hier?"

Honora nickte. „Sie waren sehr krank. Sie konnten nicht mehr aus dem Bett aufstehen, also sagten sie, sie würden sich hier verabschieden. Wo sie stehen konnten."

Die Augen des Jungen loderten mit dem blassen Feuer. Ich erinnere mich, dass ich eine ganze Minute lang in dieses Gesicht starrte und den flackernden Zorn in mich aufnahm. Den sich verzerrenden Mund. Dann blickte ich zurück zum Eingang des Ladens, sah Morton dort stehen, sah sein grimmiges Nicken.

Ich ging um die Theke herum, hielt das Messer ruhig und näherte mich dem Jungen. Er bemerkte mich nicht einmal, bis ich fast über ihm war, das Messer einen Zentimeter von seiner Brust entfernt. Dann trafen sich unsere Blicke, und er verstummte.

Wir starrten uns einen langen Moment an. Und dann stürzte er sich auf mich, seine Hände griffen nach meinem Gesicht. Ich schrie, fiel zurück und stieß das Messer aus Verzweiflung nach vorne. Spürte, wie es in etwas eindrang.

„Dreh den Griff, Reed!", rief Morton von der anderen Seite der Theke.

Ich spürte, wie die Finger des Jungen mein Gesicht streiften, als ich mein Handgelenk drehte. Öffnete meine Augen rechtzeitig, um zu sehen, wie sich das blaue Feuer vom Messer ausbreitete und den wütenden Geist bedeckte. Sah, wie das wütende Gesicht des Jungen in ausdruckslose Leere verfiel.

„Woher weißt du, wo du sie finden kannst?", sagte Anna. „Riven ist ein großer Ort?"

„Ich habe ihnen gesagt, wo ich mich versteckt habe", sagte Honora. „Mein Lieblingsplatz, als ich hinüberging."

„Wie weit ist es noch?", fragte Selena.

„Genau da", Honora zeigte auf einen großen Hain toter Bäume und darin auf einen kleinen Schuppen. Seine Holzwände hingen durch und das Dach hatte ein kleines Loch, aber ansonsten schien der Ort intakt zu sein.

Morton hatte mich hochgezogen, mich auf die Straße gezerrt, um zuzusehen, wie der Junge in die Ferne ging.

„Er geht jetzt in den Zyklus", sagte Morton. „Wo er hingehört. Du hast dich gut geschlagen, Reed. Scheint, als wärst du bereit für den nächsten Schritt."

Eine Woche später hatte ich Mortons Couch für immer verlassen und einen Bus nach Chicago bestiegen, wo ich einen Mann namens Bryce traf.

SAG AUF WIEDERSEHEN

ICH ÖFFNETE die schiefe Tür zum Schuppen. Drinnen, inmitten gefilterter grauer Lichtstrahlen und verstreuter Trümmerteile, standen zwei Geister, die mich mit ruhigen, verständnisvollen Augen ansahen. Keine Spur von blassem Feuer, keine Notwendigkeit, meine Hand an der Peitsche zu halten.

„Seid ihr Honoras Eltern?", fragte ich.

„Ja, das sind wir", antwortete die Frau. „Ist sie bei dir?"

Diese Aussage allein, eine bewusste Antwort auf eine Frage, tat so viel wie alles andere, um meine Befürchtungen zu beruhigen. Geister, die kurz davor standen, sich selbst zu verlieren, hatten nicht so viel Fassung. Es kümmerte sie nicht, welche Fragen gestellt wurden.

„Ja, ist sie", sagte ich und winkte Honora herein. „Sie gehören ganz euch."

Anna blieb mit dem Mädchen im Schuppen, während Selena und ich draußen lässig Wache hielten.

„Ich freue mich für sie", sagte Selena.

„Selten", erwiderte ich. „Die beiden sind zufällig nahe

genug aneinander vorbeigekommen, um hier drüben bei Verstand zu bleiben. Das ist Glück."

„Ich bezweifle, dass Honora das so sehen würde."

Ich nickte. Bezweifelte, dass sie das würde. Es ist schwer, ein paar zusätzliche Tage mit einem sterbenden Elternteil gegen die Chance abzuwägen, sich von beiden in Riven zu verabschieden. Ich wusste allerdings, welche Option ich wählen würde.

„Glaubst du, deine Kinder haben je versucht, dich zu sehen?", fragte ich Selena.

„Ich weiß nicht, ob sie hinüberkommen können", sagte Selena. „Wenn sie es könnten, wenn sie es können, dann hoffe ich, dass sie weitergezogen sind. Ich bin nicht mehr die Mutter, die sie kannten."

Ich ließ das Thema fallen, und Selena versuchte nicht, es wieder aufzugreifen. Ihre Kinder waren ein heikles Thema. Selena erwähnte sie nie. Ich kannte ihre Namen nicht, wusste nicht, wie sie aussahen. Für sie war es vielleicht ein Stück eines Lebens, das sie nicht mehr hatte. Wir kamen auf den Zyklus zu sprechen, was Anna und ich für Piotr planten.

Die Schuppentür schwang hinter mir auf. Anna führte Honora an uns vorbei, das Mädchen wischte sich Tränen weg, stand aber ansonsten aufrecht.

„Ihre Eltern haben dich etwas zu fragen", sagte Anna zu mir. „Wir bringen Honora zurück, und du kannst uns dann einholen."

Ich hob eine Augenbraue, aber Anna wich aus und sah zu Honora hinunter, gab ihr einen sanften Schubs, um den Rückweg anzutreten.

„Soll ich bleiben?", fragte Selena, und ich schüttelte den Kopf.

„Ich glaube nicht, dass das lange dauern wird", antwortete ich.

Zurück im Schuppen schloss ich die Tür hinter mir.

Honoras Eltern starrten mich an, ihre Gesichter ruhig und entschlossen. Wieder sprach ihre Mutter zuerst, nachdem sie die Hände ihres Mannes ergriffen und fest gehalten hatte.

„Wir möchten dich bitten, uns gehen zu lassen", sagte sie. „Wir haben uns verabschiedet und haben keine Lust, einen weiteren Moment an diesem elenden Ort zu verbringen."

Der Vater nickte zustimmend.

„Seid ihr sicher?", fragte ich. „Gemeinsam könntet ihr zwei vielleicht noch eine Weile durchhalten. Honora vielleicht wiedersehen?"

„Wir können es hören", sagte der Vater. „Spüren, wie es gegen uns drückt. Wenn wir gehen sollen, dann möchte ich, dass es unsere eigene Entscheidung ist. Ich will nicht zu einem Tier werden."

Jetzt nickte die Mutter.

Ich benutzte das Messer. Drehte den Griff, ein leichter Stoß in ihre Arme, und das Feuer wusch sie hinfort.

Als ich den Schuppen verließ, verdrehte ich die Tür. Blockierte sie mit etwas von dem herabgefallenen Holz der toten Bäume. Hoffentlich würde es ihren Weg zum Zyklus lange genug verzögern, damit Honora hinüberkreuzen konnte. Die letzte Erinnerung an ihre Eltern würde so sein, wie sie es wollten.

Wir gingen zurück in die Stadt und ließen Honora auf einer schmutzigen Matratze in der Gasse hinüberkreuzen. Anna folgte und gab Selena ihre Ausrüstung. Ich übergab Selena auch meine, sodass sie wie eine Karikatur aussah, beladen mit einer lächerlichen Anzahl von Waffen. Nur dass sie als Geist nicht wirklich müde werden konnte.

„Wann kommst du zurück?", fragte Selena.

„Wir werden versuchen, uns morgen Abend um Piotr zu kümmern. Hoffentlich finde ich danach einen Weg, hinüberzukommen und Bericht zu erstatten", sagte ich. „Wenn alles gut läuft, wird es vorbei sein."

„Dann beginnt der wahre Kampf", sagte Selena, ihre Augen blitzten zu einer Reihe explodierender gelber Funken über uns auf.

„Wir werden es retten", sagte ich. „Mit all den anderen Führern? Wir können Riven zusammenhalten."

„Erinnerst du dich, als ich sagte, dass ich diesen Ort nicht mag? Dass ich einen Ausweg wollte?"

„Du hast mich fast umgebracht bei dem Versuch, ihn zu finden."

Sie hatte mich direkt zu Graham und seinem bösartigen Hammer geführt. Um fair zu sein, hatte Selena auch Alec und Bryce zu meiner Rettung geführt, aber trotzdem ...

„Tut mir leid deswegen", erwiderte Selena. „Was ich sagen will, ist, dass ich mich jetzt, anstatt mich von Riven gefangen zu fühlen, als Teil davon fühle. Ich nehme an dieser Welt teil. Ich habe ein neues Leben gefunden, Carver, und ich möchte es nicht verlieren."

REDEN UND VERFOLGEN

ALS ICH AUS RIVEN ZURÜCKKEHRTE, war es Vormittag. Anna und die anderen Schleicher unterhielten sich beim Frühstück und tauschten Strategien aus, um Führern und Rissen auszuweichen. Alle hielten inne, als ich mich setzte, bis Silas mir den Teller mit Brot und Käse zuschob, den sie sich teilten. Ich blieb ruhig, als das Gespräch wieder aufgenommen wurde. Ließ die Worte über mich hinwegspülen, während ich in Gedanken weiter Möglichkeiten durchging, Piotr zu fangen.

Der Tag verging danach schnell. Anna und ich erkundeten, was wir von der Stadt konnten, und hielten Ausschau nach Anzeichen von Piotr oder anderen Führern. Wir versuchten, uns selbst bedeckt zu halten. Der Luftschiffabsturz war in allen Zeitungen und aus allen Radios zu hören, aber niemand hatte bisher versucht, uns dafür verantwortlich zu machen. Es wurde als mechanischer Fehler abgetan.

Das sah man ständig. Maschinen, die verrückt spielten, waren so alltäglich wie jeder neue Tag. Ein normaler Teil des Lebens. Was nicht normal gewesen wäre, was mehr Aufmerksamkeit erregt hätte, wäre die Behauptung gewesen, dass ein Paar Krimineller sich in den Maschinenraum geschlichen und das Schiff zum Absturz gebracht hätte. Wozu Kontroversen schaffen, wenn es nicht nötig war?

Schließlich erreichten wir einen weiten Platz, in dessen Mitte, unter einer großen Marmorkuppel und umgeben von einer Kolonnade, die mit den Flaggen aller Staaten bedeckt war, ein Banner die Teilnehmer der Weltfriedenskonferenz willkommen hieß. Die Sonne sank tiefer. Piotrs zugewiesener Redezeitpunkt würde bald kommen.

„Ich schätze, es ist so weit", sagte ich.

„Meine Füße könnten sowieso eine Pause gebrauchen", erwiderte Anna.

Wir gingen zum Eingang, eine lange Reihe schmaler Stufen, die uns dennoch hoch genug brachten, um über die Köpfe der sich hin und her bewegenden Menge hinter uns zu blicken. Eine große Anzahl von Sicherheitsleuten stand vorne, mit Schlagstöcken bewaffnet und in den dunkelblauen Uniformen der New Yorker Polizei gekleidet.

„Glaubst du, sie suchen nach uns?", fragte Anna.

„Ich glaube nicht", sagte ich. „Warum sollten sie denken, dass wir hierher kommen würden?"

„Oh, ich weiß nicht, vielleicht weil wir ein Luftschiff auf dem Weg nach New York zum Absturz gebracht haben?"

„Spiel einfach selbstsicher", sagte ich. „Niemand hat uns bisher für den Absturz verantwortlich gemacht."

Die selbstsichere Haltung brachte uns bis an die Spitze der Schlange, zu dem Punkt, wo ein Polizist, der eine große Menge Papiere mit Namen darauf hielt, uns anstarrte und den Kopf schüttelte. „Ihr steht nicht auf der Liste, ihr kommt nicht rein."

„Wir sind spät hinzugefügt worden", versuchte Anna.

„Tut mir leid", antwortete der Beamte. „Wenn ihr zu einer Botschaft gehört oder einen Sponsor habt, lasst sie kommen und euren Namen hinzufügen. Dann lass ich euch rein.

Wenn ihr nur zuhören wollt, werden sie die Übertragungen in jeder der Bars hier in der Nähe abspielen."

Der Beamte deutete auf ein paar Lokale am Fuß der Treppe. Anna und ich wählten einen Ort namens *Die geleiteten Geister*. Es schien passend; eine Bar mit Riven als Thema. Es war leer drinnen, vielleicht aufgrund der etwas frühen Stunde und der gebotenen Unterhaltung. Lautsprecher rund um die kleine Bar, ein Ort voller Holzmöbel und grauer, gefleckter Wände, dröhnten eine windige Rede nach der anderen.

„Wie sollen wir Piotr von hier aus fangen?", fragte Anna.

„Wir müssen nur wissen, wann er geht." Ich winkte dem Barkeeper zu. „Dann können wir ihnen zu seinem Hotel folgen und versuchen, dort reinzukommen."

„Mit bloßen Händen?", Anna hob eine Augenbraue.

„Mit allem, was ich finden kann. Wir sind so weit gekommen. Wir können jetzt nicht aufhören."

Der Barkeeper nickte uns zu und gab uns ein Getränk aufs Haus. Weil wir Führer seien, sagte er. Ich fragte, wie er auf den Namen des Lokals gekommen sei, und der Mann erzählte, dass er als Kind aus der Führerausbildung geflogen sei, sich aber noch daran erinnere, wie Riven aussah. Wie es sich anfühlte. Er fragte, ob es sich in den Jahrzehnten seit seiner letzten Überquerung verändert habe, bevor sie ihn zu seiner eigenen Sicherheit geblendet hatten.

Ich sagte ihm nein.

Die Lautsprecher knisterten, ein Wechsel der Redner. Wer auch immer den Abendablauf leitete, kündigte an, dass der nächste Redner nicht aus irgendeinem Land komme, sondern vielleicht der am meisten Betroffene von allen sei.

„Piotr spricht", sagte ich. „Ich kann es nicht glauben."

„Was wettest du, dass er darüber sprechen wird, das Tor zu öffnen und alle Geister aus Riven zurückzuschicken?"

„Wenn das passiert, glaube ich, die Polizei könnte unsere Arbeit für uns erledigen."

Über die Lautsprecher hörten wir Piotrs raue Stimme. Er dankte den verschiedenen Ländern für ihre Teilnahme und äußerte die Hoffnung, dass dieser Gipfel ein Anfang sein könnte, um den tödlichen Krieg zu beenden.

„Ihr alle habt gesehen, wie eure Söhne und Töchter in diesem blutigen und elenden Kampf ihr Leben lassen", sagte Piotr. „Doch für jeden, der sich in den Dienst seines Landes stellt, zahlen meine Führer einen zusätzlichen Preis. In einem Krieg, den ihr nicht sehen könnt, versuchen wir, euch alle zu beschützen. Wir stürzen uns Tag für Tag, Nacht für Nacht in Gefahr, um die Seelen, die ihr verliert, in den Zyklus zu schicken.

„Denkt daran, während die Verhandlungen weitergehen, dass jedes Stück Land, jede Stadt, jeder Vertrag wertlos wird, wenn Riven fällt. Wenn die zornigen Toten zurückkehren, um sich zu holen, was sie verloren haben."

Ich nahm einen langsamen Schluck Wodka. Brennende Wut stieg in mir auf, als Piotr weiter über die Bedrohungen durch Rivens Zusammenbruch wetterte. Der Mann, der diesen Fall herbeiführen wollte, tat alles, um ihn zu verhindern. Andererseits gab es einen Grund, warum die Führer ihm ohne Frage folgten. Piotr war ein Anführer. Er wusste, wann und was er sagen musste.

Nach weiteren zehn Minuten, in denen er all die schrecklichen Konsequenzen umriss, schloss Piotr seine Rede mit einem Plädoyer für Frieden. Applaus begleitete ihn von der Bühne. Der Ansager erklärte die Veranstaltungen des Abends für beendet.

Und unsere Nacht begann.

DER ANGRIFF

ICH DACHTE, es würde schwieriger sein, Piotr in den Massen zu finden, die das Konferenzzentrum verließen. Horden von Menschen in hellen und dunklen Jacken, trotz des warmen Wetters. Masken auf. Aber Piotr ragte heraus, und seine gold- und blaugespitzte Maske bedeckte nicht vollständig das weiße Haar, das von seinem Kopf über seine Schultern floss. Anna und ich standen vor der Bar und beobachteten, wie er sich zu einer Reihe wartender Autos bewegte. Und sie dann ignorierte. Er ging weiter die Straße entlang, verfolgt von einem Pulk von Reportern, die Fragen stellten.

„Vielleicht hat er ein Hotel in der Nähe", sagte Anna.

„Umso besser für uns", erwiderte ich.

Wir machten uns auf den Weg und achteten darauf, etwas Abstand zwischen uns und unserer Beute zu halten. Nicht dass es eine Rolle gespielt hätte. Der Bürgersteig war so überfüllt mit Menschen, selbst zu dieser Abendzeit, als die Sonne untergegangen war und die Lichter angingen, dass es absurd erschien, eine zufällige Person zu erkennen. Wäre da nicht diese wallende weiße Mähne gewesen, hätte es keine Möglichkeit gegeben, Piotr zu verfolgen.

Nach mehreren Blocks drehte sich Piotr um und hob eine Hand. Die Reporter samt ihrer notizenmachenden Aufnahmegeräte hielten inne. Ich hörte, wie Piotr ihnen sagte, keine weiteren Kommentare, und gute Nacht. Der Mann, dem wir folgten, verschwand in seinem Hotel.

Wir folgten ihm.

Das *Avalon* sah aus, als hätte sich Ezras in ein großes Hotel verwandelt. Statt einer einzelnen roten Bar machte dunkles Holz den Großteil des Interieurs aus. Ein Marmorboden begrüßte unsere Schritte, und eine Schar von Portiers kümmerte sich um ein- und ausgehende Gäste oder solche, die nach dem Weg fragten. Zu beiden Seiten der Lobby grenzten Restaurants an, Orte, die weit über den kleinen Geldbetrag hinausgingen, den uns die Gauner für die Arbeit der letzten Nacht gegeben hatten.

Wir zogen Blicke auf uns, als wir eintraten, unsere schmutzigen Umhänge und unser abgekämpftes Aussehen taten uns keine Gefallen bei einer Menge, die nach Bestätigung ihres eigenen hohen Status suchte. Nicht dass es mich interessiert hätte. Ich hatte kein Interesse an der Aufgeblasenheit der Stadt. Das Einzige, was ich wollte, ging gerade die große Haupttreppe vor uns hinauf.

Ich bin mir nicht sicher, was Piotr dazu brachte, in unsere Richtung zu schauen. Ein Geräusch, das ich nicht hörte. Oder eines dieser kribbelnden Gefühle von Augen in deinem Rücken. Jedenfalls hielt der Anführer der Führer seinen Aufstieg an und drehte sich zu uns um, ließ seinen Blick auf meinem ruhen, als wir in der Tür standen und zu ihm zurückschauten.

„Wird er weglaufen?", fragte Anna.

„Ich glaube nicht." Ich wusste nicht, warum ich das dachte, nur dass die Vorstellung von Piotr, in seinem prächtigen offiziellen Umhang, übersät mit goldenen Umrissen des Führer-Insignien, wie er lossprintet und keuchend die Treppe hochrennt, lächerlich erschien.

Einen Moment später drehte sich Piotr wieder um und ging weiter. Wir folgten. Kein Grund mehr, sich zu verstecken. Keine Hoffnung mehr zu täuschen. Piotr selbst stieg langsam hinauf und gab uns Zeit aufzuholen und jedes Mal zu sehen, wenn er sich entschied, die Treppe zu einer weiteren Etage zu nehmen. Immer höher und höher.

Er hielt im achten Stock, einen unter dem Dach. Drehte sich um und blickte zurück zu uns auf dem Treppenabsatz unter ihm.

„Carver Reed", sagte Piotr. „Sie haben sich als recht schwierig zu beseitigen erwiesen."

„Nicht wegen mangelnder Versuche Ihrerseits", erwiderte ich.

„Ich tue nur das Beste", sagte Piotr. „Riven bricht zusammen, und wir brauchen einen Weg, den Druck abzubauen."

„Geister zurückkehren zu lassen, wird nichts helfen."

„Ah ja, weil Sie ja ein Experte für solche Dinge sind. Sie zweifeln an mir, jemandem, der die ganze Weisheit der vorangegangenen Führer hat, um seinen Kurs zu planen."

„Können wir ihn nicht endlich zum Schweigen bringen?", murmelte Anna.

Ich nahm Anlauf und stürmte vor Anna los. Aus zwei Gründen. Erstens wollte ich nicht, dass sie zu sehr in dies verwickelt wird. Wenn möglich, könnte Anna entkommen, ohne zu viel Aufmerksamkeit auf sich zu ziehen. Ohne ihr Leben zu ruinieren, so wie ich meines zerstörte. Und zweitens wollte ich Piotr wirklich für mich allein. Für meine Eltern.

Piotr drehte sich um und rannte den Gang hinunter, als ich losstürmte. Ich erreichte das obere Ende der Treppe und sprang ihm hinterher. Ich hörte Anna hinter mir über den Teppich poltern.

„Warum laufen Sie weg?", rief ich Piotr nach. „Wenn Sie wirklich versuchen, die Welt zu retten, warum verstecken Sie dann Ihre Absichten?"

„Weil sie es nie verstehen würden", antwortete Piotr. Er wandte sich abrupt einem Zimmer zu, steckte einen Schlüssel ins Schloss und drehte ihn um. Öffnete die Tür, als ich ihn erreichte. Zog mich hinein, als ich seine Schulter packte.

Ich hörte die Tür hinter mir zuschlagen, als wir den Raum betraten, eine geräumige Suite mit mehreren Betten und Laternen, die von der Decke hingen. Draußen vor den Fenstern erstreckte sich Manhattan. Ich sah es nur für einen Moment, bevor ich andere Hände spürte, die mich von Piotr wegzogen.

Ich stieß meinen Ellbogen nach hinten und spürte, wie er ein Kinn traf. Die Hände ließen meinen rechten Arm los, und ich schwang einen Schlag auf den Typen, der meinen linken festhielt. Er fing ihn ab, und ich erkannte dieses Gesicht. Blutig und zerschlagen. Vernarbt und wütend.

Derringer stieß mich gegen eine Kommode, das Radio darauf klirrte. Er holte mit seiner linken Hand zu einem Haken in Richtung meines Gesichts aus, dem ich auswich und mit einem Tackle auf Hüfthöhe konterte. Ich hörte ein Klicken, die Tür verriegelte sich, als ich Derringer in einen Stuhl schob. Er kippte zu Boden und stöhnte. Und dann spürte ich eine Spitze in meinem Rücken. Den scharfen Schmerz eines Messers, das meine Haut berührte.

„Du solltest jetzt besser aufhören, Carver", sagte Piotr und warf einen Blick auf Derringer. „Oder Polk beendet dein Leben hier und jetzt."

Ich erstarrte. Versuchte, mich im Raum umzusehen und nach einem einfachen Ausweg zu suchen. Irgendetwas, das ich nutzen konnte, um den Spieß umzudrehen. Bis dahin konnte ich Fragen stellen. Sie ablenken.

„Ihr und Derringer seid unmöglich umzubringen", sagte ich zu dem Mann hinter mir. „Wie seid ihr überhaupt hierhergekommen?"

„Dieser Reporter hat uns alles erzählt", sagte Polk. „Ein Messer an der Kehle reichte aus, um ihn zum Reden zu bringen. Wir haben den Nachtzug genommen. Anscheinend wart ihr und Anna zu langsam."

Diese Nacht, die wir im Hotel verbracht hatten. Das hatte ihnen einen Vorsprung verschafft. Jetzt konnten wir nichts mehr daran ändern.

„Sieht nicht so aus, als hätte die Reise Derringer gut getan", sagte ich. „Bist du genauso übel zugerichtet wie er? Ein Horrorfilm für die Augen?"

Ich spürte, wie sich das Messer bewegte, Polks Muskeln sich anspannten. Wenn ich mich schnell genug umdrehen könnte, könnte ich ihm die Klinge abnehmen ... Ich holte tief Luft.

„Carver, wenn du dich bewegst", sagte Piotr und nickte zu Derringer, „wird er dich erschießen. Egal wie schnell du zu sein glaubst, du kannst nicht beide besiegen."

Derringer zog einen Revolver aus seiner Jacke und richtete ihn auf mich. Gefangen zwischen einem Messer und einer Kugel. Nicht gerade das, was ich mir vorgestellt hatte.

ZUM ÜBERGANG GEZWUNGEN

SIE SETZTEN MICH AUFS BETT. Derringer ging ins Bad, um sich sauberzumachen, während Polk den Revolver weiterhin auf mein Gesicht gerichtet hielt. Piotr stand vor mir, die Hände an den Seiten, und sah fast traurig angesichts der Situation aus.

„Das Seltsame ist, Carver", sagte Piotr, „als ich dich zum Hauptführer von Chicago machte, meinte ich es ernst. Ich dachte, du wärst der Aufgabe gewachsen. Nachdem Graham und Barth versagt hatten, hatte ich die Hoffnung fast aufgegeben, dich als Ausweg zu nutzen. Riven zerfällt, aber es würde immer noch starke Führer brauchen, um die Flut unter Kontrolle zu halten, sobald die Geister Riven auseinandergerissen hätten. Ich dachte, du könntest einer von ihnen sein."

„Danke für die Überlegung."

„Jetzt aber", sagte Piotr, „selbst wenn du mir helfen könntest, wäre dein Tod gerechtfertigt. Du hast Schrecken verursacht und Menschen in dieser und anderen Welten verletzt. Du hast Führer und Zivilisten verwundet. Geister gebunden, anstatt sie in den Zyklus zu schicken. Nach jeder Maßgabe,

Carver, bist du ein Verbrecher. Einer, der nichts weniger als den Tod verdient."

„Und doch ist all das wegen deiner Handlungen geschehen", sagte ich.

„Ja, ja", sagte Piotr. „Gib mir die Schuld. Ich bin die Quelle all deiner Probleme. Es klingt befriedigend, nicht wahr? Alle Fehler in deinem Leben auf die Schultern eines anderen zu werfen? Lass mich dir sagen, Carver, was sich besser anfühlt. Zu deinen Fehlern zu stehen, zu deinen Erfolgen zu stehen. Ich werde dir eine letzte Chance geben, dein Leben zu retten. Geh hinüber, finde mich am Berg und gib mir die Möglichkeit, Riven zu retten. Es ist noch Zeit für uns, den Druck zu mindern. Dein Wunder zu nutzen, um uns zu helfen, Rivens Ende zu kontrollieren."

„Was, wenn ich nein sage?" Mein Kopf schwirrte vor Optionen und Möglichkeiten, wie ich aus dem Bett und zur Flucht kommen könnte. Ich könnte durch das Fenster springen, auf die Straße unter mir stürzen und auf dem Boden zerschellen. Ich könnte verzweifelt nach Polks Waffe greifen, aber selbst wenn es mir gelänge, sie ihm aus der Hand zu reißen, würde ich mindestens eine Kugel abbekommen. Wäre trotzdem in der Unterzahl.

Ich wusste nicht, wohin Anna gegangen war, aber ich war froh, dass sie nicht gefolgt war. Froh, dass Piotr sich nicht um sie zu kümmern schien. Wenn dies wirklich das Ende war, dann hoffte ich, dass sie einen glücklichen Weg finden würde, ihre letzten Tage zu verbringen, bevor Geister die Erde überrannten.

„Eine einfache Antwort", sagte Piotr. „Erstens wird Polk dich hier erschießen. Dann werden wir Bryce und Alec aufspüren; sie dafür bezahlen lassen, dass sie dir geholfen haben. Wir werden Anna, diese Schleicherin, die du unbedingt zu einer Führerin machen musstest, zur Reinigung schicken. Am Ende, wenn die Geister den Zyklus durchbrechen und einen Weg aus Riven öffnen, wirst du nur Leid verursacht haben."

„Du hast darüber nachgedacht."

„Es bereitet mir keine geringe Genugtuung", sagte Piotr. „Nun bitte, entscheide dich."

Ich blickte auf den Lauf von Polks Waffe, in Piotrs Gesicht, und entschied, dass die einzige Chance, meinen Freunden zu helfen, auf der anderen Seite lag. Ein nutzloser Tod hier würde nichts bedeuten. Also schloss ich meine Augen, konzentrierte mich auf Riven und ging hinüber.

Doch ich fühlte, wie ich gezogen wurde. Weit weg gezogen wurde. Dieses Bett war schon einmal benutzt worden, war bereits befleckt und an einen Ort in Riven gebunden. Einen Ort weit jenseits von allem, wo ich je gewesen war. Und als ich meine Augen in der grauen Andersartigkeit öffnete, war ich verloren.

DIE FELDER

RINGS UM MICH HERUM, fast bis zu meinem Kinn reichend, wogten lange weiße Getreidehalme. Sie bewegten sich im Wind von Riven hin und her. Das rauschende Geräusch, gepaart mit sonst nichts, die nahezu vollkommene Stille drang in meine Ohren, während ich die Umgebung absuchte. Ich war offensichtlich außerhalb der Stadt übergewechselt.

Laurence, der Schleicher, der mit Anna zusammenarbeitete, hatte mir einmal die Karten in ihrem Büro gezeigt. Ihr Kellerversteck unter dem Gebäude, das in Chicago gebaut wurde, einer Stadt, die ich vielleicht nie wiedersehen würde. Er sagte, östlich von Rivens Stadt liegt ein endloses Getreidefeld. Halme wie diese. Wahrscheinlich befand ich mich irgendwo in diesem Feld.

Ich konnte keine Skyline sehen, keine bröckelnden Türme am Horizont. Keine Landmarke außer den sich bewegenden Halmen. Unter mir fühlte sich der harte Boden genauso an wie im Wald. Erde, bedeckt mit totem Gras. Ich hatte keine Waffen, nichts außer dem Hemd und der Hose, die jedes Mal mit hinüberkamen. Der Mantel, den ich mitgebracht hatte.

Trotzdem war ich in Riven. Das gab mir Möglichkeiten. Ich versank in mich selbst und streckte mich aus. Konzentrierte mich auf die Verbindung zwischen mir und Selena. Sandte meine Gefühle über unsere große Kluft hinweg und verband mich mit ihr. Spürte ihren warmen Schwall von Glück, den ich festhielt und schätzte.

„Wo bist du?", sagte Selena durch unsere Verbindung. „Hast du Piotr gefunden?"

Ich erzählte ihr die Geschichte. Abwechselnd erlebte ich ihren Schock und ihre Wut. Ich bin sicher, sie spürte auch meine.

„Also bin ich jetzt hier", sagte ich. „Wo auch immer hier ist."

„Du sollst sie am Berg treffen?", fragte Selena.

„Das hat Piotr mir gesagt", antwortete ich. „Ich glaube nicht, dass er erwartet hat, dass ich hier übersetze."

„Dann nutze es, Carver. Nutze die Zeit, um dir etwas auszudenken. Um einen Weg zu finden, zu gewinnen."

„Ich werde es versuchen, aber ich bin neugierig", sagte ich. „Jemand ist in diesem Bett übergewechselt, jemand hat es hierher gebracht. Warum?"

Selena hatte keine Antwort. Ich konnte keine Richtung ausmachen, also beschloss ich nach einer Minute zu laufen. Die Körner mit meinen Händen beiseite zu schieben und durch das endlose Feld zu wandern. Die Halme fühlten sich trocken an, aber nicht brüchig. Hart und stark. Obwohl sie tot waren, oder was auch immer sie in dieser Welt waren, war das Getreide nicht bereit nachzugeben.

„Wie haltet ihr beide durch?", fragte ich Selena während ich ging.

„Es wird immer schwieriger zu gehen", sagte Selena. „Es bilden sich jeden Tag mehr Risse. Die Führer sind überall. Wenn ich gehen muss, kann ich meinen Mantel tragen und mein Hackbeil mitnehmen, und sie bemerken nicht, dass ich nicht einer von ihnen bin."

„Glaubst du, Riven zerfällt?"

„So wie wir es kennen? Ja."

„Tue ich dann das Falsche? Sollte ich aufgeben? Piotr finden und ihn mich benutzen lassen, um sein Tor zu öffnen?"

Selena blieb nach dieser Frage still. Ließ mich weiter unter diesem unveränderlichen wolkenbedeckten Himmel wandern. Wenn ich nicht den Strom widersprüchlicher Gefühle durch unsere Verbindung gespürt hätte, hätte ich vielleicht gedacht, sie hätte die Frage nicht gehört.

„Er will sich selbst zurückbringen", sagte Selena. „Das hat er dir ja gesagt. Das ist nicht das, wofür wir bestimmt sind, wenn wir nach Riven gehen. Du hast einen Eid geschworen, ein Führer zu sein, dessen Aufgabe es ist, Geister sicher an ihr Ende zu bringen. Wenn du der bist, der du behauptest zu sein, dann ist es deine Aufgabe, sicherzustellen, dass Piotr das Tor nicht öffnet."

„Klingt für mich fast kleinlich", sagte ich. „Wenn er Riven um den Preis meines Lebens retten könnte, warum sollte ich es ihm nicht geben?"

„Das weißt du nicht", sagte Selena. „Und er hat schon wie viele Führerleben geopfert? Wie viel Zeit und Energie? Wenn er all diese Zeit damit verbracht hätte, mehr Geister einzufangen, eine Strategie zu entwickeln, um den Krieg in eurer Welt zu beenden, dann wäre das vielleicht kein Problem."

Ich nickte, obwohl sie es nicht sehen konnte. Piotrs Tor könnte Riven kurzfristig retten, aber zu welch schrecklichem Preis für den Rest der Welt?

Eine Linie verschwamm in der Ferne, ein Teil des Horizonts, der nicht zum Rest passte. Dunkler als grau und nach oben strömend. Rauch von einem Feuer. Ein Ziel.

„Ich habe etwas gefunden", sagte ich. „Danke für das Gespräch."

„Ist das alles, was du mir zu sagen hast?", fragte Selena.

„Es tut mir leid. Danke, wie immer, dass du für mich da bist. Dass du mich verstehen lässt, dass ich nicht immer so böse bin, wie ich zu sein scheine."

„Das bist du nie. Geh, finde deinen Weg zurück zu mir."

EINE URALTE SEELE

EINE KLEINE HÜTTE stand unter der Rauchspur, gebaut aus Halmen des toten Weizens. Davor brannte das Feuer, ein großer Stapel Getreide ging in Flammen auf. Langsamer als ich erwartet hätte, aber das war Riven. Naturgesetze galten hier nicht immer.

Die Besitzerin des Feuers, oder zumindest nahm ich an, dass sie es war, stand abseits und beobachtete, wie die Halme brannten. Sie trug einen feinen Mantel, genauso lang wie der, den ich trug. Nur sah er älter aus, von schlechterer Verarbeitung aus einer einfacheren Zeit. Grobes Tuch, mit weniger Präzision zusammengewoben als moderne Maschinen es für uns produzierten. Seine Kapuze verbarg ihr Gesicht, und der einzige Grund, warum ich überhaupt wusste, dass es eine Frau war, waren die Haare, die unten aus der Kapuze hervorschauten, lang und silbern, und ihre Hände, die aus den Ärmeln ragten und sich vor ihr verschränkten.

„Es ist lange her, dass ich hier einen Besucher hatte", sagte die Frau, ohne vom Feuer aufzublicken.

„Wo ist hier?", fragte ich.

„Namen sollten ausgetauscht werden, bevor Fragen gestellt werden", sagte die Frau. „Meiner ist Nara."

„Carver Reed." Ich trat in die Lichtung um das Feuer und streckte meine Hände aus, ließ sie über dem orangefarbenen Glühen schweben. Ich spürte die Hitze, wie beim Uhrenturm, als er niederbrannte.

„Carver Reed", sagte Nara. „Hier ist weit weg von überall."

„Ich bin in einem Hotel in New York rübergekommen", sagte ich. „Es hat mich dort drüben hingebracht, mitten auf dem Feld."

Nara nickte. „Es gibt noch einige davon. Alte Orte, die dich in diese toten Teile von Riven bringen. Sie werden immer seltener."

„Ich muss zurück in die Stadt", sagte ich. „Kannst du mir den richtigen Weg zeigen?"

Jetzt blickte Nara zu mir auf, ihr Gesicht zeigte Spuren von Falten, ihre Augen waren trüb blau. In Riven konnte man sein, wer man wollte. Man erschuf das Bild von sich selbst. Nara verzichtete auf Jugend zugunsten eines weiseren Antlitzes, das jedoch sein Alter mit Leichtigkeit trug.

„Das kann ich", sagte Nara. „Aber ich habe so selten Besuch. Würde es dir etwas ausmachen, noch ein Weilchen zu bleiben und mir von der Welt zu erzählen, aus der du kommst?"

Nara war keine Person, wurde mir klar. Sie war ein Geist. Ich hätte es früher erkennen müssen, mir war klar, dass sonst niemand sich die Mühe machen würde, hier draußen in der Wildnis ein Zuhause zu errichten. Nur, ein Geist, der lange genug überlebt hatte, um einen Ort wie diesen zu schaffen, musste von jemand anderem gebunden worden sein, und die einzige Person, die ich kannte, die zufällige Geister band, war Piotr.

„Wer kontrolliert dich?", fragte ich. Nara lachte.

„Kontrolliert mich?", sagte Nara. „Dafür bin ich viel zu alt."

„Du bist nicht gebunden?"

„Welchem Zweck würde ich hier draußen dienen?", erwiderte Nara. „Wer würde mich überhaupt finden, um mich zu binden?"

„Deine Antworten werfen mehr Fragen auf."

„Ich fürchte, das ist eine Angewohnheit von mir", sagte Nara. „Also sag mir, Carver. Haben die Amerikaner schon gewonnen?"

„Gewonnen?"

„Ja, ich glaube, als ich das letzte Mal jemanden wie dich sah, kämpften die Amerikaner für ihre Unabhängigkeit. Es war eine ziemliche Geschichte."

Ich zögerte. Nara sprach nicht vom aktuellen Krieg, sondern von etwas, das über ein Jahrhundert zurücklag.

„Sie haben gewonnen", sagte ich, weil ich nicht wusste, was ich sonst sagen sollte.

„Dann wäre er enttäuscht gewesen", sagte Nara und schüttelte den Kopf. „Er hat viel zu lange von seinem großen Imperium gesprochen. Als hätte er vergessen, dass alle Imperien irgendwann fallen."

„Wie lange bist du schon hier?"

„Eine lange Zeit. Wenn man sehr gerne bleiben möchte, versucht Riven nicht, einen wegzubewegen."

„Geister können nicht von alleine bleiben. Nicht für immer", sagte ich. Mir wurde klar, dass Nara, die dort stand, dieser Behauptung zu widersprechen schien. Dass der Zyklus einen Geist irgendwann immer zu sich ziehen würde. Wenn das nicht stimmte, dann war der Zyklus nicht so stark, wie man mir erzählt hatte, oder Nara log und vielleicht hatte Piotr beabsichtigt, dass ich hierher komme.

„Hast du dich je gefragt, wie Riven entstanden ist?", sagte Nara. „Warum all das hier existiert?"

„Nur nach ein paar Drinks", erwiderte ich.

„Ich bin seit Jahrhunderten trocken", sagte Nara und glitt in eine frühere Zeit zurück. „Der letzte Wein ist schon lange verschwunden."

„Was?", sagte ich, denn was hätte ich sonst sagen sollen?

„Es spielt keine Rolle. Du sagtest, du wolltest den Weg zurück in die Stadt finden?", sagte Nara. Ich hatte den Eindruck, dass sie Dutzende von gleichzeitigen Gedanken jonglierte und von einer Idee zur nächsten sprang, ohne eine klare Verbindung. „Vor langer Zeit war es tatsächlich eine. Die Stadt."

„Jetzt sind es Ruinen", sagte ich. „Und das wird auch nicht mehr lange so sein."

„Zerfällt sie endlich?"

„Zu viele Geister", sagte ich. „Riven wird überrannt."

„Deswegen willst du zurück?"

Ich erzählte ihr alles. Ich war mir nicht sicher, warum. Ob es an den sanften Tönen ihrer Stimme lag, an dem Gefühl, dass Nara unendlich viel Wissen und ebenso unendlich viel Geduld besaß. Sie schien mich nicht für mein Schicksal oder für meinen Anteil daran zu verurteilen, Riven zu dem zu machen, was es war. Sie hörte zu wie jemand, der kein Verlangen danach hatte, jemals selbst zu sprechen.

„Also habe ich meine Gründe", schloss ich.

„Das sollte ich meinen", sagte Nara. „Nur, nach dem, was du gesagt hast, fehlt dir die Fähigkeit."

„Ich muss es versuchen."

„Wenn du siegreich bist, was wirst du dann tun?"

„Ich nehme an, ich werde versuchen, den Führern so gut wie möglich zu helfen. Vorausgesetzt, ich werde nicht für immer eingesperrt."

„Darf ich einen Vorschlag machen?", fragte Nara.

„Ich habe das Gefühl, du wirst es tun, egal was ich sage."

„Wenn du fertig bist, wenn deine Suche nach Rache endet,

komm hierher zurück", sagte Nara. „Du sagst, du willst Riven retten. Ich kann dir helfen."

„Ich stehe gerade hier? Ich nehme jeden Hinweis. Tipps."

Nara lächelte, ein frostiges Lippenpaar. Ein Blick, der nicht von Freundlichkeit oder Freude geprägt war. Vielmehr ließ sie die Geste mechanisch erscheinen. Ein erwarteter Teil der Konversation und nichts weiter.

„Ich warte schon sehr lange", sagte Nara. „Ich kann noch ein bisschen länger warten. Ich werde dir helfen, deinen Weg zu finden, und wenn du fertig bist, wirst du mir helfen, meinen zu finden."

EINE NEUE BINDUNG

ALSO, was weißt du über Riven, das mir helfen wird?", fragte ich Nara, während wir um das Feuer standen.

„Eine so umfassende Frage", antwortete Nara. „Ein Geist kann in Jahrhunderten des Lebens hier viel lernen."

„Dann lass uns, da ich keine Jahrhunderte habe, gleich zur Sache kommen und du gibst mir das, was mir am meisten helfen wird?"

„Schwierig zu beantworten", sagte Nara. „Aber wenn du mich fragen würdest, was ich dir am einfachsten geben könnte, dann wäre es, dir von der Bindung zu erzählen."

„Ich weiß schon, wie man das macht", sagte ich. Einen Geist zu binden war eines der ersten Dinge, die man lernte, sobald man die Grundausbildung absolviert hatte, um ein Führer zu werden. Geister seinem Willen zu unterwerfen, wenn auch nur für kurze Zeit, war wesentlich für die Suche nach Rissen, um Verbündete in gefährlichen Situationen zu gewinnen oder sogar, weil man jemanden zum Reden brauchte. All das war in Ordnung, alles akzeptiert unter den Regeln der Führer, vorausgesetzt, man ließ den Geist gehen, wenn man fertig war. Selena und ich beschlossen, diesen Teil zu ignorieren.

„Dann sag mir", sagte Nara. „Wenn du dir so sicher bist, wie viel von dir hast du weggegeben?"

„Weggegeben?"

„Ich meine, was ich sage. Hast du diejenigen genährt, die du gebunden hast, oder erhältst du sie? Gibst du ihnen dein Leben, um sie stark zu halten, oder bringst du ihnen bei, ihr eigenes zu entwickeln?"

Ihr eigenes entwickeln? Geister waren bereits tot. Sie konnten kein eigenes Leben haben. Nara ergab keinen Sinn. Aber hier war ich nun und sprach mit einem Geist, der behauptete, seit Jahrhunderten inmitten eines endlosen Getreidefeldes zu leben. Sinn spielte in dieser besonderen Situation keine große Rolle.

„Ich mache das, was man mir beigebracht hat", sagte ich. „Ein Teil von mir geht mit jedem Geist, den ich binde."

„Es kommt nicht zurück?"

„Nicht, es sei denn, die Bindung wird gebrochen."

Nara nickte. „So wurde es gelehrt. So wurde es gelernt. So muss es nicht sein."

„Du sagst, es gibt einen anderen Weg, einen Geist zu binden?", fragte ich.

„Ich sage, dass du deine Kraft zurückbekommen kannst", sagte Nara. „Während du gleichzeitig diejenigen, die du liebst, davor bewahrst, in den Zyklus zu gehen."

„Diejenigen, die ich liebe?"

„Selbst jemand so alt und einsam wie ich kann erkennen, wenn ein Mann von jemandem spricht, von dem er sich nicht trennen will", sagte Nara. „Die defensive Schärfe in deinem Ton, die Art, wie deine Augen zum Rand der Lichtung wandern. Wie du es unnötigerweise vermeidest, über eine bestimmte Person zu sprechen. All das ist die Art, wie du versuchst, denjenigen zu schützen, den du liebst. Ich kann dir helfen, ihr helfen, dich zu schützen."

„Gut", sagte ich. „Dann sag es mir. Oder zeig es mir. Oder tu, was auch immer du tun musst, um mir meine Kraft zurückzugeben. Wir verschwenden Zeit."

Ich hatte diesen Schub schon einmal gespürt. Als der Ghul in der Nähe des Berges meine Bindung zu Selena und Nicholas gebrochen hatte. Diese Kraft zurückzubekommen, wäre ein Segen gegen Piotr, ein Vorteil, den ich brauchen würde, um gegen ihn zu bestehen.

„Suche nach dem fehlenden Teil von dir", sagte Nara. Ich nickte. „Finde ihn und finde sie."

Ich griff in mich hinein und suchte nach diesem kleinen Jucken, diesem fehlenden Teil von mir. Als ich ihn fand, berührte ich Selena über unsere Verbindung. Schickte eine Welle des Glücks hindurch. Sie erwiderte es auf die gleiche Weise. Ich spürte, wie eine Frage von ihr zurückkam, die mich fragte, wo ich war, was ich tat. Ich sagte ihr nur, sie solle warten. Zuhören.

„Jetzt musst du dich von ihr zurückziehen", sagte Nara. „Nimm es zurück. Nimm alles zurück."

„Du meinst, die Bindung brechen?"

Nara schüttelte den Kopf. „Ziehe es zurück. Du wirst sehen, was passiert."

Wie das Anspannen eines Muskels, wie das Anhalten des Atems. Ich zog die Verbindung zwischen Selena und mir ein. Ihre Sorge sickerte durch, die Besorgnis, die sie wahrscheinlich von mir spürte. Aber ich hörte nicht auf. Unsere Verbindung zueinander schwand bis auf einen winzigen Spalt, einen Spalt, den ich nicht zu durchtrennen, nicht zu schließen schien, ohne alles zu zerreißen.

„Es ist fast weg", sagte ich.

„Halte es dort", sagte Nara. „Warte auf sie. Sie wird lernen."

Ich versuchte, Beruhigung durch die winzige Verbindung zu pressen. Wie der Versuch, durch ein winziges Loch zu sprechen, das ich nicht sehen konnte. Wie der Versuch, Selenas Hand im Dunkeln zu finden.

„Wenn sie stark ist, wird sie ihr eigenes entwickeln. Um ihre eigene Seele zu öffnen und sie gedeihen zu lassen", sagte Nara.

„Ich verstehe nicht. Wenn sie tot ist, wie kann sie ohne meine Hilfe leben?"

„So wie Wurzeln mehrere Samen hervorbringen können, kann eine richtige Bindung vielen Geistern erlauben zu gedeihen, ohne den Wirt zu töten", sagte Nara. „Was in ihr übrig ist, wird wachsen, um den Raum zu füllen, den du bereitgestellt hast."

Es geschah schnell. Ich hielt meinen Fokus auf meine Verbindung zu Selena, so klein und gering sie auch war. Schließlich, wie ein warmes Glühen von einem fernen Feuer, wuchs unsere Verbindung. Öffnete sich wieder zu einem breiten und klaren Weg zwischen uns. Nur war es diesmal ein Knoten, der mit uns beiden geknüpft war. Wenn ich mich zuvor auf mich selbst konzentriert hatte, um Selena zu finden, um durch unsere Verbindung zu reichen, war es jetzt wie ein anderer Sinn. Wie Hören oder Sehen. Sie war ein Teil von mir und ich ein Teil von ihr.

Meine Kraft kam zurück. Nicht alles, aber das meiste. Als hätte ich mich von einem erschöpfenden Lauf erholt.

„So macht er das also", sagte ich laut. „So bindet Piotr all diese Geister."

Nara sah mich an. „Der Anführer deiner Führer?"

„Er muss es herausgefunden haben", sagte ich.

„Oder jemand hat ihm meine Geheimnisse verraten."

Jetzt war ich an der Reihe, sie anzuschauen. „Wer hätte das gewusst? Du hast gesagt, ich sei der Erste hier seit hundert Jahren."

„Ich bin nicht die Einzige, die solches Wissen weitergeben kann", sagte Nara, und ich fühlte mich dumm. Natürlich. Wenn einer dieser Führer gewusst hätte, wie man Geister auf diese Weise bindet, hätten sie es von einem Anführer zum nächsten weitergeben können. Ein Geheimnis, um all ihre Geister wach zu halten. Wartend auf eine Chance, aus Rivens Ketten auszubrechen.

„Danke", sagte ich. Als Nächstes müsste ich den Prozess mit Nicholas wiederholen. Jeden Fetzen von mir zurückholen, den ich konnte.

„Spar dir deinen Dank", sagte Nara. „Den kannst du mir geben, wenn du zurückkommst."

„Das werde ich", sagte ich. „Du bestehst immer wieder darauf, warum?"

„Weil keiner der anderen es getan hat." Nara wandte sich wieder ihrem Feuer zu. „Sie haben mein Wissen genommen und mich hier verrotten lassen."

EINE RÜCKKEHR

ZEIT IN RIVEN war ein fließendes Konzept. Es gab keine Tage zum Zählen, keine Sonnenbewegungen am Himmel zu verfolgen. Es gab nur ein wachsendes Gefühl der Erschöpfung, ein kribbelndes Bewusstsein, dass mein Körper in der realen Welt vielleicht etwas Aufmerksamkeit brauchte. Aber es gab kein Zurück.

Nara und ich versuchten es sogar, nachdem ich darauf bestanden hatte. Selbst wenn ich in die Mündung von Polks Revolver zurückkehren würde, könnte ich vielleicht etwas Wasser bekommen. Einen Bissen zu essen. Meinen Körper davon abhalten zu verkümmern.

Wir folgten meiner Spur aus niedergedrückten und gebrochenen Halmen zu der Stelle, wo ich hinübergegangen war. Unter ihren wachsamen Augen setzte ich mich zwischen das Getreide und versuchte zurückzukehren. Anfangs fühlte es sich normal an. Riven verschwand und meine Seele, oder mein Bewusstsein, oder wie auch immer man es nennen mag, trieb davon. Das Gefühl der Getreidehalme, ein Haufen, den wir gemacht hatten, um mir genug Bett zum Zurückkehren zu geben, verschwand.

Ich trieb auf dem Wasser in einem endlosen Meer der Nacht. Die Leere, durch die wir alle gingen, während wir zwischen Riven und unserer Welt wechselten. Nach ein paar Sekunden hätte ich auf der anderen Seite aufwachen sollen. Stattdessen trieb ich weiter. Etwas stimmte nicht.

Wenn du jemals diese Momente erlebt hast, bevor du einschläfst, diese Augenblicke, in denen du spürst, dass du gleich in einen Traum gleiten wirst, dann ist das genau das, was mir passierte. Wo mein formloses, gestaltloses Selbst begann, in diese Leere zu fallen.

„Sie blockieren meinen Rückweg", sagte Bryce.

Ich konnte nicht aufwachen. Polk oder Derringer oder Piotr hielten mich im Schlaf gefangen. Ich zog mich weg von diesem süßen Drang, dieser Hingabe an die endlose Dunkelheit. Drängte meine Seele zurück nach Riven. Konzentrierte mich auf das Bett aus Getreide, diesen grauen Himmel, bis meine Augen sich in Naras neugieriges Gesicht öffneten.

„Dann musst du dich beeilen", sagte Nara, als ich ihr erklärte, warum ich zurückgekommen war.

„Gibt es eine Chance, dass du mir dabei helfen könntest?", fragte ich. „Ich kenne mich hier nicht besonders gut aus. Alles sieht gleich aus."

„Für einen Außenstehenden mag es so aussehen", sagte Nara. Dann zeigte sie in eine Richtung. „Geradeaus in diese Richtung. Du wirst bald die Stadtmauern erblicken."

„Ich werde mein Versprechen halten", sagte ich zu ihr. „Ich komme zurück, um dich zu holen."

„Für mich?", sagte Nara. „Nein, Carver Reed, ich denke, du wirst für dich selbst zurückkommen."

Da ich nicht wusste, wie ich darauf antworten sollte, ging ich mit einem Nicken. Stapfte durch das Getreide, bis die Mauer in der Ferne auftauchte, ihre graue Masse am Horizont schimmernd und allmählich real werdend.

Ich sagte Selena, dass ich kommen würde, sagte ihr, sie

solle Bryce und Alec bereit machen. Ich hatte keine Ahnung, wie lange Piotr auf mich warten würde. Wie viele Tage er zu verlieren bereit war. Oder wie viel Zeit ich noch hatte, bevor Riven fallen würde.

Als ich jedoch in der Stadt war, wurde deutlich, dass Riven am Abgrund stand. Gebäude wie der Palast, einst staubig, aber intakt, waren nun von eingestürzten Mauern und zerrissenen Toren gezeichnet. Geister und Ghule, die ihre Frustration ausließen, die verräterischen Kerben von Führern, die mit eigenen Waffen zurückschlugen.

Ich hatte Nara gefragt, ob mit all dem Platz in den Getreidefeldern Riven überleben könnte. Ob die Geister sich ins Unendliche ausbreiten könnten. Worauf Nara antwortete, dass es nicht um die Anzahl der Geister ginge, sondern um ihre Nähe zueinander. Die kollektive Kraft, die in kleinen Mengen einen Ghul erschaffen kann, aber in größeren Risse bilden und schließlich dieselben Löcher aufreißen könnte.

„Selena sagte, du würdest hier sein", sagte Anna, als sie aus einer Gasse trat. „Ich kann es kaum glauben. Ich dachte, du wärst sicher tot."

„Das sollte ich sein", sagte ich. „Aber Piotr ist noch nicht bereit aufzugeben. Er will kein weit offenes Tor riskieren."

„Also hat er dich stattdessen östlich der Stadt geschickt?"

„Ich glaube nicht, dass er wusste, wohin ich ging", sagte ich. „Wo bist du?"

„Ich bin zurück bei diesen Schleichern in New York. Helfe ihnen bei der Kundenarbeit."

„Zumindest bist du entkommen", sagte ich.

„Ich versuche herauszufinden, wie ich dich retten kann", sagte Anna, während wir zur Wohnung liefen. „Nur ist es nicht einfach. Polk und Derringer sind die ganze Zeit im Zimmer, und andere sind meist nicht weit weg. Piotr selbst ist weg; ich weiß nicht, wo."

„Du könntest es mit der Polizei versuchen", sagte ich. „Behaupten, ich würde als Geisel gehalten."

„Du hast vielleicht vergessen", sagte Anna, „aber du bist ein gesuchter Verbrecher."

„Hmm, guter Punkt. Trotzdem könnte es sich lohnen."

„Willst du, dass ich es versuche? Sie könnten dich daran hindern, hinüberzugehen."

„Besser als benutzt zu werden", sagte ich. „Wenn wir nicht gewinnen können, dann musst du es. Du musst mich aus ihren Händen befreien."

Anna nickte. „Es sind drei Tage vergangen, Carver. Wo warst du?"

„Verloren", sagte ich. „Es war wirklich, wirklich langweilig."

Anna schien die Erklärung zu glauben. Wenn sie dachte, ich würde lügen, drängte sie nicht weiter. Niemand sonst musste vorerst von Nara wissen.

BEWAFFNET UND VERSAMMELT

ALS WIR ENDLICH IN der Wohnung ankamen, waren schon alle da. Bereit und wartend. Bryce hielt seine Glefe und trug einen neuen Mantel, den Nicholas angefertigt hatte. Selena hatte ihr Hackebeil dabei. Sogar Alec war zurückgekehrt und schüttelte den Kopf, als ich ihn fragte, ob er einen Weg gefunden hatte, Bryce zu retten.

„Er steht unter Hausarrest", sagte Alec. „Führer sind vor seinem Haus postiert und halten ihn in diesem Bett fest. Seine Familie ist in einem Hotel untergebracht."

„Ich hätte nie gedacht, dass sie so etwas tun würden", meinte Bryce.

„Die Strafe soll schrecklich sein, um andere Führer davon abzuhalten, auf dumme Ideen zu kommen."

„Schau mal, wie gut das für sie funktioniert hat", erwiderte Bryce.

„Also gut. Anna, kannst du nach dieser Sache mit Alec zusammenarbeiten, um Bryce zu befreien?", fragte ich. „Nutze ein paar deiner Kontakte, um sie aus der Stadt zu bringen?"

„Du tust ja gerade so, als wäre ich eine Art Spionagemeisterin", sagte Anna.

„Bist du das etwa nicht?"

„Ich könnte vielleicht etwas ausarbeiten", sagte Anna kopfschüttelnd.

„Du hättest meine tiefste Dankbarkeit", sagte Bryce.

„Betrachte es als Dankeschön dafür, dass du mich in diesen Schlamassel gebracht hast." Anna verzog ihr Gesicht zu einem Lächeln. „Ohne deine Anstellung wäre ich wahrscheinlich inzwischen geschnappt worden. Oder von einem Geist verstümmelt."

„Also, was ist der Plan?", fragte Alec. „Gehen wir direkt zum Berg?"

Ich nickte. Viel mehr gab es nicht zu besprechen. Den Kampf zu Piotr tragen und hoffen, dass wir es diesmal besser machen als zuvor. Hoffen, dass das Wissen um das Kommende ausreichen würde. Dass wir es besser machen könnten als Graham und Katherine.

Nicholas entschied sich dieses Mal dafür, zurückzubleiben. Er behauptete, er könne die Reisezeit besser nutzen, um an anderen Projekten zu arbeiten. Dingen, auf die er nicht näher eingehen wollte, bis er sicher war, dass sie funktionieren würden. Ich widersprach nicht. Ohne den Wissenschaftler gäbe es einen Körper weniger zu beschützen.

Diesmal blieb ich für die gesamte Wanderung dabei. Die paar Tage, die wir durch Rivens Alleen gingen, durch die Mauer in den Wald und entlang desselben Pfades, den Tausende von Geistern zum Zyklus nahmen. Alec und Anna kamen und gingen, wie es ihnen möglich war. Alec fuhr allein mit dem Zug, kehrte zurück zu Inmans Lager und Tatort. Die Polizei hatte die Ermittlungen eingestellt und die Hütten verlassen zurückgelassen. Leere Betten, die warteten.

Während wir gingen, übersäten Funken den Himmel.

Führer, die über diese oder jene Verletzung kommunizierten. Das Heulen der Geister, eine Wut jenseits aller Vorstellungskraft, hallte zwischen den Gebäuden wider. Riven, das sich selbst in einem Krieg zerfleischte.

Dennoch hatte ich zum ersten Mal seit Tagen Hoffnung.

RACHE WIE GEPLANT

DER BERG STAND VOR UNS, sein Eingang glühte mit dem blassen blauen Widerschein des Zyklus aus der Tiefe. Das letzte Mal, als ich hier gestanden hatte, war es mit meiner Mutter und meinem Vater gewesen. Jetzt mit meinem Mentor und meinem Freund. Selena, der Geist, den ich liebte. Mit uns eine Frau, die ich ausgebildet hatte; Anna. Die Schleicher in New York hatten jede Menge Betten, die mit verschiedenen Teilen von Riven synchronisiert waren. Einschließlich des Waldes.

Um uns herum setzte sich der endlose Marsch der Toten fort; Geister streiften uns auf ihrem leeren Weg zum Zyklus. Hinter uns lockten die geisterhaften Bäume mit ihren zitternden Blättern. Ich sah alle meine Begleiter an und nickte ihnen zu.

„Drinnen lasst mich Piotr handhaben", sagte ich. „Haltet die anderen Geister von uns fern. Wenn ihr sie bändigen müsst, tut es. Wenn ihr nicht müsst, lasst sie bleiben. Jede gebundene Seele zehrt ein bisschen Kraft von Piotrs Schwüngen."

Ich zog meine Peitsche mit der rechten Hand, und meine

linke ruhte auf dem vertrauten langen Messer. Werkzeuge, die einem Zweck dienten, einer Ordnung, die mich nicht mehr wollte. Eine Ordnung, deren Anführer mich tot sehen wollte. Es fühlte sich passend an, dass dies die Mittel für Piotrs Ende sein würden.

Wir marschierten in den Berg hinein und blieben in einer Reihe, Anna am Ende, Selena, Bryce und Alec hinter mir. Wir gingen an den Abzweigungen vorbei, den Tunneln, die zu Schätzen führten, die von längst vergangenen Führern zurückgelassen worden waren. Bald erreichten wir jenen zentralen Landeplatz, die Stelle, wo zuvor Piotrs Umhang und Schwert gewesen waren. Jetzt war da nichts.

„Carver", rief Piotr von unten von der Treppe, in Richtung des Zyklus. „Du hast dir Zeit gelassen. Ich fürchtete schon, du würdest nie auftauchen. Dass dein Körper einfach in diesem Hotelzimmer dahinsiechen und du als Feigling sterben würdest."

Ich konnte ihn nicht sehen, hörte nur seine hallende Stimme.

„Piotr, das ist eine Sache zwischen dir und mir", rief ich zurück. „Komm hier raus und lass uns das so regeln, wie es sein sollte."

„Ein fairer Kampf?", sagte Piotr. „Das ist köstlich, ausgerechnet von dir. Der versucht hat, mich mit diesem Mädchen in New York zu überfallen. Nein, ich denke, es ist am besten, du verdienst dir deine Audienz."

„Hinter uns!", schrie Anna, und wir drehten uns um. Eine Gruppe ehemaliger Führer, ausgestattet mit allerlei Waffen und Umhängen, durchbrach die Linie der toten Geister. Sie glitten durch die Geistermenge, tanzten zwischen den Toten hindurch, ohne zu zögern. Ohne von den vielen Füßen gestolpert oder von teilnahmslosen Schultern beiseite gedrängt zu werden.

Ich musste mich daran erinnern, dass dies keine

normalen Gegner waren, sondern die Besten, die die Führer zu bieten hatten. Anführer, die dazu gebunden waren, dem nächsten in dieser endlosen Kette zu dienen, bis, mit dem Tor oder mit dem Ende meiner Peitsche, die Kette gebrochen werden konnte.

„Geh, Carver", sagte Selena. „Wir können sie aufhalten."

Bryce schob mich in Richtung der Treppe, während er seine Voulge zog. „Lass das hier nicht umsonst gewesen sein."

Mein Mentor, immer inspirierend. Ich rannte die Stufen hinunter, während hinter mir das Klirren von Metall ertönte. Meine Freunde kämpften um ihr Leben.

Es wurde Zeit, dass ich um meines kämpfte.

Am Fuß der Treppe weitete sich die Höhle zu einem flachen Vorsprung vor dem großen blauen Ozean des Zyklus. Piotr stand nahe am Rand und beobachtete, wie Geister in die Vergessenheit traten. Mir gegenüber standen jedoch zwei Geister, von denen ich dachte, ich hätte sie verloren.

„Hallo Carver", sagte Graham, seinen Hammer auf der Schulter ruhend.

„Wurde auch Zeit, dass du auftauchst", sagte Katherine zu mir, meine Mutter warf einen ihrer Schlagstöcke beiläufig auf und ab. „Wir wurden schon ganz schön gelangweilt vom Warten auf dich."

„Ist das nicht eine angenehme Überraschung, Carver?", sagte Piotr. „Deine Eltern. Immer noch am Leben, so wie es eben ist. Denk darüber nach; du könntest sie nach Hause zurückbringen. Leg dich einfach hin und gib auf."

Es gibt eine bestimmte Art von Wut, die dich überwältigt. Die dich atemlos und fokussiert zurücklässt. Die jede Über-legung zu allem anderen als der Quelle auslöscht. Die die Realität auf einen einzigen weißglühenden Punkt reduziert und du an nichts anderes mehr denken kannst. Nichts anderes tun kannst, als in unaufhörlicher Raserei dagegen auszuschlagen. Piotr war dieser Punkt, und ich würde ihn auslöschen.

Ich machte einen Schritt auf Piotr zu und meine Eltern schlossen die Lücke. Graham hob sein Handgelenk, dieselbe Vorrichtung bereit, einen ihrer brennenden Drähte abzufeuern. Ich schwang die Peitsche, ließ sie gegen Grahams Gerät knallen. Die Peitschenschlinge wickelte sich um das Metall und ich zog so hart zurück, dass das Gerät selbst von Grahams Handgelenk gerissen wurde und zu mir zurückflog.

Ich schnappte mit der Peitsche, immer noch um das Gerät gewickelt. Zielte auf Katherine, die von meiner rechten Seite auf mich zukam. Sie fegte ihren Schlagstock durch das Gerät, hakte es ein und zog hart. Versuchte, mir die Peitsche aus der Hand zu reißen. Nur war ich nicht mehr derselbe Führer, der ich einmal gewesen war. Erstens war ich durch Naras Trick stärker geworden. Zweitens hatte ich keine Bedenken.

Kein Zögern.

Keine Angst.

Piotr hatte mich an den Rand der Vernunft gebracht. An den Punkt, an dem nichts mehr übrig war außer diesem Kampf, diesem Sieg. Also drehte ich meine Schulter und zog. Schwang meinen Arm und riss meine Mutter und ihren Schlagstock mit. Stieß sie gegen Graham, als er mit dem Hammer vorwärts trat. Sie fielen übereinander zu Boden.

Ich zögerte nicht. Rannte hinauf und benutzte das Messer. Zuerst meine Mutter, dann mein Vater. Zwei Stiche, zwei blaue Feuerverbrennungen, und meine Eltern waren weg. Wieder einmal.

„Beeindruckend", sagte Piotr. „Obwohl ich wohl nicht überrascht sein sollte. Sie wollten dir nicht wehtun. Sie haben sich so sehr gewehrt."

„Widerstanden?" Ich blickte in ihre leeren Augen, als meine Eltern sich erhoben.

„Hast du Graham jemals mit diesem Handgelenk von ihm eröffnen sehen?", sagte Piotr, während er sein großes Schwert zog und es auf mich richtete. „Warum sollte Katherine versuchen, deine Peitsche zu fangen, anstatt einfach auszuweichen, darunter durchzuschneiden und ihre Schläge zu landen? Deine Eltern haben dich gewinnen lassen."

Ich streckte meine Hand nach meiner Mutter aus. Es bestand die Chance, jetzt, da sie von Piotr getrennt waren, dass ich sie erneut binden könnte. Vielleicht daraus einen Drei-gegen-eins-Kampf machen. Dann sah ich aus dem Augenwinkel, wie Piotr sein Schwert bewegte. Es pfiff in einem langen Schnitt auf mich zu und zwang mich, von meinen Eltern zurückzuweichen.

„Zeit für diese beiden, Frieden zu finden, meinst du nicht?", sagte Piotr. Meine Eltern, der Welt gegenüber gleichgültig, drehten sich um und gingen diese schicksalhaften Schritte zum Zyklus. Nur noch Momente, bis sie fallen würden.

„Ich denke, du solltest aufhören zu reden", sagte ich und hob die Peitsche. Piotr wich meinem ersten Schlag aus, die Peitsche verfehlte ihn knapp. Er bewegte sich von meinen Eltern und mir weg, in Richtung des linken Randes.

Ich folgte ihm und nutzte die Peitsche, um Piotr und sein schwingendes großes Schwert auf Abstand zu halten. Jedes Mal, wenn sie knallte, zwang ich ihn einen weiteren Zentimeter zurück. Näher und näher an dieses allgegenwärtige Blau. Ich warf einen flüchtigen Blick auf meine Eltern, die mit den anderen Geistern auf den kurzen Vorsprung hinausgingen. Bereit, in den Zyklus zu springen.

Ich würde sie nicht erreichen können. Ich war mir nicht sicher, ob ich das überhaupt wollte. Sie hatten ihre Ruhe verdient. Sie hatten genug gelitten. Wenn ich ihr Andenken ehren wollte, würde ich es tun, indem ich Piotr mit ihnen schickte.

HAUTNAH UND SCHNEIDEND

MEINE PEITSCHE WARF einen sich kräuselnden Schatten durch das Leuchten des Zyklus, das sich an den Höhlenwänden spiegelte. Mein Messer ergänzte sie, eine gerade Klinge, die auf Piotrs Kehle zeigte. Er blieb außer Reichweite, auf der anderen Seite des Raums. Die Menge wandernder Geister trennte uns, als sie endlos in den blauen See marschierte. Piotrs großes Schwert ragte über ihnen auf.

„Ich muss sagen, das ist erfrischend", meinte Piotr. „Endlich jemanden zu treffen, der würdig ist. Eine Prüfung nach all den Jahren."

„Ich bin keine Prüfung", sagte ich. „Das ist kein Spiel."

„Dann beweise es mir."

Der große Mann bewegte sich vorwärts, bahnte sich seinen Weg durch die Reihe der Geister und auf die andere Seite. Direkt in den knallenden Schlag meiner Peitsche.

Die Peitsche traf ihn an der Schulter, die Spitze grub sich in Piotrs Haut und bohrte ein Loch durch seinen Mantel. Aber Piotr war zu breit, als dass sich die Peitsche um ihn hätte wickeln können. Er schüttelte den Angriff ab und setzte seinen Vormarsch fort. Piotr senkte die Schulter und beugte sich vor, führte einen spaltenden Schwung mit dem großen Schwert aus, der mich in zwei Teile geschnitten hätte. Wenn ich stehen geblieben wäre.

Ich sprang zurück und brachte Abstand zwischen uns. Das große Schwert verfehlte mein Gesicht um einen Fuß, die schwarz-silberne Klinge blitzte im reflektierten Licht auf, als sie vorbeizog. Genug Platz für meine Peitsche, um erneut zuzuschlagen. Ich fing Piotrs rechten Arm ein, als sein Schwung ihn in den Weg der Peitsche brachte. Die Schnur wickelte sich um Piotrs Unterarm und hielt fest. Ich verstärkte meinen Griff und hielt die Peitsche weit ausgestreckt, um Piotr daran zu hindern, das Schwert wieder in Position zu bringen.

Der Anführer der Führer starrte seinerseits auf meine Peitsche um sein Handgelenk, als könne er nicht glauben, dass er tatsächlich erwischt worden war.

„Das Problem mit Emporkömmlingen wie dir", sagte Piotr, „ist, dass sie ihre Geschichte nicht verstehen."

„Geschichte?" Ich stürmte mit dem Messer nach vorne. Ein kräftiger Stich und vielleicht könnte ich Piotr über die Kante zwingen. In den Zyklus, von wo es keine Rückkehr gab.

„Jeder Anführer, der vor mir kam, hat mich trainiert", sagte Piotr, als ich zum Stich ansetzte. „Jede Taktik, die im Laufe der Jahre, über Jahrhunderte hinweg entdeckt wurde, habe ich gelernt."

Als mein Messer sich seiner Brust näherte, ließ Piotr das Schwert fallen und schwang seine Hand, die mit der Peitsche gefesselt war, in meinen Stich. Mein eigenes Messer schnitt durch die Schnur und durchtrennte sie, als das große Schwert zu Boden fiel. Ich setzte meinen Stich fort, drückte vorwärts, als die Klinge Piotrs Mantel durchbohrte und in seine Brust schnitt.

Ich spürte seine großen Hände an meinem Arm, die das

Messer zurück und weg drückten. Sein Knie schoss in meinen Magen, und Piotr warf mich zu Boden. Die Kraft des Mannes war unglaublich. Ich hatte keine Möglichkeit, dem etwas entgegenzusetzen. Ich fühlte mich leicht und lose in seinem Griff, wie ein Faden im Wind.

Piotr griff nach seinem Schwert, als ich mich auf die Füße zog. Ich hatte eine Peitsche verloren, und mein Messer sah verdammt klein neben diesem großen Schwert aus. Ich musste meine Taktik ändern.

„Aber mit all den Vorteilen kommen auch die Kosten", sagte Piotr und drehte sich zu mir um. Er hob seine Waffe. „Ich weiß alles, Carver. Alle Geheimnisse von Riven."

„Glaubst du das?"

„Ich weiß, dass dieser Ort dem Untergang geweiht ist", sagte Piotr. „Unsere einzige Hoffnung liegt darin, einen Ausweg zu finden."

Piotr schlug mit dem Schwert nach mir, aber es war nachlässig. Es zwang mich zurück, aber nicht schnell genug, um einen Todesstoß zu landen. Meine Hände fühlten die Rückwand des Raumes, den glatten Fels, der von irgendeinem uralten Ingenieur ausgehöhlt worden war, der diese Höhle erschaffen hatte.

„Du bist nicht tot", sagte ich. „Du musst nicht hier bleiben."

„Wir alle kommen irgendwann nach Riven", sagte Piotr und folgte meinem Rückzug. „Ich entscheide mich dafür, im Voraus zu planen."

Als Piotr zu einem weiteren Schwung ansetzte, rannte ich los. Diesmal in Richtung der Geisterreihe. Sie boten etwas Deckung, gaben mir eine Chance zum Nachdenken. Ich bahnte mir meinen Weg durch ein Paar Krankenschwestern, beide trugen die Narben von Krankheiten. Hinter mir hörte ich, wie Piotrs Schwert in dieselben Geister eindrang. Sie zerschnitt und verdrehte. Einen Weg bahnte, indem er die Toten ermordete.

„Hör auf zu rennen, Carver", sagte Piotr. „Ich habe noch andere Dinge zu erledigen."

„Tut mir leid", sagte ich, und als Piotr durch die Reihe der Geister brach, zog ich Inmans Pistole und feuerte. Ich hatte sie immer noch, hatte sogar nach all der Zeit noch Kugeln. Piotr sah es nicht kommen, konnte nur vor Schock die Augen aufreißen, als die Kugel in seine Brust eindrang.

Ich folgte dem Schlag, warf das Messer vor mir her und, als Piotr sich bewegte, um es abzuwehren, packte ich seine Hände und kämpfte um sein Schwert. Piotr mochte stärker sein als ich, aber ich hoffte, dass ich mit dem Überraschungsmoment auf meiner Seite die Waffe entreißen könnte.

Ich griff zu schmutzigen Tricks. Kniete Piotr in den Magen, rammte meine Ferse in seinen Fuß und grub meine Fingernägel in seine Hände, als wir um das Schwert rangen. Es reichte nicht. Zum ersten Mal hörte ich Piotr knurren, ein raues, schmerzvolles Grollen, und er benutzte seine Schultern, um mich wegzustoßen.

„Unerwartet", sagte Piotr. „Ich hätte mir denken können, dass du diese Feiglingswaffe benutzen würdest. Sie passt zu dir."

Piotr lehnte sich in einen weiteren Schwung, und ich tat das Einzige, was mir einfiel. Ich packte einen vorbeigehenden Geist zu meiner Linken und warf ihn in die Bahn der Klinge. Piotrs Angriff biss in den Geist, aber der Geist stoppte den Schwung des Schwertes. Gab mir eine Öffnung. Ich rannte hinauf und stellte meinen rechten Fuß hinter Piotrs rechten Knöchel, drückte gegen die Schultern des Mannes, als er versuchte, das Schwert aus dem Geist zu befreien. Brachte Piotr zu Fall.

Piotrs Hände lösten sich vom Schwert, als ich ihn zu Fall brachte, und ich drehte mich um, um seine Waffe zu greifen.

Zog sie den Rest des Weges aus dem Geist, der verständnislos auf die Wunde starrte. Der sich umdrehte und seinen Weg fortsetzte. Der in den Zyklus sprang, ohne zu wissen, dass seine elende Existenz das Ende eines Tyrannen markierte.

Ich stand über Piotr, sein großes Schwert in meinen Händen.

„Erzähl mir noch einmal", sagte ich, „von all diesem Wissen."

LETZTER BLICK

IN DIESEM MOMENT SAH ICH, wie Wut, Zorn und Angst aus Piotrs Gesicht wichen. Der Mann, den ich einst als weisen Gelehrten, als Anführer in dunklen Zeiten betrachtet hatte, sah jetzt einfach nur wie ein alter Mann aus.

„Du hast gewonnen", sagte Piotr. „Ich gebe es zu; ich bin am Ende. Der Sieg gehört dir und damit die Chance, den Untergang dieser Welt zu erleben."

„Ich kann's kaum erwarten", erwiderte ich und hob das Schwert.

„Es gibt da etwas, das du sehen solltest", sagte Piotr. „Normalerweise läuft der Übergang geordneter ab, wenn ein Führer der Wegweiser fällt. Der Geist hat Zeit, die Informationen zu übermitteln. Seinem Nachfolger zu sagen, was er wissen muss."

„Hab ich schon, danke", sagte ich und dachte an Nara, zögerte aber. Piotr könnte die Wahrheit sagen. Wer wusste schon, welche Geheimnisse er hatte oder welche Werkzeuge er kannte, die helfen könnten, nachdem ich ihn in den Zyklus geschickt hatte.

„Nicht alles. Lass mich aufstehen. Behalt das Schwert. Drück es meinetwegen gegen meinen Rücken."

„Wohin?"

„Es ist nicht weit. So böse, wie du denkst, dass ich bin, Carver, ich wünsche wirklich nicht, alles in Schutt und Asche versinken zu sehen. Ich wollte Riven wirklich retten."

Ein Teil von mir wollte ihm genau in diesem Moment den Todesstoß versetzen. Piotr mit wirbelndem Feuer verbrennen und ihn in den Zyklus schicken. Aber was, wenn ich dabei das Einzige wegwerfen würde, das uns helfen könnte, Riven wiederherzustellen? Die Geister zurückzudrängen und uns in Sicherheit zu bringen? Hatte ich nicht eine Verantwortung?

„Na schön, dann los", sagte ich. „Wenn ich irgendetwas sehe, wenn ich sehe, dass deine Hände sich bewegen, schlage ich zu, bevor du irgendwo hinkommst."

„Ich würde nichts anderes erwarten", antwortete Piotr, und dann ließ ich ihn aufstehen. Ließ ihn mich aus der Kammer und zurück die Treppe hinauf zum Treppenabsatz führen. Nur, auf halbem Weg nach oben wandte er sich nach rechts und ging durch einen kleinen Gang. Einen, den ich übersprungen hatte, weil ich annahm, er würde wie alle anderen zum verlassenen Bett eines alten Wegweisers führen.

Stattdessen wand sich der Pfad stetig nach oben und drehte sich um sich selbst. Schmale, in den Fels gehauene Stufen führten uns durch einen dunklen Gang, während das blaue Leuchten des Zyklus schwächer wurde. Bald ersetzte es ein vertrautes graues Licht. Draußen.

„Wo gehen wir hin?", fragte ich.

„Die Wegweiser lebten früher im Berg", sagte Piotr. „Hunderte von Jahren bevor ich geboren wurde, operierten die Wegweiser aus diesen Höhlen heraus. Erst als die Geister begannen, in die Stadt überzugreifen, verlegten wir unseren Betrieb. Mit der Zeit gab es immer weniger Grund, hierher zu kommen. Weniger Grund zu wissen, wohin die Geister gingen, nachdem wir ihnen ihren Zorn genommen hatten."

„Das beantwortet meine Frage nicht."

„Damit du es verstehst", sagte Piotr. „Wir gehen dorthin, wo die Wegweiser Wache hielten. Dorthin, wo sie sehen konnten, wie sich die Geister sammelten, wo sie die Ghule bei ihrer Arbeit beobachten konnten. Wo sie ihre nächtlichen Überfälle planen konnten."

Wenige Augenblicke später sah ich, dass Piotr nicht log. Der Gang öffnete sich zu einem felsigen Hang, hoch über der Tür, durch die wir hereingekommen waren. Der dunkle Wald breitete sich unter uns aus, und in der Ferne konnte ich Rivens Stadt erkennen; ihre Mauer war eine dunkle Linie am Horizont. Unter uns marschierte der gedrängte Zug der Geister meilenweit auf den Berg zu.

„Von hier aus konnte ein Wächter ein Signal von überall sehen. Selbst von den Stadtmauern aus konnte ein Wegweiser einen Funken abschießen, wenn er in Schwierigkeiten war, und Hilfe erwarten."

„Warum sind wir hergekommen?", sagte ich. „Das wird uns nicht helfen."

Beim Erklimmen der Stufen, auf dem Weg durch den schmalen Gang, hatte ich das große Schwert nicht bereithalten können. Ich hatte es Piotr nicht mehr an die Kehle gehalten, seit wir den Hang betreten hatten. Hatte es in meinen Händen gehalten, aber nicht in einer Position zum Zuschlagen. Also tat ich nichts, als Piotr einen Funkenwerfer von seinem Gürtel zog und ihn in die Luft hielt.

„Nein", sagte Piotr. „Aber es wird mir helfen."

Piotr drückte den Knopf am unteren Ende des Funkenwerfers, und glitzernde, goldgelbe Funken schossen hoch in die Luft und leuchteten hell gegen den aschgrauen Himmel.

„Was war das?", fragte ich und legte Piotrs Schwert wieder an seine Kehle.

„Das letzte Signal, das ich senden musste", sagte Piotr.

„An wen?"

Piotr lachte nur.

Ich fiel weg. Das ist die einzige Art, wie ich es beschreiben kann. Ich, das physische Ich, stand still auf diesem Hang, Piotrs großes Schwert an seine Kehle gehalten. Mein Geist, meine Seele, zitterte. Fiel, als wäre ich in einen endlosen Brunnen gestürzt.

Teile von mir spalteten sich ab, während ich stürzte. Zuerst, mit einem reißenden Geräusch, als würde ich mir das Knie auf Beton aufschürfen, gingen die Verbindungen, die ich mit Selena und Nicholas geknüpft hatte. Weggerissen und verschwunden.

Als Nächstes verschwand das kribbelnde Gefühl, die Warnung, die mein Geist mir seit Tagen gegeben hatte, dass ich zurückkehren musste. Das riss nicht weg. Es verschwand, als ob das Gefühl nie da gewesen wäre.

Ich fiel immer noch, raste immer noch durch die Leere, während jeder Teil von mir sich spaltete und wieder zusammenkam, sich bog und drehte und verdrehte. Als wäre ich schwer krank und würde gleichzeitig auf die Erde krachen.

Ich blinzelte.

Piotr starrte mich entlang der Klinge seines Schwertes an. Seine Augen waren fragend, neugierig.

„Wie fühlt es sich an?", fragte Piotr.

Ich blickte an mir herunter. Alles schien da zu sein. Ich konnte spüren, wie meine Finger den Griff des Schwertes umklammerten, konnte Rivens kühle Brise auf meinem Körper spüren. Konnte spüren, wie meine Lungen versuchten, Rivens Nicht-Luft zu atmen. Und doch ...

„Was hast du getan?"

„Carver", erwiderte Piotr. „Du bist tot."

NEUES LEBEN

ICH HATTE KEINE RATIONALE ART, mit den Worten umzugehen. Darauf war ich nicht vorbereitet gewesen. In keinem Szenario, das ich mir ausgemalt hatte, war das eine Möglichkeit gewesen. Bei meinen Eltern hatten Bryce und ich auf dem Weg hierher darüber gesprochen, wie sie auftauchen könnten.

Ich hatte erwartet, dass Piotr versuchen würde, mich zu überreden, mein Leben aufzugeben. Eine weitere Gelegenheit, den einfachen Ausweg zu wählen.

Ich hatte geplant, mit einem Kampf umzugehen, den ich vielleicht verlieren würde, und hatte Inmans Pistole als Überraschung behalten.

Bryce und ich hatten das Ringen geübt, wobei er seine Voulge wie ein Schwert hielt, damit ich wüsste, wie ich sie aus Piotrs Griff reißen könnte.

Wenn ich sterben würde, gingen wir alle davon aus, dass es durch Piotrs Hand geschehen würde. Stattdessen war es Derringers Pistole gewesen, oder ein Messer in einem Hotelzimmer in New York. Mein Körper hatte nicht ums Überleben gekämpft. Ich war ermordet worden.

„Du hast aufgegeben", sagte ich. Ich suchte in meinem Inneren nach dieser Verbindung. Nach diesem Band zu meinem physischen Selbst, aber da war nichts. „Du wirst dein Tor nie öffnen."

„Spielt das eine Rolle?", sagte Piotr und nickte über die Weite von Riven vor uns. „Sieh es dir an. All diese Punkte, diese Lichtpfützen?"

Ich folgte seinem Blick. Wie Sterne am Nachthimmel verstreut schimmerten Kreise, wobei die näheren im Wald sich als das offenbarten, was Piotr sie nannte. Pfützen.

„Das sind Risse", fuhr Piotr fort. „Jeder einzelne von ihnen. Stündlich erscheinen mehr. Riven ist überrannt. Entweder entkomme ich, wenn einer dieser wütenden Geister ein Loch reißt, oder ich bin zu tot, um mich darum zu kümmern."

„Letzteres wird es sein", sagte ich. Ich zog die Klinge zurück und beendete mit einem einzigen sauberen Hieb Piotrs Herrschaft als Anführer der Führer.

Sein Körper sackte zu Boden, dann erhob er sich. Jetzt ein reiner Geist. Einer, der wieder leben könnte. Außer dass ich wartete. Ich drehte den Griff des großen Schwertes und brannte das Glimmen einer Seele aus Piotrs Augen.

Er ließ mich dort am Hang zurück, ging zurück in den Tunnel auf dem Weg zum Zyklus.

Ich weiß nicht, wie lange ich dort stand und die glühenden Risse in der sich ausbreitenden Landschaft unter mir beobachtete. Es gab keine Führer, die im Wald operierten. Geister, die aus diesen Rissen kamen, würden weiterhin herausströmen, einander finden und sich von ihrer Wut nähren, um zu Ghulen oder Rudeln umherstreifender, verstümmelnder Monster zu werden.

Piotr war fort. Der Meister, wie wir ihn während dieser Monate genannt hatten, als wir versuchten herauszufinden, wer er war, hatte sein Ende gefunden. Riven jedoch schien genauso schlimm zu sein wie zuvor.

„Carver?", Selenas Stimme kam aus dem Berg herauf, trug durch den Gang.

„Hier oben", antwortete ich, und schon bald gesellte sich Selena zu mir an der Bergseite. „Geht es allen gut?"

Selena nahm die Aussicht in sich auf und ließ sich dann neben mir auf den Boden nieder. Sie warf einen langen Blick auf Piotrs großes Schwert. „Wir sind noch hier, wenn das zählt. Alec hat ein paar Schrammen abbekommen, also überqueren er und Anna gerade zurück."

„Gut", sagte ich. „Sie werden ihre Energie brauchen. Und Bryce?"

„Er wartet in der Nähe des Zyklus auf uns. Er passt auf, dass alle Geister, die Piotr gebunden hat, hineingehen."

„Bei ihm dreht sich immer alles um die Mission."

„Ich habe gesehen, wie Piotr über die Kante ging", sagte Selena. „Das bedeutet, es ist vorbei, oder?"

„Ein Teil davon", sagte ich. „Sag mir, kannst du es spüren?"

„Was spüren?"

„Die Bindung. Du und ich."

Ich beobachtete ihre Augen, als sie sich kurz schlossen, als Selena nach dem Band suchte, das uns über ein Jahr lang zusammengehalten hatte. Ich sah zu, wie sie sie öffnete, ihre Hand nahm und sie auf meine legte.

„Ich kann es dir beibringen", sagte Selena. „Wie man dem Zyklus widersteht. Es wird leichter werden."

„Und das hier?", ich winkte mit der Hand auf die Aussicht. „Ich weiß nicht, wie ich damit umgehen soll. Es gibt keine Möglichkeit, dass wir all diesen Rissen gegenübertreten können."

„Vielleicht nicht", sagte Selena. „Aber wir sind schon

früher gegen schreckliche Monster angetreten und lebend herausgekommen. Sozusagen, jedenfalls."

Wir blieben noch eine Weile dort am Hang, zählten die Risse und maßen unsere Zuneigung in der Stille. Während unserer gesamten Beziehung war Selena von meiner Bindung abhängig gewesen, um sie vom Zyklus fernzuhalten. Jetzt, zum ersten Mal, würde ich ihre Hilfe, ihre Unterstützung brauchen, um ihm zu widerstehen. Um mich zu führen.

HALTE DEN FADEN

DIE FLÜSTERSTIMMEN BEGANNEN AN DEM TAG, den Bryce als den zweiten bezeichnete. Wir waren im Wald, wir drei liefen an Geistern vorbei, die in die entgegengesetzte Richtung marschierten, als ich sie hörte. Leise und undeutlich, wie die Überreste eines Traums beim Aufwachen. Weniger echte Worte als vielmehr Drängen. Ein Zug, umzukehren, zum Zyklus zurückzukehren.

„Lach", sagte Selena, als sie bemerkte, dass ich stehen geblieben war, als sie und Bryce ein paar Schritte voraus waren. „Denk an etwas Lustiges."

„Das ist schwer auf Kommando", sagte ich. Aber ich tat es. Ich griff nach einer Erinnerung und spielte sie ab, eine von den vielen Malen, als Nicholas sich in seinem Labor in die Luft gejagt hatte, alles im Interesse der Forschung. Ein ruinierter Ofen und ein Wissenschaftler mit brennenden Haaren, sein Mantel verkohlt und mit fehlenden Stellen.

Die Flüsterstimmen verstummten mit meinem Lächeln. Sie verblassten, obwohl ich es immer noch spüren konnte. Wie der winzigste Durst, der am Rande meiner Sinne lauerte.

„Es hat funktioniert", sagte ich, und Selena nickte. Bryce, wie ich bemerkte, behielt mich etwas länger im Auge. Eine seiner Hände war hinter seinen Rücken gewandert, bereit, seine Glefe zu ziehen.

Ich war ein Geist, ungebunden und jederzeit in der Lage, mich umzudrehen. An Bryces Stelle hätte ich dasselbe getan.

Selena gab weiterhin Tipps, während wir unseren Weg zurück in die Stadt fortsetzten. Tricks wie Lachen oder sich auf eine geliebte Erinnerung zu konzentrieren. Oder an einen geliebten Menschen. Alles, was dich in deine eigene Menschlichkeit zurückbrachte. Das war es, was den Zyklus in Schach hielt.

„Es verschwindet nie wirklich, oder?", fragte ich sie, als wir durch das Westtor in die Stadt gingen.

„Man gewöhnt sich daran", sagte Selena. „Nach einer Weile ist es wie alles andere. Etwas, womit man umgeht."

Als ob die Bewältigung des Todes nicht schon genug wäre.

Alec empfing uns in der Wohnung mit einer Flut guter Nachrichten. Er hatte mit anderen Führern der Führer kommuniziert, und nach Überlegung der Situation hatten sie beschlossen, Bryce sein Leben zurückzugeben.

„Und mehr noch", sagte Alec. „Da du der ranghöchste Führer bist, Bryce, werden wir abstimmen, um dich zum neuen Anführer zu machen."

„Ich will es nicht", sagte Bryce. „Ich bin im Ruhestand."

„Ich glaube nicht, dass du eine Wahl hast", erwiderte Alec. „Du hast all diese Durchbrüche gesehen. Wenn wir eine Chance haben wollen, brauchen wir jemanden, der die Führer zusammenbringen kann. Ich werde es nicht sein."

Bryce blickte finster in Alecs Richtung.

„Bryce", sagte ich. „Nimm es an. Du wärst der beste Anführer, den die Führer je gesehen haben. Du kennst Riven in- und auswendig, hast bereits Verbindungen auf der anderen Seite, und mit mir hier drüben hast du deinen Geistersprecher schon gefunden."

„Geistersprecher?", fragte Bryce.

„Ich dachte, du würdest eine neue Position schaffen wollen", antwortete ich. „Jemand, der dir hilft, dich mit den Geistern zu verbinden, die nicht wütend sind, die noch nicht ganz überqueren wollen."

„Ihr geht alle davon aus, dass Riven noch lange existieren wird", sagte Bryce. „Ihr versucht, mich zum Kapitän eines sinkenden Schiffes zu machen."

„Weil du der Einzige bist, der sie retten kann."

Bryce grummelte noch eine Weile, aber er hatte keine Kraft mehr zum Kämpfen. Als er sich mit Alec auf den Weg zurück machte, sprachen die beiden bereits über Zuweisungen und Anpassungen, welche Regionen mehr Unterstützung brauchten und wie sie die Rekrutierung vorantreiben könnten.

Ich sah ihnen nach, wie sie zum Uhrenturm gingen, ein Paar, aus dem ich einst ein Trio gemacht hatte, und fühlte mich verloren.

„Ich sehe, du hast dir eine neue Waffe zugelegt?", fragte Nicholas und kniete sich hinter mich, um Piotrs großes Schwert zu inspizieren. Ich hatte es vom Berg mitgebracht, da ich nach dem Durchtrennen der Peitsche irgendeine Art von Verteidigung brauchte.

„Es ist eine Trophäe", antwortete ich.

„Ziemlich tödlich für eine Trophäe", sagte Nicholas. „Die Schnitzereien darauf sind exquisit. Ich würde sagen, es ist mindestens hundert Jahre alt oder mehr. Möglicherweise antik. Zumindest teilweise."

„Teilweise?"

„Ja. Es sieht so aus, als wäre dein Schwert eine Komposition. Ich kann mindestens drei verschiedene Eisen- und Stahlsorten erkennen. Punkte, an denen sie verbunden wurden. Wenn dies auf der anderen Seite wäre, würde eine solche Technik eine Waffe wie diese anfällig für Zersplitterung machen", Nicholas schob seine Schutzbrille über seine Augen. „In Riven? Vielleicht funktioniert es anders."

Ich hob das Schwert und betrachtete es, die schwarzen und silbernen Streifen, die die Klinge hinunterliefen. Die Runen, die ich nicht lesen konnte, erschienen alle paar Zentimeter auf dem Metall. Der Griff, ein geschwungenes Gold- und Gründesign, das in eine bronzene Parierstange überging. Piotr hatte nie erklärt, wo er es gefunden hatte. Jetzt, da er weg war, würde der Ursprung des Schwertes eine unbekannte Geschichte bleiben.

Vielleicht würde ich es benutzen, um eine neue zu erzählen.

ÜBERRANNT

Du sagst, wir müssen zurückgehen?", fragte Selena. „Weg von den Rissen, die wir schließen könnten?"

„Ich habe ein Versprechen gegeben", sagte ich, während wir unsere Waffen packten. Die Armbrust hing über meinem Rücken, das große Schwert darunter. Mein Messer und die Peitsche, frisch von Nicholas repariert, hingen an meiner Hüfte. Essen und Trinken waren nicht nötig. Sie würden es nie sein.

„Wem noch mal?"

„Einem alten Geist. Nennt sich Nara, obwohl ich nicht sicher bin, ob das wirklich ihr Name ist", sagte ich. „Sie sagt, sie könne helfen."

„Ich dachte, du hättest gesagt, Geister könnten nicht in Riven bleiben, es sei denn, sie wären gebunden?"

„Das habe ich", sagte ich. „Entweder ich liege falsch, oder jemand kontrolliert sie. Ich hoffe auf Ersteres."

Nara hatte nicht gesagt, was sie von mir wollte, warum sie wollte, dass ich zurückkomme, aber wenn sie es geschafft hatte, ungebunden in Riven für Hunderte von Jahren zu überleben, dann wollte ich ihr Geheimnis kennen. Ich wollte wissen, wie man bleiben kann.

Anna und Alec würden bald eintreffen, um uns zu helfen, zu den östlichen Toren der Stadt zu gelangen. Ich ging auf den Balkon hinaus, Selenas Lieblingsaussichtspunkt, und beobachtete, wie die Funken über Rivens zerbrochenen Gebäuden explodierten. Schreie hallten durch die Gassen, während Asche durch den Himmel wirbelte. Eine Stadt der Toten voller Leben.

Dies war jetzt mein Zuhause, und ich würde dafür kämpfen.

* * *

Sᴇɪɴ ɢᴀɴᴢᴇs Lᴇʙᴇɴ lang wollte Carver Riven retten, die Welt der Toten. Jetzt muss er sie zerstören, um diejenigen zu retten, die er liebt.

Setzen Sie das Abenteuer fort mit Ende des Geistes, Die Riven Trilogie Buch Drei.

A.R. Knight erzählt Geschichten in einem frostigen Haus in Madison, Wisconsin, das hauptsächlich einem Katzenpaar gehört. Nachdem er durch den Wirtschaftscrash 2008 in den Arbeitsalltag hineingezogen wurde, verbrachte er langweilige Meetings damit, durch den Weltraum zu fliegen und große Abenteuer zu erleben.

Schließlich verbrachte er Zeit mit Podcasts, Drehbüchern, Kurzgeschichten und anderen Romanen und fand eine Geschichte, in die er sich hineinversetzen konnte, sowie eine Besetzung unterhaltsamer und herzenslustiger Charaktere.

A.R. Knight möchte in andere Welten vordringen und in den grenzenlosen Grenzen unserer Vorstellungskraft neue Geschichten erzählen.

Vielen Dank, wie immer, fürs Lesen!

Für mehr Informationen:
www.blackkeybooks.com

Für Justin